THE QUEEN OF CRIME
繁體中文版
20週年
紀念珍藏

史岱爾莊謀殺案

著——阿嘉莎・克莉絲蒂

譯——孫柯

Agatha Christie®

The Mysterious Affair at Styles

通俗是一種功力

吳念真（導演、作家）

通俗是一種功力。絕對自覺的通俗更是一種絕對的功力。

這樣的話從我這種俗氣的人的嘴巴說出來，大概很多人要笑破褲底了。不過，笑完之後請容我稍稍申訴。這申訴說得或許會比較長一點，以及，通俗一點。

小時候身材很爛，各種遊戲競爭完全任人宰割，唯一隱遁逃避的方法是躲起來看書或聽大人瞎掰。那年頭窮鄉僻壤的小孩能看的書不多，小學二年級時最喜歡的是超大本的《文壇》，老師借的。看著看著，某天老師發現我的造句竟出現：「捧著：朝陽捧著一臉笑顏為群山剪綵」這樣亂七八糟的文字，就拒絕再讓我看那些超齡的東西了。

老師的書不給看，我開始抓大人的書看。一種是厚得跟磚塊一樣的日文書，對我來說那完全是天書，但插圖好看，經常有限制級的素描。另一種書是比較薄的，通常藏得很嚴密，只是裡面有太多專有名詞、重複的單字和毫無限制的標點，比如「啊啊啊」、「……！！！」

老讓我百思不解。有一天，充滿求知欲地詢問大人竟然換來一巴掌後，那種閱讀的機會和樂趣也隨著消失了。

所幸這些閱讀的失落感，很快從大人的龍門陣中重新得到養分。講到這裡，我似乎先得跟一個村中長輩游條春先生致敬，並願他在天之靈安息。

我所成長的礦區，幾乎全是為著黃金而從四面八方擁至的冒險型人物，每人幾乎都有一段異於常人的傳奇故事。這些故事當事人說來未必精采，但一透過游條春先生的嘴巴重現，有時連當事人都聽得忘我，甚至涕泗縱橫，彷彿聽的是別人的故事。

條春伯沒當過日本兵，可是他可以綜合一堆台籍日本兵的遭遇，一如連續劇般從入伍、受訓、逃亡荒島，面對同鄉同袍的死亡，並取下他們的骨骸寄望帶回故鄉，乃至骨骸過多搞不清哪是誰的等等，讓聽的人完全隨他的敘述或悲或笑，彷彿跟他一起打了一場太平洋戰爭。此外他也可以把新聞事件說得讓一個三、四年級的小孩，到現在仍記得當時腦中被觸動的畫面。例如當年瑠公圳分屍案的凶手做案之後帶著小孩到安東街吃麵（這讓我一直以為台北的安東街是條專門賣麵的街道），還有甘迺迪總統被暗殺、賈桂琳抱住她先生、安全人員跳上飛快的車子保護賈桂琳……當然，這記憶全來自條春伯的嘴巴而不是報紙。我的記憶全是畫面，有畫面，是因為條春伯說得精采，說得有如親臨他至死都還搞不清地理位置的達拉斯命案現場。

於是這小孩長大後無條件地相信：通俗是一種功力，絕對自覺的通俗更是一種絕對的功力。透過那樣自覺的通俗傳播，即使連大字都不識一個的人，都能得到和高階閱讀者一樣的感動、快樂、共鳴，和所謂的知識、文化自然順暢的接軌。也許就是因為這些活生生的例子，俗氣的自己始終相信：講理念容易講故事難，講人人皆懂、皆能入迷的故事更難，而能隨時把這樣的故事講個不停的人，絕對值得立碑立傳。

條春伯嚴格地說是有自覺的轉述者，至於創作者，我的心目中有兩個。一個是日本導演山田洋次，一個是推理小說家阿嘉莎．克莉絲蒂。

山田洋次創造了寅次郎這個集合所有男人優點跟缺點的角色，在以《男人真命苦》為名的系列下，總共完成百部左右的電影。它們的敘述風格、開頭、結尾的方法不變，唯一改變的是故事，是時代，是遍歷日本小鄉小鎮的場景。數十年來，看《男人真命苦》幾已成為日本人每年的一種儀式，一如新春的神社參拜。

數十年前訪問過山田導演，他說，當他發現電影已然有它被期待的性格時，電影已經不是導演自己的。他說：當所有人都感動於美人魚的歌聲時，你願意為了讓她擁有跟你一樣的腳，而讓她失去人間少有的嗓音嗎？

人間少有的嗓音與動人的歌聲，都來自山田導演絕對自覺的通俗創造。

再如阿嘉莎．克莉絲蒂，如果我們光拿出她說過的故事和聽過她故事的人口數字，就足以嚇死你。五十多年的寫作生涯，她總共寫出六十六本長篇推理小說，外加一百多篇短篇小說和劇本。其中有二十六本推理小說被改編，拍了四十多部電影和電視劇集。作品被翻譯成一百零三種文字的版本，銷量超過二十億本。

夠了。你還想知道什麼？知道二十億本的意義是什麼嗎？二十億本的意義是全世界平均三個人就有一個人讀過她的書，聽過她說的故事。

說來巧合，她和山田洋次一樣，創造出個性鮮明的固定主角（當然，前前後後她弄出來好幾個），然後由他（或是她）帶引我們走進一個犯罪現場，追尋真正的罪犯。

故事就這樣？沒錯，應該說這是通常的架構。那你要我看什麼？不急，真的不急，克莉絲蒂會慢慢冒出一堆足夠讓你疑惑、驚嚇、意外，甚至滿足你的想像力、考驗你的耐心和智商的事件來。

推理小說不都是這樣嗎？你說得沒錯，大部分是這樣，不一樣的是……對了，她像條春伯，像山田洋次，她真會說，而且她用文字說。

文字的敘述可以讓全世界幾代的人「聽」得過癮、「聽」個不停，除了聖經，也許就是克莉絲蒂。她不是神，但她真的夠神。

數十年前，台灣剛剛出現她的推理系列中譯本，那時是我結婚前，常有同齡的文藝青年來我租住的地方借宿，瞄到我在看克莉絲蒂，表情詭異地說：「啊？你在看三毛促銷的這個喔？」

我只記得他抓了一本進廁所，清晨四點多，他敲開我的房門說：「幹，我實在很討厭那個白羅……再拿一本來看看，我跟你說真的，要不是你的書，我真的很想把那個矮儸壓到馬桶吃屎！」

我知道他毀了，愛吃又假客氣，撐著尊嚴騙自己。克莉絲蒂再度優雅地撕破一個高貴的知識份子的假面具，她的手法簡單，那手法叫通俗，絕對自覺的通俗，無與倫比、無法招架的功力。

昔日的文藝青年如今跟我一樣，已然老去，但不時還會看到他寫一些充滿理念和使命感極重的文章，在報紙和雜誌上出現。我知道他要說什麼，只是常常疑惑他想跟誰說；同樣，我記得他說過什麼，但轉眼間忘記他說了什麼。但請原諒我，幾十年前那個晚上，他在我家看完的那兩本克莉絲蒂的小說內容，我可還記得清清楚楚。

也許有一天再遇到他的時候，我會問他之後是否還看過克莉絲蒂其他的書，如果沒有，我會跟他說，想讀要趁早，因為你會老、會來不及。至於白羅那個矮儸，大概永遠不會消失。哦，對了，還有一個叫瑪波，你說不定會來不及認識……

老派偵探之必要

冬陽（推理評論人，台灣推理作家協會理事長）

「讀者非常喜歡白羅這個人物，表示『那個開朗的小個子，過氣的比利時名偵探』。顯然白羅是這本小說受歡迎的一個原因，雖然白羅可能不贊同用『過氣』二字來形容他。」知名編輯兼作家經紀人約翰．柯倫（John Curran）在《阿嘉莎．克莉絲蒂的秘密筆記》一書如是說，文中提到的「這本小說」，正是克莉絲蒂初試啼聲、名偵探赫丘勒．白羅優雅登場的《史岱爾莊謀殺案》，一部於一個世紀前出版的偵探推理作品。

百年光陰的淬鍊顯然證明了白羅絕無過氣的疲態，連帶讓我聯想起電影《金牌特務》（*Kingsman*）上映後，大眾熱議西裝如何能帥氣俊挺歷久不衰——或許可以從這個切入角度，在這裡跟老書迷、新讀友探究這個蛋頭翹鬍子偵探（我沒有影射哪款洋芋片食品喔）的魅力所在。

且讓我們話說從頭。

「我敢打賭你寫不出好的推理小說。」一九一六年，阿嘉莎・米勒（克莉絲蒂婚前的舊姓）在媽媽的打字機上敲擊，打算回應姐姐梅姬這挑釁的話語。她努力嘗試，但故事寫得不好，於是改從身旁熟悉的事物著手——比方說毒藥。阿嘉莎在藥房工作過，曾在某個夜裡驚醒，匆匆回到調劑室重新配置，因為她不記得有沒有漏做一個重要步驟，否則病患就要去見閻王了——噢，這似乎是個謀殺好點子。

阿嘉莎還記得姨婆對她的叮嚀：要注意他人覬覦她珍藏的首飾，時時留意是不是有人偷偷拉長了耳朵聽她們的竊竊私語。小阿嘉莎不但執行得徹底，還把這個習慣寫進小說裡。同時她還注意到，因為世界大戰爆發，家鄉托基湧入許多比利時難民，不如讓一個逃難到英國的比利時退休警官擔任偵探？一定很有趣！

啊，偵探小說顧名思義，只要塑造出一個教人印象深刻的偵探，大概就成功一半。這個人物必須要有特色、有個性，甚至是怪癖，而且聰明又自負。好幾個名字浮現在她腦海裡：莫里斯・盧布朗（Maurice Leblanc）筆下的怪盜紳士亞森・羅蘋、卡斯頓・勒胡（Gaston Leroux）創造的新聞記者胡爾達必，當然還有那最最知名的夏洛克・福爾摩斯——連帶創造一個華生型的助手好了。該怎麼安排呢……

於是，一位偵探的樣貌漸漸成形：五呎四吋的小個兒，蛋型臉上蓄著保養得宜、梳理有型的鬍子，衣著一塵不染，漆皮鞋擦得錚亮。他有嚴重的潔癖，說話不時夾雜法語，喜歡成雙成對的東西，喜歡方的不喜歡圓的（雞蛋為什麼不是方的呢？），口頭禪是「動動灰色的腦細胞」。阿嘉莎心想，他應該要有個像福爾摩斯一樣響亮的名字，取名「赫丘勒斯」怎麼樣？希臘神話中的大力士。姓氏叫白羅，不過搭赫丘勒斯這個名字好像不配……改一下，赫丘勒．白羅好像不錯？就這麼定了吧！

白羅很聰明，懂得觀察入微沒錯，但這並不表示他就得是台獨尊腦袋、缺乏情感的冰冷思考機器，尤其要在人物關係錯綜複雜的莊園宅邸查案追凶，交際手腕得高明些才行。他不是在謀殺發生、屍體出現後才開始像頭獵犬四處嗅聞，而是憑藉旺盛的好奇心與強烈的同理心接觸各種人事物，進而探入被害者、犯罪者、各個看似無辜但多少都和事件沾上邊的關係者的心靈深處，佐以現今稱作鑑識、法醫等等科學鐵證（哎，證據人人知道，可是要怎麼跟真相合理地連結到一塊，這就是名偵探的功力啦），讓原本叫人束手無策的事件得以畫下完美句點。也因此，白羅偶爾能預測進而制止罪案的發生，甚至對殘酷但值得憐憫的罪行網開一面，這樣才合乎人性不是嗎？

婚後以阿嘉莎．克莉絲蒂為名，推出《史岱爾莊謀殺案》後深獲好評，相隔六年的《羅傑艾克洛命案》更是引發街談巷議，而克莉絲蒂全球暢銷前十大作品中，還包括《東方快車謀殺案》、《尼羅河謀殺案》、《ABC謀殺案》、《藍色列車之謎》、《底牌》、《五隻小豬之歌》，合計八部皆由白羅擔綱演出。讀者不只喜愛這個聰明角色，還臣服於平實流暢的文筆及相對顯得衝突的複雜劇情，冷酷的謀殺動機隱藏在細膩的人際關係裡，穿透看似單純、帶點童話氣息的表象後，端賴名偵探明察秋毫、撥亂反正。尤其讓一個比利時人在英國土地上辦案，是克莉絲蒂的小心思，因為「英國人總是不信任外國人，也不相信睿智」（語出英國偵探俱樂部主席馬丁．愛德華茲〔Martin Edwards〕），讀者同凶手一樣輕忽不設防，卻也得到了參與鬥智競賽的意外驚奇和美好滿足。

這樣的閱讀感受，我稱之為「老派偵探之必要」，因為它純粹簡約，經得起反覆咀嚼，猶如前述的西裝革履，在潮流更迭的時間長河裡維持恆久的優雅風範——呼應吳念真先生寫在「策畫者的話」中的一段文字，那不是惺惺作態的高傲睥睨，而是「絕對自覺的通俗，無與倫比、無法招架的功力」所致。

不信？往下讀去就知道。而且我敢打賭，你有很高的比例會將整個白羅系列嗑完，然後是瑪波小姐系列以及其他系列，當然也不可能錯過像名列暢銷首位的《一個都不留》這類獨立之作……

註　克莉絲蒂推理全集一至三十八冊為「神探白羅系列」，三十九至五十二冊為「神探瑪波系列」，五十三至八十冊包含鬼豔先生、湯米與陶品絲、雷斯上校、巴鬥主任等名探故事。

獻詞

阿嘉莎．克莉絲蒂是世界讀者最眾，也最廣受喜愛的女作家。
身為克莉絲蒂的孫兒，我相信奶奶會非常樂見這次出版，
因為她極以自己作品中的趣味與娛樂為豪。
歡迎所有喜歡本系列的台灣新讀者參與這場饗宴！

——馬修．培察（Mathew Prichard）

01 我與史岱爾莊的因緣

話說曾經喧騰一時、沸沸揚揚的「史岱爾莊謀殺案」，如今風波終究已算平息，但是鑑於本案醜名遠播如影隨形，我的好友白羅和史岱爾莊家族不斷督促我寫下事件的始末，以正視聽。我們相信唯有如此，才能一舉粉碎那些揮之不去的蜚言流語。

首先簡單說明一下我與該案的因緣背景。

那時正逢戰爭時期，我因為在前線負了傷，遂被當成傷兵遣送返鄉，住進一家陰沉晦暗的療養院休養了好幾個月；出院之後，軍方又慨然給了我一個月的假期，這一時讓我有些煩惱，因為我一直沒有什麼親近的親戚及朋友，著實不知道該怎麼打發這段假期。這時我碰巧遇到了舊識約翰．凱文帝斯。我小時候常到他們位於埃塞克斯的老家史岱爾莊小住，但這幾年我已很少碰見他；真正說來，我與他也並不怎麼熟悉，因為他整整大我有十五歲。不過，眼前的他幾乎看不出來是個四十五歲的人。

我們聊到了以前，話匣子打開就滔滔不絕，最後約翰乾脆邀我到史岱爾莊去度假。

「我媽媽很多年沒見到你了，她看到你一定很高興。」

「她老人家還好吧？」我問。

「好得很。我猜你應該聽說過她又結婚了吧？」

我真怕我的驚訝表現得太明顯了。記得凱文帝斯夫人嫁給凱文帝斯先生時，他喪妻又帶著兩個小孩；她則歲近中年，風華依舊，仍然頗具姿色。屈指算算，她現在起碼也有七十歲了。在我的印象中，她總是精力充沛，霸氣十足，算得上是慈善事業及社交界的名人，她很喜歡舉辦義賣會，也樂於扮演慈善天使的角色，是個十分慷慨且擁有萬貫家財的女人。

凱文帝斯先生再婚後不久，就買下史岱爾莊當作他們的鄉村別墅。他凡事都聽太座的主張，以至於到了臨終前，還將這座宅院和大部分財產留給她養老，沒有公平兼顧兩個兒子的需求。所幸她對兩個小孩一向包容有加，而凱文帝斯先生再婚時孩子還小，所以他們也一直當她是親生母親般對待。

約翰的弟弟名叫勞倫斯，他心思細膩，舉止優雅，原本通過了醫師特考，不過很快就決定棄醫從文，回鄉全心做他的作家夢。只可惜幾年下來，他的詩文一直未獲得成功的回響。

至於約翰，他曾經當了一陣子律師，但最後仍選擇回到鄉下做個比較合他本性的大少爺。他兩年前才結婚，帶著妻子一起住在史岱爾莊。我刻薄地暗忖著，他一直很希望母親能再多給他一些生活費，以便存夠了錢自己買棟房子自立門戶。只是凱文帝斯老夫人一向喜歡自個兒拿主張，也希望別人照她的規矩行事，而在這件事情上，她尤其占有優勢；很簡單，因為經濟大權就落在她手上。

約翰注意到我聽到他母親再婚時那份驚訝，他苦笑了一下。

「跟一個沒用的渾小子！」他憤憤不平地說，「我告訴你，海斯汀，自從他來了以後，我們日子就不好過了，像是伊薇……你還記得伊薇嗎？」

「沒有印象。」

「噢，她大概是在更晚之後才來的。她是我媽的聽差兼玩伴，管些拉拉雜雜的事，是個很不錯的人。老伊薇，年紀不輕了，長相也平平，不過，可強悍得很。」

「你剛才正要說……」

「噢，對，那個傢伙。也不知道他打哪裡冒出來的，就說自己是伊薇的什麼遠房表親，不過伊薇對這層關係好像也不太願意承認；反正他全然是個外人，誰都看得出來。他啊，滿臉黑糟糟的鬍子，一雙靴子一年四季穿在腳上，可是母親也不知怎麼了，和他一見如故，而且留他下來做祕書；你知道的，她主辦的社團、協會最少也有上百個。」我了解地點點頭。他繼續說道：「當然囉，戰爭開始後，這些社團的數目恐怕快突破一千個了，難怪這傢伙派得上用場。不過三個月前，她突然向大家宣布她和阿福烈德已經訂婚了，那時大家幾乎當場厥倒。他起碼比她小二十歲呀！這擺明就是衝著她的錢來的。但是又能怎樣呢？她一向獨斷獨行，而且婚也結了。」

「碰到這種事情也真難為你們了。」

「難為？簡直就是恨透了！」

就這樣，三天後我搭火車到了聖瑪莉史岱爾車站，這是一個小車站，孤立在翠林綠野中的荒郊小路，不僅看來突兀，也不知其為何存在。火車到站的時候，約翰．凱文帝斯已在月台上等候多時了，他領我穿出車站，坐上他的汽車。

「看到沒有，車子只剩一兩滴油了，」他說道，「這就是我母親愛辦活動的結果。」

聖瑪莉史岱爾村離火車站大約兩英里遠，史岱爾莊則在火車站另一邊一英里處。七月初的氣候溫暖宜人，平靜無風，車窗外埃塞克斯平原一望無際，在午後的陽光下顯得蒼茫而寧靜；很難相信在不遠處，戰火正如火如荼蔓延著，我覺得自己恍如迷路般闖入另一個世界。

當史岱爾莊的大門出現在我們眼前時，約翰對我說道：「海斯汀，我擔心你可能會嫌我們這裡太安靜了。」

「老朋友，我現在唯一想要的就是安靜。」

「哦，如果你想過一陣悠哉悠哉的日子，那在這裡你會很快活。我一星期有兩天到自衛隊接受訓練，其餘時間則在農場幫忙做些雜事；我的太太每天固定到農場工作，清晨五點聞雞即起，從擠牛奶開始，一直忙到正午才休息。大體上說，如果沒有那個阿福烈德．英格沙普的話，我們的生活是十分愜意的。」一說著，約翰突然停下車來看了看手錶。「不知道來不來得及去接辛西亞。大概來不及了，她應該已經離開醫院了。」

「辛西亞？是你太太嗎？」

「才不是呢！辛西亞受我母親監護。她母親和我母親以前是同學，嫁了一個混蛋律師，後來他騎馬摔死了，辛西亞從此變成孤兒，生活陷入絕境，還好母親即時伸出援手，接她到我們家裡長住，算起來前前後後也快兩年了。她目前在紅十字會醫院上班，就在七公里外的泰敏斯特。」

約翰話一說完，我們剛好抵達那棟美麗壯觀的老宅院。這時花圃前正蹲著一位女士，身著厚呢斜紋長裙，看到我們走近，馬上站起身來。

「哈囉，伊薇，這位就是我們負傷的勇士。我來介紹一下，這是海斯汀先生，這是何沃德小姐。」

何沃德小姐熱情握住我的雙手，用力使勁得幾乎要弄痛我的手。她的眼睛十分湛藍，嵌在那張日曬焦紅的臉龐上，令人印象深刻；她年紀大概在四十上下，看來很有活力，體型高大健壯，套在厚皮靴裡的那雙大腳板也不遑多讓。接下來，我很快就發現她說話的風格有如打電報般簡潔明瞭。

「野草竄得比燒房子快，除都除不完，哪天把你都埋了。要小心！」

「有機會的話我很樂意幫點忙。」我回答。

「話別說太早，也不要說這種話，希望你待會兒要記住。」

「伊薇，你也太憤世嫉俗了吧，」約翰笑著說，「今天在哪裡喝下午茶？在室內還是到屋外？」

「屋外。天氣這麼好，關在室內做啥？」

「那一道來吧，你今天整理花圃的時間也夠久了，已經『物超所值』啦，過來吃點東西吧。」

「既然如此，」何沃德小姐脫下工作手套。「那我就恭敬不如從命。」

她帶著我們繞過房子，來到一棵碩大的楓樹之下，這時下午茶已在樹蔭下擺設妥當了，我看到席中有個人從藤椅中站起來，向前幾步迎向我們。

「這是我太太，海斯汀。」約翰說。

我永遠無法忘記第一眼見到瑪莉．凱文帝斯的印象。高修長的身形從閃耀的陽光中走過來，純色琥珀的眼眸，像是餘熱猶存的紅炭火熠熠生采，散發出我所見過最迷炫的眼神；然而她的態度卻非常冷靜自持，給人感覺像是狂野的精靈寄居於文明教養的軀殼之中。這些景象須臾之間就蝕刻在我的腦中，永難忘懷。

她用簡單幾句話向我表示歡迎，聲音低沉而清晰。我坐進一張藤椅中，萬分慶幸自己答應了約翰這個邀約。凱文帝斯太太幫我倒了些茶，她不多話，這讓我愈發著迷於她的魅力。懂得聆聽的人總是能啟人談興，我開始妙語如珠地描述療養院裡的趣事，除了藉機吹捧自己外，更是為了取悅女主人——約翰雖然是個不錯的人，但絕對不是個口才便給的健談者。說著說著，一股熟悉的聲音從身後的法式落地窗內傳來。

「阿福烈德，喝完茶後就給公主陛下寫封信好不好？我明天也會親自寫一封信給泰敏斯特夫人……還是先等公主回信再說？如果公主不能來學校，那慶祝活動第一天就請泰敏斯特女伯爵擔任主客，第二天再請科斯比女士來主持，接著就輪到伯爵夫人。」

只聽一位男子低聲咕噥了幾句，然後英格沙普女士的聲音突然放大了起來。

「好吧，就這麼辦，下午茶之後再說吧。你設想得真周到，親愛的阿福烈德。」

落地窗更拉開了些，一位姿采雍容的銀髮貴婦，氣派十足地朝著草坪走過來，後面跟著一位男士，畢恭畢敬地不敢造次。

英格沙普夫人親切地和我打招呼，熱切之情溢於言表。

「這麼多年之後還能再見到你，太令人高興了，海斯汀先生！阿福烈德，親愛的，這是海斯汀先生；海斯汀先生，他是我丈夫。」

看她口中三句不離一次「阿福烈德，親愛的」，我的好奇之心油然而起。這人看起來果然非常異類，蓄留著一臉濃鬚，其長其黑是我至今所僅見，鼻樑上又夾著一副金框眼鏡，表情帶著不自然的淡漠——像他這樣的外表，放在戲劇舞台上看或許還比較順眼，一旦到了真實人間，反而顯得格格不入。難怪約翰不喜歡他。他舉起木頭般冷硬的手握住我，用那副渾厚而矯情的聲音說道：「海斯汀先生，幸會幸會！」說完他就轉過去對著他的妻子說：「親愛的艾蜜莉，那個椅墊好像有點受潮了。」

她洋溢著幸福之情看著他，他則體貼備至地替她換好坐墊。沒想到這個精明的老薑，也會迷失在盲目的愛情之中。

因為英格沙普先生的加入，現場眾人立即反射出一股緊張而隱隱欲出的敵意，尤其是何沃德小姐，她對他的憎惡簡直是骨肉盡露，全家彷彿只有英格沙普夫人察覺不到任何異狀。年紀的增長似乎無損於她的口才，她滔滔不絕地暢談著由她主辦且即將揭幕的慈善義賣會，偶爾無法確定一些像是日期、時間等的小問題時，才會停下來詢問她的先生；他專注、傾心而聽的神情則始終如一。雖然只是第一次見面，但我對他已有一種根深柢固的嫌惡感，我可是一向自詡自己的第一印象絕對經得起考驗。

而後，英格沙普夫人轉身面向伊薇．何沃德小姐，交代她處理一些信件，英格沙普先生則用他精心養練的聲音對我說：「你是職業軍人嗎，海斯汀先生？」

「不是，戰前我在勞埃德保險公司做事。」

「戰爭結束以後還會回去繼續工作嗎？」

「或許吧，回去重操舊業或是重起爐灶都可以。」

瑪莉．凱文帝斯向前一傾，加入我們的談話。

「如果只考慮興趣，你會想做什麼？」

「嗯，視情況而定吧。」

「你難道沒有什麼私人的嗜好嗎？」瑪莉繼續追問，「告訴我，你對什麼事情著迷？每個人都有偏愛的興趣嘛，而且天南地北無奇不有。」

「說了你一定會笑我。」

她笑了。

「也許會，也許不會。」

「好吧！我一直對當偵探很有興趣。」

「哦，是真槍實彈的警察？還是小說中的福爾摩斯？」

「噢，當然是福爾摩斯！說真的，偵探工作對我有無比的吸引力，有一次我在比利時遇到一位非常有名的偵探，就是他激起了我的熱情。他是個絕妙透頂的小個頭，時常強調偵探工作無非是講究方法、條理。我的理論認知都是從他那裡打下基礎，當然囉，我自己也加了一些創新的見解。總之，他是個好玩的矮男人，雖然過於重視外表，但腦筋絕對一流。」

「我也很喜歡偵探小說，」何沃德小姐接口說，「不過很多小說都在胡說八道，凶手不到最後一章絕不現身，只求結局出人意外。要說真實的犯罪，其實一眼就瞧得出端倪。」

「但是有許多案件到今天仍然無法破案啊。」我反駁她的看法。

「我不是指警察，而是相關人等、受害者家屬，他們可不是好騙的，他們心裡有數。」

「也就是說，」我興趣來了。「假設你捲進了一宗犯罪案件，比方說謀殺案好了，你立刻就能夠找出凶手囉？」

「當然沒問題，雖然未必有機會在律師面前作證，但我一定會知道是誰。只要他從我面前走過，我用鼻子就聞得出來。」

「你怎麼知道是他，說不定是『她』呀？」我點示道。

「可能，不過謀殺是種暴力犯罪，男性做案的可能性較高。」

「下毒就不一定。」凱文帝斯夫人乾淨的聲音嚇了我一跳。「昨天包斯坦醫生才在說，一般醫務人員對罕見毒物大都認識不深，不知道有多少的下毒案件根本沒被察覺。」

「說這麼恐怖的事情幹什麼！」英格沙普夫人插口抗議，「好像死亡就在身邊似的。咦，那不是辛西亞嗎？」

只見一個身著醫療服裝的年輕女子，踏著輕盈的步伐快速穿過草坪。

「辛西亞，今天怎麼回來得晚了？這位是海斯汀先生，她是莫道小姐。」

辛西亞．莫道的臉龐充滿青春的氣息，看來精神十足。她脫下醫院的帽子，露出赭紅色波浪般的鬈髮，並伸出小巧白細的手要了她的茶；她的一舉手一投足無不令人激賞，加上眉眼濃黑秀麗，稱得上是個美人胚子。

辛西亞大剌剌地逕自坐到約翰旁邊的草地上，我遞上一份三明治給她，她抬頭對我淡淡一笑。

「你也坐來這裡吧，這樣舒服多了。」

我順從地坐了下去。

「莫道小姐，聽說你在泰敏斯特工作是嗎？」我問。

她點點頭。

「對呀，贖罪去的。」

「那些人該不會常常欺負你吧？」我笑著問她。

「我倒想瞧瞧誰敢！」她叫道，頗有一夫當關之勢。

「我有個當護士的表親，」我說道，「她看到修女就像老鼠見到貓一樣。」

「這是正常反應。修女是這樣的沒錯，你也知道，海斯汀先生，她們就是如此！我不是護士——老天有眼，我在藥局上班。」

「那你毒過多少人呢？」我再笑著問她。

辛西亞也笑開了。

「少說也有上百個了！」她答道。

「辛西亞！」英格沙普夫人叫著她的名字。「你可以幫我寫些回信嗎？」

「沒問題，艾蜜莉阿姨。」

她馬上跳了起來，這不免讓我想到她終究是寄人籬下；而依照英格沙普夫人的個性，她大概也不會輕易讓辛西亞忘記這點。

交代完辛西亞，英格沙普夫人轉向我說：「等會兒約翰會帶你到房間去，晚餐七點半開始。我們現在晚上都提早用餐，泰敏斯特夫人——我們會員的妻子，她的先父是亞伯斯爵士，也是很早就吃晚飯。她也贊成我生活一切從簡的想法。我們家真的是個標準的戰時家庭，一分一毫東西都不會浪費，即使是一片小紙頭，我們也會收集起來，隨袋送交回收。」

我對此衷心表示敬佩。然後約翰帶我走進大屋，循著寬大華麗的階梯逐級而上，樓梯在半途一分為二，分別通向房子的左右兩翼。我的房間在左邊，可以俯瞰整個花園。

約翰離開幾分鐘後，我從窗戶向外看到他和辛西亞挽著手臂在草坪上漫步，接著英格沙普夫人突然嚷著要找她，於是辛西亞倏地快跑回屋裡去。此時，樹蔭下閃出一個人影，也朝著辛西亞的方向慢慢走去。這個人看起來約有四十歲，膚色黝黑，神情焦慮，臉頰上刮得精光，不留一絲鬍鬚。他的內心好似波濤洶湧，心事重重，卻仍不得不強自壓抑。他邊走邊向我這裡望了一望；雖然將近十五年未見，他的容貌也與往日大為不同，但我一眼就認出他，他正是約翰的弟弟勞倫斯．凱文帝斯。真不知是什麼原因使他的表情如此沉重？

不過我很快便將勞倫斯的問題放在一旁，思考起自己的事情。

晚上過得非常愉快，而當夜我就夢見那個謎樣的女人，瑪莉．凱文帝斯。

翌晨破曉時分，陽光閃閃耀眼，又是大好的天氣！我滿懷興奮之情起床，迎接新一天的來到。

可是我一直到午餐時才再度見到凱文帝斯夫人，她主動表示要帶我到四處看看。整個下午，我們愜意地穿梭在農莊裡的密林中，等到回家時，已經接近五點。

我們前腳才踏進大廳，約翰就示意要我們到吸菸室去，從他的臉色看來，一定是發生了什麼麻煩的事。我們跟著他走進去，他隨手把門帶上。

「糟了，瑪莉，情況不妙了。伊薇和阿福烈德大吵了一架，伊薇嚷著要離開這裡。」

「伊薇？離開這裡？」

約翰愁眉不展地點點頭。

「她找母親去了，而且……哦，她來了。」

何沃德小姐走了進來，手上多了一只小皮箱，雙唇緊緊閉著，表情激動而堅決，還帶了點防衛性。

「不管你們怎麼想，」她激動地表示，「我說的都是真心話。」

「親愛的伊薇，」凱文帝斯夫人叫道，「你不是真的要離開吧？」

何沃德小姐沮喪地點一下頭。

「絕對是真的。我說了一些艾蜜莉無法接受的事實。其實，只要她多少聽進去一點，我走不走人都無所謂，但就怕被當作是耳邊風。我告訴她：『你已經是個老女人了，艾蜜莉，就算是個大笨蛋，他也不會去喜歡一個年紀一大把的笨蛋啊。那個男的比你年輕二十歲，別假裝不知道他跟你結婚心裡圖的是什麼。還不就是錢！對了，可別讓他坑太多了，附近農場的萊克斯先生娶了一個年輕貌美的妻子，問問你的阿福烈德，看他是不是常常找她鬼混！』她氣得火冒三丈，那當然了！我繼續說：『不管你喜不喜歡，我必須警告你，那個男人很快就會趁你不備將你謀殺在床。他根本是個無惡不做的壞胚子！你怎麼罵我都沒關係，但是千萬記住我的話，他是個無惡不做的壞胚子！』」

「那她怎麼說呢？」

何沃德小姐臉色一沉。

「她滿口都是『親愛的阿福烈德』、『我的阿福烈德』、『惡毒的誹謗』、『居心叵測的謊言』、『邪惡的女人』等等的，甚至說我汙衊她的『好丈夫』。我還是盡早離開這裡比較好，所以我要走了。」

「一定要現在走嗎？」

「一秒都不多留。」

一時之間，我們只知呆坐原地直瞪著她看。約翰眼見慰留無效，只好去幫她查火車時刻表。他的妻子也跟著走出去，低聲說些要不要去勸勸英格沙普夫人的話。

她的前腳才跨出門檻，何沃德小姐旋即臉色一變，急著向我靠過來。

「海斯汀先生，你是個老實人，我能夠信任你嗎？」

我略吃了一驚，她拉住我的手臂，壓沉聲音悄悄地說：「海斯汀先生，我走了以後，請你多費心照顧可憐的艾蜜莉，他們是一群飢餓的鯊魚……每一個都是。不要懷疑我說的話，他們一個個無不費盡心思要從她那裡挖錢。我已經盡力保護過她了，如今我一走，只怕今後他們會對她不利！」

「沒問題，何沃德小姐，」我說，「我一定盡我所能做到。不過，你會不會是太衝動、太多慮了？」

她豎起食指搖了幾下，打斷我的話。

「年輕人，相信我，我年紀長你許多，我只求你隨時睜大眼睛注意，到時你自然就會明白我講的話。」

窗戶外傳來汽車引擎轟隆轟隆轉動的聲音，約翰在屋外招呼著，何沃德小姐起身向門邊走去，她的手才剛碰到門把，頓了一下又回過頭來看著我。

「海斯汀先生，最重要的是看好那個歹毒的傢伙——她的丈夫。」

她沒有時間再多說什麼，一下就被眾人團攏住，大家爭相挽留她、與她道別。英格沙普夫婦則始終沒有出現。

汽車漸行漸遠，凱文帝斯夫人突然離開在車道上送別的人群，向著草坪上一位高大的男子走去。他蓄留著長鬚，正朝屋子走來。她伸手與他一握，臉色泛起一陣紅暈。

「那人是誰？」我警覺地問道。

直覺反應告訴我，他絕對是個可疑的角色。

「他是包斯坦醫生。」約翰簡短地應著。

「誰是包斯坦醫生？」

「他客居在我們鄉裡療養身體，據說他有過一場很嚴重的精神崩潰。他原本在倫敦執業，專門研究各種毒物，可說是當今世上最權威的毒物專家，頭腦十分聰明。」

「而且還是瑪莉十分要好的朋友呢！」辛西亞忍不住插話道。

約翰・凱文帝斯皺皺眉頭，把話題岔開了。

「陪我走走，海斯汀。剛才真是一團混亂！她說話是不好聽，但是在全英國，你絕對找不到比伊薇·何沃德更忠實可信的朋友。」

他帶著我走在農場的小徑上，穿過占據史岱爾莊半側的林地，向著村莊走去。回程時，在某一戶人家門前，有個面貌姣好、吉普賽打扮的年輕女子，迎面對著我們微笑鞠躬致意。

「真漂亮！」我讚賞道。

但約翰的臉色很難看。

「她是萊克斯夫人。」

「就是何沃德小姐所說的……」

「沒錯！」約翰不等我說完就搶先插話。

思及豪宅中白髮飄飄的老夫人，再比照起剛才那張妖嬈動人的盈盈笑顏，我心中不由得不寒而慄，一股不祥的預感襲上心頭。但我很快把這些念頭暫時擱下。

「史岱爾莊實在是個古雅宏偉的好地方！」我對約翰說。

他陰鬱地點點頭。

「的確是個好所在，將來總有一天會歸我所有……如果我父親有立個像樣的遺囑，它現在應該就是我的，那我現在也不至於落得這般一無所有的下場。」

「一無所有？怎麼會呢？」

「親愛的海斯汀，告訴你也無妨，我目前已經是黔驢技窮、兩袖清風了。」

「你的弟弟沒有幫你嗎？」

「勞倫斯？他呀，泥菩薩過江，早就花光了所有的錢，全部拿去出版他那些包裝精美但內容貧乏的詩集去了，我們哥倆現在是一文不值的難兄難弟。母親對我們向來寵愛有加，這點我必須承認，不過那是在她結婚之前，現在的情形可不同了，唉……」約翰垮著一張臉不說了。

隨著伊薇．何沃德小姐的離去，此刻我第一次感受到一股不安的氣氛，她的存在彷彿是一種安全的象徵，如今這道安全屏障已經消失，空氣中似是籠罩著凝重的疑雲。包斯坦醫生那張邪惡的臉浮上我的心頭，令我忐忑不安。這裡的每一件事、每一個人似乎都不無可疑，一瞬之間，我似乎感到撒旦正在迫近。

02
關鍵的七月十六和十七日

我是七月五日到史岱爾莊的，不過現在要說明的是十六日和十七日所發生的事。為了讀者閱讀方便，我會盡量忠於事實，概要簡述那兩天的重要事項。後來在法庭審判期間，這些事實也在律師冗長沉悶的詰詢中被揭露出來。

伊薇·何沃德離開數天以後，我就接到一封她的來信，告訴我她已經在距離埃塞克斯十五哩左右的工業城米德林罕找到新工作了，現在在一間大型醫院裡擔任護士。她在信中千萬拜託我，如果英格沙普夫人有意化干戈為玉帛，一定要馬上通知她。

在史岱爾莊靜養的這段日子十分恬靜舒適，唯一令人氣悶的是，凱文帝斯夫人對包斯坦醫生那份明顯而難以理解（對我而言啦）的偏愛。她究竟看上他哪一點，我不清楚，只知道她經常邀請他到家中做客，或是和他一起出外遊逛，久久不歸。大概是慧根有限，我始終看不出他的魅力何在。

七月十六日星期一，風暴終於來臨。前一天週日，籌備、風聞已久的義賣會終於熱鬧舉行。由於當天晚上英格沙普夫人要在晚會中朗誦一首戰爭詩歌以娛佳賓，我們為了布置會場，一大早就到村子裡的活動中心打點，直到中午過後才安排妥當，中餐也因而順延了。下午大夥就在花園中休息閒聊，那段時間我注意到，約翰的舉止很不尋常，整個人看來相當毛躁不安，沒有一刻靜得下來。

下午茶過後，英格沙普夫人趁著晚會開始之前，回到房間小憩片刻；我則邀請凱文帝斯夫人打一場網球。

六點三刻，英格沙普夫人差人通知我們晚餐要提早開動，督促我們早一點結束；於是凱文帝斯夫人和我手忙腳亂整理一番後，終於及時趕到餐廳。而晚餐還沒有結束前，汽車已經準時停在門外等候。

當天的晚會十分成功，英格沙普夫人的詩歌朗誦獲得了滿堂喝采；辛西亞小姐也上台扮演了一個活人布景。晚會結束以後，她應同團演出朋友的邀請，一起去參加一個晚宴，而且準備當晚就住在朋友家中，並未隨我們回去。

次日，也就是星期二，英格沙普夫人因為前晚體力過度透支，決定在床上用早餐；到十二點三十分，她神清氣爽地下樓來，並且囑咐我們和勞倫斯隨她一起去參加某個午宴。

「是羅勒斯頓夫人盛情邀請的，你們應該知道她是誰吧？就是泰敏斯特夫人的姊姊。羅勒斯頓家族當年曾經協助英王威廉一世打天下，是我國最古老的家族之一。」

瑪莉以和包斯坦醫生有約為由，婉拒參加。

午宴十分豐盛，回程時勞倫斯建議不妨繞個一里路走泰敏斯特，可以順便去探訪在藥局裡工作的辛西亞。英格沙普夫人回答說這主意不錯，但是因為她還有許多信件等待回覆，所以等車子到了泰敏斯特就放我們下車，叫我們要回家時和辛西亞一起搭馬車即可。

由於醫院的警衛不認識我們，勞倫斯和我被攔在大門口耽擱了一陣子，直到辛西亞出面確認之後才放行。身著白色長袍的她，看來莊嚴中帶著一分素雅，她帶著我們直奔她的小天地，並且介紹我們和她的同事認識——那是個令人望而生畏的傢伙，辛西亞卻開朗地叫著他「小尼」。

「那麼多的瓶瓶罐罐！」環視了小房間一圈後，我忍不住脫口而出。「你們確定不會拿錯嗎？」

「說點有創意的話好不好！」辛西亞趁機奚落我。「每個人到這裡都這麼說。我們已經在考慮，要是有人第一次來，開口不是說『那麼多的瓶瓶罐罐』這句話，我們就要頒發一個特別獎給他。還有，我猜猜看，你下一句是不是要問我：『你害過多少人中毒了？』」

我自慚地笑了笑。她接著說：「要是你們這些外行人知道意外中毒的事件有多容易發生，就不會拿這種事情開玩笑了。好了，我們來喝茶吧！我們那個小櫃子可是個藏寶庫，各種百貨應有盡有。不是，勞倫斯，那個是毒藥品專櫃，旁邊那個大一點的才是……沒錯。」

這頓茶我們喝得非常盡興，結束後也一起動手幫忙清理；忙到才將最後一支茶匙歸位時，門後傳來了一記敲門聲，辛西亞和小尼的表情像是變天一樣，陡然陰沉下來。

「請進！」辛西亞職業性地提高音量說。

一位年輕的小護士畏畏縮縮地走了進來，將自己手中的一個藥瓶交給小尼。他搖了搖手，指指辛西亞，像是猜謎語似地說：「今天我不在。」

辛西亞接過瓶子，狀似法官審案般專注地檢視它的標籤。

「這個早上就該送過來了啊。」她說。

「修女說她很抱歉，她忘了。」

「修女應該好好看看貼在藥局門外的布告！」

看小護士臉上的表情就可以知道，她就算吃了熊心豹子膽，也不敢將辛西亞的話轉告給可怕的修女知道。

「這我明天才能處理！」辛西亞不悅地說著。

「可不可能今天晚上就給我們呢？」

「這個嘛……」辛西亞慢條斯理地回答，「我們真的很忙，但是如果能抽出空檔……或許可以吧。」

小護士退出去後，辛西亞敏捷地從櫃子裡拿下一罐藥，倒進手上的空瓶中，並把它放在門外的桌子上。

我不禁失聲大笑起來。

「辦公室的紀律還是要維持，對吧？」

「一點都沒錯！我們到陽台上去吧，那裡可以看到整個院區。」

我跟著辛西亞和她的同事一起走出去，他們一一為我介紹醫院不同的區域，勞倫斯則留在屋內，但是才不一會兒，辛西亞便回過頭叫勞倫斯一起過來。她低頭看了看手錶。

「小尼，應該沒事了吧？」

「沒了。」

「好，那我們就鎖門走人！」

當天下午，我第一次有機會從不同的角度來觀察勞倫斯。和約翰比起來，他簡直是另一個極端，個性是少見之害羞與內斂，也相當高深莫測。我心想，勞倫斯的舉止風雅迷人，只要人們有機會真正了解他，應該都會打從心底欣賞他的。不過奇怪的是，平常時，他似乎刻意和辛西亞保持一定的距離，而她也處處有心迴避，但是今天下午，他們倆相處得倒是十分融洽，活像是一對兩小無猜的情侶。

回家的路上，我突然想起要買些郵票，所以讓馬車在郵局前稍微停了一下。

就在我辦完事步出郵局的時候，迎面碰巧撞上一位正要進去的小個頭男士。我退後一步，連連表示歉意，只聽到對方一陣驚呼，那人緊緊握住我的手臂，熱切地親吻我的雙頰。

「海斯汀老弟！」他興奮地叫喝著，「真的是我的海斯汀兄弟哪！」

「白羅！」我也叫起來。「辛西亞，真是個難得的巧遇。這位是我的老朋友白羅先生，數數日子，我們也有多年未見面了。」

「哦，我們都認識白羅先生。」辛西亞高興地說道，「只是我不知道你們是好朋友。」

「是呀，沒錯，」白羅認真說道，「我和辛西亞小姐是認識的。多虧仁慈慷慨的英格沙普夫人，我才會來到這裡。」我好奇地望著他。「是的，老弟，英格沙普夫人慈悲地接濟了我們七個有家歸不得的逃難同鄉，比利時人永遠對她銘感五內，終生不會忘記她的恩情。」

白羅的外貌十分特殊，身高不足五呎四吋，但是擁有極高貴的情操。他的頭型仿若雞蛋，總是傾向一側；上唇留著筆直工整的八字鬍，全身上下保持地一塵不染，我相信，如果可以選擇，他寧可讓身子挨顆子彈也不願衣服沾到髒灰。只是這個衣著考究時髦、在比利時警界曾經叱吒風雲的小個子，如今雙腳卻日益不良於行，這看在我的眼裡，實在是感到不勝唏噓。他是個傳奇性的神探，想當年，他曾破解了多少轟動一時的社會奇案啊！

白羅用手指著一列他們比利時同鄉暫住的屋子，我答應會盡快去拜訪一趟。然後，他漂亮地將帽子一舉，向辛西亞告別，我們一行人就轆轆揚塵而去。

「他人真的很不錯，」辛西亞誇道，「沒想到你們早就認識了。」

「你們竟不知道自己收容的是一位鼎鼎有名的大人物呢。」我回答道。

回程時我一路講述著赫丘勒．白羅的冒險經歷，以及他屢建奇功的事蹟。

等回到了史岱爾莊時，大夥的心情仍然相當好，正說說笑笑地走進大廳，剛好看到英格沙普夫人從書房中出來，她的氣色不佳，臉上脹紅得像是發燒。

「你們回來了呀！」她說道。

「是不是發生什麼事了，艾蜜莉阿姨？」辛西亞關心地問著。

「當然不是。」英格沙普夫人迅速回道，「會有什麼事呢？」

此時，女僕荳克絲正巧經過，準備到餐廳去，英格沙普夫人叫住她，要她拿點郵票到書房去。

「是的，夫人。」老荳克絲遲疑一會兒，然後膽怯地說：「夫人，您看起來好像很累，是不是到床上休息一下比較好？」

「休息一下也好……算了，等一會兒再說好了，有些信一定要在郵局截止收件前寄出。對了，你是不是已經照我說的在臥室的壁爐裡生火了？」

「是的，夫人。」

「這樣我一用完晚餐就可以立刻回房裡睡覺了。」

她轉身踱回書房，辛西亞直直望著她的背影。

「老天爺，到底發生了什麼事？」她問身邊的勞倫斯。

勞倫斯似乎別有心事，沒聽到她說的話，只是不發一語地轉身向屋外走去。

我提議和辛西亞在晚飯前打一小場網球，她欣然同意，於是我立刻跑上樓去拿球拍。

上樓的時候，我巧遇凱文帝斯夫人正要往樓下走；可能是我想太多了，但是，她的表情看來也是心浮氣躁的樣子。

「和包斯坦醫生逛得還好吧？」我故作輕鬆地問她。

「我根本沒去。」她衝口答道，接著反問我：「英格沙普夫人呢？」

「在書房裡。」

她的五指緊緊扣著樓梯扶手，彷彿準備挺身作戰似的，然後她斷然擦過我身邊，朝著樓下快步走去；穿過大廳之後，她便直奔夫人的書房，並且反手把房門給帶上。

稍後我氣喘吁吁地跑向球場，就在途經英格沙普夫人的書房時，我從一扇未關上的窗戶旁邊，聽到她們婆媳間的一段對話。

瑪莉．凱文帝斯用一種極力掩抑的聲音說道：「所以無論如何你都不會拿出來？」

英格沙普夫人回答說：「我告訴你，事情不是你想的那個樣子，而且跟你也一點關係都沒有。」

瑪莉．凱文帝斯尖刻地回道：「是呀，我早該料到你會偏袒他。」

到了球場上，辛西亞已經在等我了，她迎向我急切地說道：「我就說嘛！聽說吵得天翻地覆，荳克絲全部告訴我了。」

「誰在吵架？」

「艾蜜莉阿姨和那個人呀，真希望最後她能看清他的真面目。」

「他們吵架的時候，荳克絲在場嗎？」

「當然不是，她只是『碰巧在門邊罷了』。據說真是吵得撕破臉了，真想知道從頭到尾發生的經過。」

萊克斯太太吉普賽人的面容、伊薇．何沃德臨走前的殷殷交代，剎那間全都湧上我的心頭，我在心裡不斷告訴自己要保持冷靜；辛西亞則在一旁喋喋不休地瞎猜，還歡天喜地得期許道：「艾蜜莉阿姨一定會把他掃地出門的，而且以後也不會再提起他了。」

由於事出突然，我急著想找約翰一探究竟，但是這個當頭卻尋他不著。下午一定發生了什麼大事！我試著將自己無意間聽到的那段對話拋諸腦後，然而愈是努力想靜下來，愈是無法控制腦筋打轉。瑪莉．凱文帝斯放心不下的到底是什麼事？

傍晚下樓準備用餐時，我看到英格沙普先生坐在客廳中，一如往常般面無表情。這男人如夢似幻的詭異氣質，再次衝擊了我。

英格沙普夫人到最後才下樓用餐，她的情緒似乎仍未平息，以至於飯桌上大家只顧埋頭吃飯。尤其是英格沙普先生，比平常安靜許多，但是仍然不忘打點妻子的一切，溫柔地在她背後放一個靠墊，扮演他「賢慧」的角色。英格沙普夫人用完餐後立刻又回到書房去了。

「等一下幫我把咖啡送到書房，瑪莉。」她說道，「郵局再過五分鐘就要截止收件了。」

辛西亞和我飯後移師到客廳去，雙雙在落地窗前坐下。瑪莉．凱文帝斯幫我們各端了一杯咖啡過來，看起來仍是餘怒未消的樣子。

「年輕人，你們要點燈嗎？還是想享受朦朧的夜色？」她問道，「辛西亞，請你把英格沙普夫人的咖啡端過去好嗎？我這就倒好一杯。」

「不用麻煩她了，瑪莉。」英格沙普先生主動表示，「我拿去給艾蜜莉好了。」

他從壺中倒出一杯咖啡，小心翼翼端著去了。

勞倫斯跟著他去，凱文帝斯夫人則在我們身邊坐下。

我們三人靜靜坐著，半晌無語。當晚天氣又悶又熱，凱文帝斯夫人拿著一把芭蕉扇徐緩地左右搧風。

「天氣太熱了一點，」她低聲輕語，「暴風雨可能隨時就要來了。」

雖然一時夜闌人靜、萬籟俱寂，可惜好景不常，走廊上突然傳來一陣令人熟悉又厭惡的聲音，硬生生粉碎了我的平靜。

「包斯坦醫生！」辛西亞略顯吃驚地問道，「他怎麼會這個時候來呢？」

我嫉妒地朝瑪莉．凱文帝斯看了一眼，沒想到她靜若止水，白皙粉嫩的臉頰上，沒有一絲風動。

很快地，阿福烈德．英格沙普便領著他走了進來。包斯坦醫生笑著說自己現在這種樣子實在不方便到客廳裡去。的確，他一副慘兮兮的模樣，身上全是泥巴。

「你是做什麼去了？」凱文帝斯夫人一臉不解地問道。

「請大家見諒。」包斯坦說道，「我原本不願意進來的，但是英格沙普先生堅持要我進來，實在是盛情難卻……」

「包斯坦，你怎麼弄得全身一塌糊塗？」約翰從大廳中走進來，說著，「先喝杯熱咖啡緩緩氣，然後告訴我們到底發生了什麼事。」

「那我就不客氣了。」

他苦笑著，然後開始形容他如何在一個難以靠近的險地，發現一株非常罕見的蕨類；誰知那裡地軟石鬆，為了採集樣本，腳下一個不留神，就滑到下面的小水塘中了。

「還好太陽很大，衣服一下子就曬乾了，」他說道，「只不過一身髒兮兮的，讓大家見笑了。」

就在這當頭，英格沙普夫人從大廳叫著辛西亞，她趕快站起來跑過去。

「幫我拿著公事包好嗎，親愛的？我要去睡覺了。」

大廳通客廳的門相當寬敞，辛西亞起身後，我也跟著站起來，約翰就在我旁邊，我們三個人都親眼目睹英格沙普夫人手裡揣著她那杯沒有喝過的咖啡。

包斯坦醫生的臨時造訪，破壞了我整個晚上的心情，而且他磨磨蹭蹭，看來似乎是打算賴著永遠不走了。最後，在我千盼萬盼之下，他總算站起身來準備告辭，我深吸一口氣，愉快地一吐而盡。

「我陪你一起回村子裡去，」英格沙普先生主動表示，「我要去和房地產公司談些事情。」他轉身告訴約翰：「不必等我回來了，我會帶鑰匙。」

03 悲劇上演

為了清楚呈現我即將描述的事件，我在此附上一幅史岱爾莊二樓的房間分布圖。由圖中可以發現，傭人房都在B門的後面，與右翼的各個房間（包括英格沙普夫人的房間），都沒有直接的通路。

那天勞倫斯．凱文帝斯將我從睡夢中搖醒時，天色一片漆黑，感覺上應該仍是半夜。他手

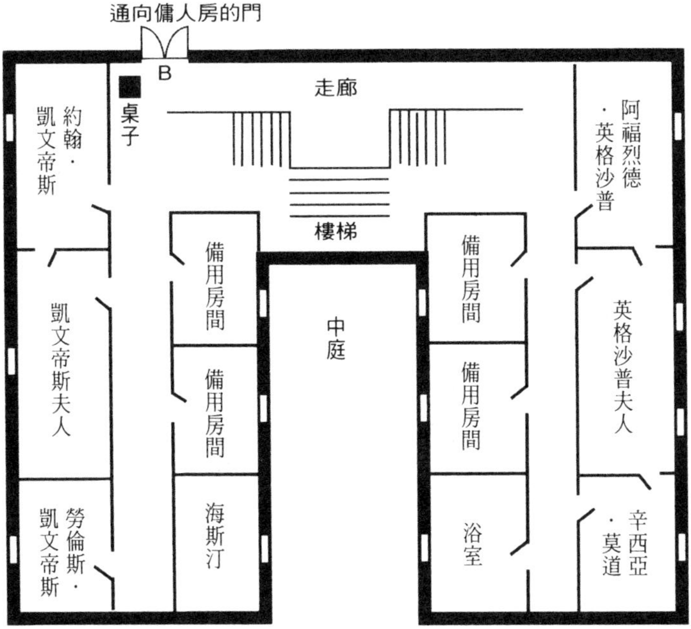

持一根蠟燭，臉色惶恐不安，我直覺到情況有異，而且事態可能相當嚴重。

「怎麼了？」我睜開惺忪的睡眼坐起來，努力振作起精神。

「母親好像病得很嚴重，痙攣發作似的，但是房門鎖起來了，我們進不去。」

「我馬上去看看。」

我跳下床鋪，隨手罩上一件睡袍，和勞倫斯三步併作兩步疾走，順著房間通道再穿過二樓走廊，快速走到房子的右翼。

約翰．凱文帝斯在半途加入我們，途中又看到一兩位僕人慌張地站在一旁不知所措。勞倫斯對他的哥哥說：「該怎麼辦才好？」

我心中暗想，勞倫斯猶豫不決的弱點，一旦遇上了緊急事件就暴露無遺。

約翰上前使勁轉動英格沙普夫人房間的門把，但是房門顯然是從裡面反鎖起來的，而且門閂也閂上了，所以根本無法由外面打開。此時，史岱爾莊裡的人已經騷動起來，而夫人的臥室內，仍持續傳來怪響，顯然得採取必要手段了！

「要不要從英格沙普先生的房間進去看看呢，少爺？」荳克絲喊道，「噢，可憐的夫人！」

這時候我突然想到，英格沙普先生呢？在這重要關頭為何獨不見他的人影？約翰打開他的房間，裡面伸手不見五指，勞倫斯拿著蠟燭，亦步亦趨緊緊跟著，在昏暗微弱的燭光下，我們可以看到英格沙普先生的床鋪清潔平整，其他陳設也沒有被人動過的跡象。

我們一行人直接走到通往夫人臥室的那道內門，發現也是自內鎖死，而且上好了門。這下如何是好？

「噢，天哪，少爺！」荳克絲擰著雙手哀叫，「怎麼辦？該怎麼辦呢？」

「我想別無他法，只有破門而入了。不過要直接把門撞開可不是容易的事。這樣好了，先差一個女傭去叫醒貝里，讓他馬上去請威爾金醫生過來；我們幾個就留在這裡設法把門撞開……等一等！辛西亞的房間裡不是也有一道門可以通到母親的房間？」

「是的，少爺，不過那道門一向都是鎖死的，從來沒有使用過。」

「事到如今，不妨試一下再說吧。」

他從走廊飛快跑到辛西亞的房間，瑪莉．凱文帝斯已經早一步到了，正在用力搖著熟睡中的辛西亞，設法要叫醒她。看這場面，她八成是個非常嗜睡的女孩。

過一會兒工夫，他再度回到英格沙普先生的房內。

「沒有用，那道門果然也給鎖死了，現在只有把門打破再說了。我想這道門應該比走廊上那道門稍微薄一點。」

我們二話不說，同時使勁撞向木門，沒想到那門真的是十分牢靠，怎麼撞也硬是文風不動。不過，最後總算推出一點空隙，然後突然間，木門發出一陣巨大的撕裂聲，陡然向內崩開……

我們跌跌撞撞地衝進了房間，勞倫斯仍手持蠟燭。只見英格沙普夫人躺在床上，全身因為劇烈痙攣而顫動，床頭的小桌倒在一旁，顯然是掙扎時不慎掀翻的。我們進去時，她的痙攣剛剛緩和下來，四肢也逐漸鬆弛，整個人虛脫地倒在枕頭之上。

約翰快步走到房間的另外一端，點亮瓦斯燈，指示身旁的女傭安妮趕快下樓拿一瓶白蘭地上來，然後走向母親。我則是順手打開靠走廊的那道門。

我望向勞倫斯，想告訴他既然我站在那裡也幫不上忙，那我最好先行離開；但是話到了嘴邊卻硬是吐不出來，因為，我從來沒有看過誰的臉色如此陰森慘白，簡直像鬼一樣。他握著蠟燭的手不停地顫抖，融蠟四散飛落在地毯上；他的眼睛像是被嚇直了還是怎麼樣，愣愣瞪著我後方牆壁上的某個定點看，好像上面有什麼東西讓他瞬間化為石雕。我本能地順著他的目光瞧去，卻未發現任何不尋常的東西——壁爐中的灰燼仍然發出隱隱的紅光，其上的擺飾亦是整齊有致，絲毫不見可疑之處啊！

英格沙普夫人的抽搐似乎已經停止，可以斷斷續續地說話了。

「現在……好多了。來得好……突然。真愚蠢，把自己鎖在……裡面。」

床上驀地出現一條長長的身影，原來是瑪莉・凱文帝斯攙扶著辛西亞站在門口。辛西亞臉色潮紅，呵欠連連，尚未完全清醒，整個人無力地癱軟在凱文帝斯夫人懷中。

「可憐的辛西亞嚇壞了。」凱文帝斯夫人低聲說道。

她身著平常在農場工作穿的白色罩身長袍，顯然現在的時間比我估計得更晚些。我看到窗簾上透出一層乳白色的微光，壁爐架上的時鐘即將指向五點。

這時，床上傳來一聲勒喉的慘叫驚動了我，劇痛再度侵襲年邁無力的老夫人。她無法控制地瘋狂抽搐著，現場立即陷入慌亂之中，大夥雖然全部圍在床邊，卻完全無計可施。最後那次發作，讓她整個人從床上挺了起來，要一直到她把頭和腳踝放鬆下來，身體屈成一個弓形後，痛苦才告結束。瑪莉和約翰試著讓她再喝一些白蘭地，但是根本徒勞無功。片刻後，夫人的怪病再度發作，全身扭得不成人形。

這時，包斯坦醫生十足醫生架勢地疾步跨進了房間，一見到倒在床上的夫人，他立時愣在原地，雙眼發直；當下夫人又發出掙扎的聲音，盯住醫生說道：「阿福烈德……阿福烈德……」

說畢，夫人向後一仰，栽倒在枕頭之上，動也不動了。

醫生跨步向前，抓起她的雙手向上抬起，施行所謂的人工呼吸術。他簡短地向僕人交代幾個指示，然後急躁地揮揮手，要我們全部退到一旁。我們目不轉睛地看著他，不過我想大家心裡其實都明白，如今一切均是亡羊補牢，為時已晚了。不過從包斯坦醫生專注的神情看來，他似乎仍然不願放棄最後的一絲希望。

過了許久，包斯坦醫生不得不停止急救，沉重地搖搖頭。這時，房外傳來急促的腳步聲，威爾金醫生——英格沙普夫人的私人醫生，一位身材矮胖、光鮮的男子——也火速跑了進來。

包斯坦醫生向他簡單說明自己正徒步經過農莊大門，就看到了車子急駛而過，探問之下才知道車子要去接威爾金醫生，於是他死命跑向史岱爾云云。他微微指向床上的遺體。

「真……遺憾，真……是太遺憾了！」威爾金醫生囁嚅道，「可憐的夫人，實在是操勞過度……操勞過度了。她就是不聽我的勸，我常跟她說心要放寬，但就是沒用……她實在是過於熱中公益活動了。人總是要服老，要服老啊……」

我注意到包斯坦醫生的眼睛一直盯著威爾金醫生看，他說：「威爾金醫生，她的痙攣非常劇烈，可惜你來不及親眼目睹，它們的症狀非常符合……僵直性痙攣的特徵。」

「哦？」威爾金醫生馬上意會了。

「我想和你私下談幾句。」包斯坦醫生說，向約翰問道：「你不會介意吧？」

「當然不會。」

我們一夥人魚貫退到走廊上後，門鎖就「喀喀」一聲應聲鎖上，兩位醫生獨自留在房間內密談。

大家陸續慢慢走下樓去，我心中的思緒翻騰如海。推理是我的專長，而從包斯坦醫生的言談舉措看來，這件事情必不單純。這時，瑪莉．凱文帝斯拉住我的手臂問道：「是怎麼回事？包斯坦醫生今天為什麼那麼奇怪？」

我望著她說：「你知道我怎麼想嗎？」

「怎麼想？」

「告訴你，」我看看四周，確定其他人都在相當距離之外後，以輕如耳語的音量向她表示，「我想她可能是中毒身亡！而且包斯坦醫生也在懷疑這點。」

「什麼！」她不可置信地退縮到牆邊，眼睛瞪得老大，然後突然大叫一聲嚇了我一跳，接著就聲嘶力竭地吼著：「不，不……不會的……不是的！」

說完她拔腿就向二樓跑，我尾隨而上，深怕她過於激動會在半途暈倒。等到追上她時，她正靠在扶手上喘息，臉上慘無血色，煩躁地揮手要我離開。

「不，不要過來，我沒事，我只是想安靜一下，你先下樓去吧。」

我勉為其難地順從了。約翰和勞倫斯都在飯廳，我也走了進去。起初，廳內一片死寂，後來我終於打破沉默，說出了大家心裡都在想的一件事。

「英格沙普先生去哪裡了呢？」

約翰搖搖頭說：「他沒在屋子裡。」

我們三人眼神交會。阿福烈德．英格沙普到底跑哪兒去了？偏偏在這時不見他的蹤影，這也實在太恰巧、太令人費解了。我想起英格沙普夫人臨終前說的那幾個字，它們到底有什麼特殊的意義呢？如果晚一點嚥下最後那口氣，她還會說些什麼？

終於飯廳外傳來醫生們下樓的腳步聲，威爾金醫生表情認真而情緒高昂，溫雅的態度下似是掩抑著巨大的喜悅；包斯坦醫生緊隨在後，神色依舊肅穆。威爾金醫生代表兩人發言，他對著約翰說：「凱文帝斯先生，請你同意我們對遺體進行解剖。」

「有這個必要嗎？」約翰臉上閃過一陣悲慟，沉重地詢問。

「絕對有必要。」包斯坦醫生回答。

「您的理由是……」

「威爾金醫生和我目前都無法確定夫人真正的死因，不能出具死亡證明。」

約翰低頭陷入深思之中。

「如果是這樣的話，我大概也別無選擇了。」

「謝謝你！」威爾金醫生精神昂揚地說，「我們覺得最好明晚就進行解剖——應該說是今晚吧。」他瞄一瞄遠方初升的朝陽，繼續說：「我想，檢方那邊一定會召開驗屍審訊，這些都是免不了的程序，但是希望你們不要太難過，請大家節哀順變。」

威爾金醫生說完，包斯坦醫生就從口袋中拿出兩把鑰匙交給約翰。

「這是那兩個房間的鑰匙，門我已經都鎖好了。依我看，房間最好都暫時鎖上，別去打開。」

語畢，兩位醫生連袂而去。

我心中原有一個想法，現在看來正是提出的時機，但是我有點難於啟齒。我知道，約翰一向甚恐遭人議論，不管好事或壞事，是個消極的樂觀派，而且怕麻煩怕得要命，所以想要說服他同意我的計畫，恐怕會有些困難。但是，我看了看勞倫斯，勞倫斯一向做法新潮，想法也比較靈活，或許他會給我聲援。由於時間緊迫，於是我當下決定把握時機立刻提出。

「約翰，」我說，「我可以請你答應一件事情嗎？」

「你說吧！」

「記得我跟你提過我的朋友白羅嗎？就是住在你們這裡的那個比利時人？他是個非常知名的大偵探。」

「然後呢？」

「我希望你同意我請他來調查這件事。」

「什麼！現在請他來？都還沒進行解剖呢！」

「是的，不過時間因素一向是破案的重要關鍵……當然啦，我是說萬一其中真有什麼法律不容的事情的話。」

「胡說八道！」勞倫斯厲聲反駁。「這件事根本就是包斯坦醫生自己在大驚小怪，威爾金醫生原本壓根沒想到這回事，都是包斯坦影響他的。包斯坦也有專家學者那些神經兮兮的毛病，毒物又是他的嗜好，想當然耳他會往這個方向想。」

勞倫斯的反應出乎我的意料之外，他很少那麼反應激烈的。

約翰斟酌遲疑了片刻。

「我的想法和你不同，勞倫斯。」他終於開口。「我傾向於讓海斯汀先生放手去做，雖然我不急著馬上展開調查，而且也不希望整個事件曝光，演變成家族醜聞……」

「你放一千二百萬個心，」我趕快澄清他的疑慮。「白羅辦事謹慎，守口如瓶，絕對不用擔心事情會洩漏。」

「那就好，我信得過你，就依你的建議請他來好了。如果調查結果證實了我們的疑慮，那案子是誰做的就再清楚不過了——倘若我冤枉了他，還請老天原諒。」

我看看時間，手錶剛好指著六點，心想不能再耽擱了。

不過我還是決定給自己五分鐘的時間到圖書室中找找資料。很幸運地，我順利翻到一本醫學專書，裡面詳細說明了番木鱉鹼[1]的中毒症狀。

1　番木鱉鹼（strychnine）是一種神經興奮劑。

04 白羅展開調查

英格沙普夫人資助的比利時人，就住在村子裡靠近史岱爾莊外圍森林的邊門旁，如果捨棄彎彎曲曲的馬路，選擇直接穿過草坡的小徑，可以節省不少時間，所以我理所當然地向草地走去。就在我快要走到白羅他們居住的小屋時，驀地裡出現一個人影對著我跑來，定睛一看，原來那是英格沙普先生。

昨晚他去了哪裡？他會用什麼理由向大家解釋呢？

他一看到我，就急忙過來攀談。

「天啊！實在太可怕了，我可憐的艾蜜莉，我剛剛才聽到消息。」

「你一整晚都到哪裡去了？」我問他說。

「在丹比家耽擱了，我和他談點事情，大概談到半夜一點鐘才結束，結果伸手一摸，才發現還是忘了帶大門鑰匙，為了怕吵醒大家，所以就留在丹比家住了一宿。」

「是誰告訴你這個壞消息的？」我接著問他。

「威爾金醫生一大早就到丹比家敲門，告訴他這件事，可憐的艾蜜莉！她這輩子可說是無我無私，一心一意獻身公益，這麼難得的好人……唉！她一定是操勞過度了。」

真是十足的偽君子！我的心頭頓時湧起一股嫌惡之情。

「我有事先走了。」我說。

所幸他沒有問我要去哪裡。

幾分鐘後，我已經站在李斯威小屋的門前了。我先敲了一會兒門，半晌沒人回應，於是加把勁用力往門上拍。終於二樓的一扇窗戶輕輕推開，正是白羅探頭出來查看。

他看到我一大清早就來拜訪，頗感訝異。打過招呼之後，我略為說明了昨天晚上發生的悲劇，然後單刀直入，讓他協助調查是否有任何不法情事。

「稍候一會，我下去開門讓你進來。等我換衣服時，你再把事情一件件說給我聽。」

他很快下來打開了門，帶著我回到他的臥房裡，並指指旁邊的椅子要我坐下。坐定後，我就開始說明，不論事情的大小、關係之輕重，全部毫無保留的盡吐而出，他則在一旁慢條斯理地盥洗，並從從容容地換裝。

我告訴他自己在半夜被叫醒的情形、英格沙普夫人的臨終遺言、她先生竟夜未歸的事實、前一天夫妻間的猛烈爭吵、無意間聽到瑪莉和她婆婆間的對話、日前英格沙普夫人和何沃德小姐發生的爭執，以及伊薇臨走前的殷殷交代等等情形，幾乎是毫無遺漏了。

不過，由於千頭萬緒愈理愈亂，緊要關頭反而詞不達意，我一方面不斷重複敘述，力求完整，另一方面又不時往前追溯，以免掛一漏萬；白羅則是對我溫心一笑。

「感覺很複雜很混淆，對不對？別著急，老弟，你很不安，你很煩躁……這都是正常反應。我們先讓自己冷靜下來，把一個個環節清清楚楚地按時間順序排列好，然後再逐項進行審查或捨棄，我們把重要的留下來，無關緊要的就……呼！」他可愛的臉龐擠弄起來，很誇張地吹了一口氣。「吹到一邊去！」

「話是沒錯，但你怎麼決定何者為重，何者為輕？我覺得最困難的地方就在這裡。」

白羅一面小心打理他的鬍鬚，一面搖搖頭。

「不對不對，此說差矣！聽好了：一件事實會帶出另一件事實，所以我們的工作才得以進行。這件被帶出的事情放在這裡合不合理？棒極了！那好，我們就繼續追查；如果這件事怎麼都說不通，噢，太奇怪了，那就是有什麼地方漏失掉、什麼關鍵沒找到；這時就必須重新檢視，重新尋找。其實那個奇怪的地方，那個看來或許無關緊要的小細節，我們才必須把它放在這裡！」他誇張地比著手勢。「它們才是重要的關鍵，它們才是偉大的線索！」

「是……」

「啊！」白羅伸出食指快而有力地指向我，我不禁畏縮了一下。「聽好了！一個偵探最大的致命傷就是認為『這件事微不足道、無關緊要、派不上用場、不必管它』，告訴你，那樣就大大誤事了！沒有一件事是不重要的。」

「我了解，你總是把這些原則掛在嘴邊，所以我才會事無輕重、巨細靡遺地把所有的事都說出來給你聽。」

「這點我很感到欣慰！你的記憶力很好，大體已經把發生過的事做了精確描述。至於你敘述的條理……不提也罷，真的只能用可悲這兩個字來形容。不過你現在心情很差、很難過，所以也是情有可原。但話說回來，可能就是因為這個原因，你竟忽略了一項事實——或者說是最重要的事實。」

「是什麼？」我問。

「你忘了說明英格沙普夫人昨晚用餐的情形。她的胃口正常嗎？」

我睜大了眼睛看著他。難道是無情的戰火燒壞了這個小老頭的腦筋？不過他仍自顧自地清理大衣，準備裝束，似乎非常樂在其中。

「我記不得了。」我說，「而且，我實在看不出……」

「你看不出？但它是頭一個要掌握的重點。」

「怎麼可能呢？」我漸感不耐。「我只記得她吃得不多，她的心情很糟，所以胃口也差，但那沒什麼大不了的。」

「是啊，」白羅若有所思地回答，「沒什麼大不了的。」

他拉開抽屜，拿出一個小皮箱，轉身面向我。

「好了，我準備好了，在路上我再和你討論這件事。對不起，老弟，你大概出門的時候太匆忙了，看你領帶都打歪了，我來幫你調整一下。」說著，他伸出手來熟練地調整好我的領帶。「這樣好看多了，我們出發吧！」

我們迅速穿過村莊，進入史岱爾莊的大門。踏入大門後，白羅站在裡面駐足停留了一會兒，悵然地望向宅第四周蓊鬱的樹木，這時林被之上仍可見清晨的露珠爍爍閃耀。

「真美，真是太美了，然而遭此晴天霹靂，這家人一定是哀慟逾恆……」

他說話的時候目不轉睛地看著我，使我不知所措，臉紅了起來。

他們真的會感到悲傷嗎？有人真的會為英格沙普夫人哀慟逾恆嗎？她在世時固然管得到家人的身，卻管不了他們的心哪。她的驟然去世雖然令人吃驚、難過，但很難冀望有人會為她悽悽不捨。

白羅似乎猜到了我的心思，遂深表認同地對我點點頭。

「我的想法和你差不多。想想看，她與子女間並沒有血緣關係，」他繼續說，「縱使她對這些凱文帝斯先生、夫人們既仁慈又大方，但她畢竟不是他們的生身母親。血濃於水，請你千萬記得，血是濃於水，假裝不來的。」

「白羅，」我問，「你能不能告訴我，為什麼你想知道英格沙普夫人昨晚用餐的情形？這個問題我百思不得其解，吃的好不好和她的死亡有什麼關係呢？」

他沉默數分鐘，靜靜地和我朝著大宅前進，後來終於開口。

「我不介意告訴你原因，不過你也知道我的習慣，通常在真相還沒有水落石出以前，我不喜歡解釋太多。依據目前所知，英格沙普夫人是因為吃進番木鱉鹼而中毒身亡，所以我們先假設番木鱉鹼是添加在她那杯咖啡之中。」

「然後呢？」

「咖啡是幾點送上的？」

「大約八點左右。」

「所以按照常理推判，她應該是在八點到八點三十分之間喝下去的，一定不會超過八點半。番木鱉鹼的毒性發作很快，大概在一個鐘頭之內就會出現症狀，但是英格沙普夫人的情況很不一樣，毒性是到隔天凌晨五點左右才發作，中間足足有九個小時！不過若是和大量食物一起服下。就有可能延緩毒性爆發的時間，只是，再怎樣也不至於拖到翌日清晨五點。不過我們還是不可排除這個可能性。但是根據你所說的，她晚餐時的胃口不佳，而且毒性是到隔天早上才發作，所以這就表示事有蹊蹺了，說不定解剖遺體時會有新的發現。在此之前，只要把這些線索放在心上就好了。」

史岱爾莊就在眼前了，約翰聽說我們到了，特意到門口迎接我，他的臉色疲憊而憔悴。

「這件事就麻煩你了，白羅先生。」他說，「海斯汀應該已經告訴過你，我們不希望引起任何不必要的注意。」

「這點我完全了解。」

「你知道，這件事只是在懷疑的階段，並沒有什麼具體的證據。」

「你說得沒錯，進行調查也只是求個心安罷了。」
約翰轉向我，拿出香菸盒，點燃一根香菸。
「你知道英格沙普那傢伙已經回來了吧？」
「我剛才在路上遇到他。」
約翰順手把火柴棒丟到旁邊的花檯中，哪裡知道白羅性好清潔，怎麼受得了別人在他面前亂丟東西，他上前拾起火柴，把它好好埋進土裡。
「真不知道要用什麼態度面對他！」約翰說。
「不用太久就會知道了。」白羅輕描淡寫地說道。
約翰不太了解這句語帶玄機的話，他一臉狐疑，將包斯坦醫生給他的兩把鑰匙遞給我。
「白羅先生若想看什麼地方就麻煩你帶他去。」
「房門鎖住了嗎？」白羅問道。
「包斯坦醫生建議我們要保持現場。」
白羅若有所思地點點頭。
「那包斯坦醫生大概是心中有譜了，這樣我們辦起事來也方便許多。」
然後我們一起上樓到那間喪房看看。為了方便讀者了解，我附上房間重要家具的配置圖。
我們進入臥室，白羅又把門鎖上，然後開始仔細搜索。他像是草原上的蚱蜢般穿梭在每個家具之間，我站在門旁不敢進入現場，深怕破壞裡面的蛛絲馬跡。白羅對我的謹慎似乎並不領情。

「你怎麼了，老弟？」他嚷叫道，「站在那裡動也不動，活像是……怎麼形容？啊，對了，活標本。」

我解釋說怕自己破壞現場的腳印。

「腳印？你想像力還真是豐富，這裡早就像經過大軍壓境一般，留下數不清的腳印了，哪還需要找什麼腳印？快過來幫我尋找可疑的證物！對了，我先把手提箱放著，暫時還用不上。」

他把手提箱放在窗戶邊的圓桌上，不過這個舉動有失考慮，因為圓桌的桌面已經鬆動，結果它陡一傾斜，手提箱應聲落到地上。

「這是什麼桌子啊！」白羅叫道，

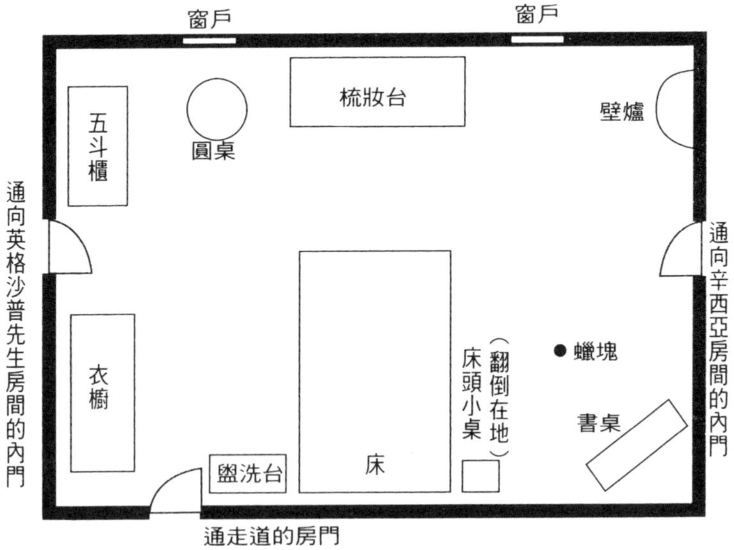

「噢，老弟，竟然有人住在這麼豪華的大宅子裡，卻完全不懂得享受呀。」

說教、訓勉了兩句之後，他才又恢復進行搜索。

房間右側的書桌上有個小型紫色手提箱，鎖孔中還插著一把鑰匙。白羅看著手提箱思索良久，最後拔出鑰匙交給我，要我檢查看看。老實說，對我而言，那把鑰匙沒什麼特別，它是那種很常見的耶魯鎖，只是握柄上還纏著幾根鐵絲罷了。

他接著檢視前晚我們破門而入的門框，確認當初門閂是上緊的，然後再去檢查對面通往辛西亞房間的那個內門，發現門閂也如我所言閂上了。他拉開門閂，小心地反覆開門、關門，輕手輕腳地不讓它發出任何的聲音。突然，門閂上某樣東西引起了他的注意，他彎身靠近詳細地檢查，拿出他手提箱中的一個小鑷子，從縫隙中取出一件微小的東西，屏住呼吸放入一個信封內，密封起來。

他再晃到五斗櫃這邊來。五斗櫃上面有一個托盤，托盤裡立著一盞酒精燈和一個小鍋，小鍋中仍留有一些黑色液體，此外，旁邊還立著一個空杯和空茶罐。

真是粗心大意，我昨晚竟然沒有注意到這個重要的東西，它絕對是個重要線索。白羅用手指沾一下碟子中的液體，萬分小心地舔了舔，然後眉頭一皺。

「是可可粉，而且裡面還加了，我想想……萊姆酒。」

他走到翻倒的床頭小桌旁邊，蹲下檢視散落一地的什物，總共是一盞檯燈、幾本書、火柴、一串鑰匙，還有四散紛飛的咖啡杯碎片。

「這裡有點奇怪。」白羅說。

「有什麼奇怪？」

「你看不出來嗎？注意看這具檯燈，它的玻璃燈罩破成兩半，看起來是掉下去的；但是再看看這些咖啡杯粉屑，它絕對是被用力摔碎的。」

「而且，」我懶懶地說，「很有可能是被踩碎的。」

「完全正確。」白羅怪聲怪調說道，「的確是有人用力踩過。」

他站起來，走到壁爐前面，出神地站在那裡，無意識地撫弄上面的裝飾物，並把它們排列整齊——這是他心裡產生疑慮時的習慣動作。

「老弟！」他突然對我說，「會這麼刻意把杯子踩裂、碾碎，目的不外兩個：一是因為杯裡含有番木虌鹼；要不然——這個理由更麻煩——就是因為裡面沒有番木虌鹼！」

我沒有回答，根本不知他所云為何，但很清楚此刻要求他解釋也是枉然。一會兒後，他打起精神，繼續動手蒐證。他從地上拾起那串鑰匙，用手指撥弄旋轉，最後選了其中一把最光亮的去試開桌上的紫色小提箱，結果竟完全吻合！他打開箱子，猶豫了片刻，重新闔上手提箱，把鎖上好，然後將那串鑰匙和原本插在鎖孔中的鑰匙，統統放進自己的口袋裡。

「我無權翻閱這些文件，但必須有人馬上看看這些東西。」

他詳細檢查盥洗台下面的抽屜，又快速穿過屋子，在左邊窗戶前的深褐色地毯上，發現一個幾乎無法察覺的圓形汙漬，他蹲下身子仔細觀察，甚至貼在地面用鼻子聞了聞。

最後，他用試管裝了幾滴先前找到的可可奶，謹慎地封好口，然後拿出一本小筆記簿記錄著。

「我們在這個房間裡找到了……」他一邊說，一邊飛快地寫著。「六點可疑的事證。需要我一一說明嗎？還是你自己可以列舉出來？」

「哦，你來好了。」我毫不遲疑地說。

「那也好，一，是一個被碾得粉碎的咖啡杯；二，是插著鑰匙的手提箱；三，是地毯上的汙點……」

「那個汙點可能是之前就留在那裡的。」我打斷他的話。

「不對，因為它還相當溼潤，咖啡味也還聞得出來，四，是一小段深綠色的纖維，雖然只是一兩絲，但仍可以清楚辨識。」

「啊！」我恍然大悟。「那就是你放進信封裡的東西。」

「沒錯。不過這截纖維可能是從英格沙普夫人的衣服上掉下來的，說不定也沒什麼用處；第五，就是這個東西！」他大手一揮，指向書桌旁邊地上的一灘蠟塊：「這一定是昨天之後才留下的，否則女傭打掃時一定會用吸墨紙和熨斗清理乾淨。我有一頂最喜歡的帽子，就曾經被融蠟……算了，那件事和這個案子無關。」

「昨天晚上兵荒馬亂的，那片蠟塊應該是一時不慎留下的；不過，也有可能是英格沙普夫人自己不小心造成的，不是嗎？」我提出心中的疑問。

「昨晚你們只帶一根蠟燭進來吧？」

「是的，是勞倫斯．凱文帝斯拿進來的，不過他當時失魂落魄，而且好像在那裡看到了什麼東西，」我指向壁爐。「然後就動也不動地僵在那兒。」

「這倒值得推敲推敲，」白羅很快地說，「沒錯，應該是有特殊意義才對。」他眼光掃過整個牆壁說，「但地上的蠟塊不是滴自他那根蠟燭，因為你也看到了，這片蠟塊是白色的，而勞倫斯拿進來的蠟燭還放在梳妝台上，那是粉紅色的。至於英格沙普夫人，她房裡並沒有燭台，只有一盞檯燈。」

「那……」我說，「你的判斷是？」

他著惱地要我自己用腦筋想想。

「第六個事證是什麼？」我說，「應該是可可奶吧？」

「不是。」白羅鄭重其事地回答，「我是可以把它列為第六個事證，但沒有必要。不，第六個線索我暫時不能透露。」他快速環視房間。「該做的都差不多完成了，除非……」他看著壁爐中的灰燼，陷入沉思。「既然都用火燒了，東西應該毀掉了……不過萬一……很有可能！我們來找找看。」

他蹲跪著，輕巧地把爐架上的餘灰揀弄到炭圍上，不一會兒，他驀然發出一聲低呼。

「海斯汀，快幫我拿鑷子過來！」

我迅速把鑷子遞過去，他俐落地從灰燼中夾出一塊半焦的小紙片。

「看看，兄弟，」他叫道，「你覺得這是什麼？」

我前前後後仔細檢查一番。這是它的原寸附圖：

我一時毫無頭緒。這紙片質感很厚，和一般書信用紙大相逕庭；然後我突然靈機一閃。

「白羅！」我高興地叫道，「這是遺囑的一部分。」

「完全正確。」他若無其事地說。

我銳利地看著他。

「你一點都不訝異？」

「沒錯。」他陰鬱地說，「我在找的就是這個東西。」

我把碎紙片還給他，看著他井然有序地把它放在手提箱裡，一如平時存放所有的事物一般。我絞盡腦汁地想著，這份遺囑裡到底有什麼名堂？是誰將它銷毀？是在地上留下蠟塊的那個人嗎？八九不離十。但怎麼有人進來得來呢？當時所有的門都由裡面上鎖了呀！

「老弟！」白羅喊我一聲。「好了，現在我們到夫人的書房去問女傭幾個問題，荳克絲……是這個名字沒錯吧？」

我們穿過阿福烈德．英格沙普先生的房間時，白羅稍微停留一下，並快速而周全地掃瞄一圈，然後將兩個房間的內門及英格沙普夫人的房門再次鎖好，恢復到我們進來時的狀況。

我依照他的指示將他帶到夫人的書房後，就去尋找荳克絲。等到我和荳克絲一起回來時，裡面卻空無一人。

「白羅，」我大聲地叫他。「你在哪裡？」

「我在這裡，朋友。」

原來他走到落地窗外去了。他站在陽台上，心曠神怡地欣賞造型豐富的美麗花床。

「這座花園真漂亮！」他低聲自語，「太漂亮了！花圃的設計勻稱有致，有的形如彎月，有的狀似鑽石，真是令人賞心悅目。花木也是株株繁茂，目不暇給。這花園是最近才整理過的吧？」

「沒錯，我想工人昨天下午來修整過。好了，進來吧，荳克絲已經在等了。」

「唉，唉，這麼美麗的花園，你就捨不得我多看一眼嗎？」

「當然捨得，但裡面有更重要的事等著你辦呢！」

「你怎麼知道這些色彩豔麗的秋海棠就不重要？」

我聳聳肩，如果他執意要這麼強辯，和他爭論是沒用的。

「你不同意，對吧？不過這類的東西可不能小覷。好了，不多說了，我們現在就進去見見那個勇敢的荳克絲吧。」

荳克絲站在書房裡，雙手互握、交叉擺在身前，銀色的頭髮在白色布帽下盤結而上——這種裝扮，是老式女傭的最佳寫照。

從荳克絲的態度可以感覺到，她並不信任白羅，但是他的誠意很快就化解了她的心防。他拉開一張椅子。

「請坐，太太。」

「謝謝你，先生。」

「你侍候夫人已經很多年了，對不對？」

「前前後後有十年了，先生。」

「十年不算短哪，實在稱得上是忠心耿耿。你應該和她很親近吧？」

「夫人對我非常好，先生。」

「那你應該不會反對我問你幾個問題吧？我事先已徵得凱文帝斯先生的同意了。」

「哦，當然不會反對，先生。」

「那我就先從昨天下午的事情開始問起。聽說夫人曾經和人吵過架？」

「是的，先生，不過我不知道可不可以……」荳克絲有些遲疑。

白羅眼露精光地看著她。

「親愛的荳克絲，我必須盡可能了解那次爭吵的細節，千萬不要認為這是背叛夫人的行為，要知道，你的主子還躺在那邊，如果我們真想為她報仇，我一定要知道所有的詳情。人死不能復生，但是，如果夫人的死果真另有隱情，我們絕對要將凶手繩之以法。」

「這我同意。」荳克絲的情緒不禁激動起來。「還有，我也不指名道姓，但是這裡有一個人，實在讓大家都已忍無可忍，打從他跨進門檻那天起，我們就開始厄運不斷了。」

白羅耐心地等她抒發完心中積壓的情緒後，便恢復他公事公辦的語氣。

「那場爭吵是怎樣的情形？你最先聽到的是什麼？」

「這個嘛，那時我剛好從外面的走廊經過……」

「是幾點鐘的時候？」

「我不確定，但是離喝下午茶的時間還早，大約是四點左右吧……或者更晚一點。嗯，先生，我剛說了，我那時是恰巧經過，所以才會聽到書房裡傳出大聲咆哮的聲音，我沒有意思要偷聽，但是……嗯，反正就是聽到了。於是我便放慢了腳步。當時門雖然緊閉著，可是夫人那天非常生氣，聲音拉得很高，字字說得清清楚楚，即使站在外面也不容易聽錯。『你居然敢瞞著我，欺騙我！』她說；至於英格沙普先生是怎麼回答的我聽不到，他說話的語氣很低，聲音小她很多。夫人接著又說：『你真是向老天爺借膽，我供你吃、供你住、供你穿，你樣樣依賴我，到頭來你卻恩將仇報，讓家裡每一個人都因為你而蒙羞。』他是怎麼回應的，我還是沒聽到，只知道夫人馬上又說：『現在無論你怎麼解釋都沒有用了，這件事我得秉公處理，我的心意已決，不要以為我害怕這種夫妻間的醜聞會傳出去，所以就會讓步。』聽到這裡，我以為他們就要走出來了，所以不敢多留，馬上就離開了。」

「你確定另外那個人是英格沙普先生？」

「絕對錯不了，先生，不然還會是誰？」

「好，接下來呢？」

「過了一會兒，我又回到走廊，那時已經什麼聲音都沒有了。到了五點鐘，英格沙普夫人搖鈴召我，叫我幫她沖杯茶端去書房，而且不要點心。她臉色很難看，十分蒼白，看起來非常沮喪。『荳克絲，』她說，『實在太令人吃驚了。』『您別太難過啊，夫人，』我說，『喝杯熱茶就會好多了，夫人。』我看到她手中拿著一樣東西，好像是一封信或一張紙，上面還有一些文字。她望著那張紙出神，好像不願相信上面所寫的內容。她自顧自地喃喃低語，就當我不在場似的。『就這幾個字，一切都不同了。』她對我說，『絕對不要相信男人，他們沒有一個是好東西。』然後我匆匆離開，泡了一杯濃茶端回來，她客氣地謝謝我，說喝了茶之後覺得好多了。『我已經六神無主了，』她說，『夫妻間的醜聞比洪水猛獸還要可怕，荳克絲，如果能夠壓得住的話，我何嘗不願意忍耐。』這時，凱文帝斯夫人剛好進門來，夫人也就不再多說什麼了。」

「你離開的時候，她手上還拿著那封信或什麼紙張的嗎？」

「是的，先生。」

「你想她後來會怎麼處理那張紙呢？」

「那我就不知道了，先生，不過我想她應該會把它鎖在她的紫色手提箱裡吧。」

「她平常是不是都把重要文件放在手提箱裡？」

「是的，先生。她每天早上都會把它帶下樓，到了晚上再提上去。」

「那個皮箱的鑰匙是什麼時候弄丟的？」

「昨天午餐的時候，先生。夫人鑰匙掉了很心急，要我四處仔細找找。」

「她應該有一支備用的鑰匙吧？」

「沒錯，先生。」

荳克絲狀甚不解地看著他；而老實說，我也是。難道這把丟了的鑰匙藏有什麼玄機？白羅只是微笑說：「沒什麼，荳克絲，我的工作就是包打聽。這是不是那把遺失的鑰匙？」

他從口袋中掏出插在手提箱鎖孔中的那把鑰匙。

荳克絲的眼珠子像是差點要掉出來。

「就是這把，先生，一點都沒錯。可是您是在哪裡找到的？我四處都找遍了呀！」

「因為它今天出現的地方跟昨天不一樣。現在換下一個問題。英格沙普夫人的衣櫥裡有沒有一件深綠色的衣服？」

「沒有，先生。」

「你確定嗎？」

「是的，我很確定，先生。」

「家裡其他人誰有綠色的衣服？」

荳克絲想了一想。

「辛西亞小姐有一件綠色的晚禮服。」

「是淺綠色還是深綠色的？」

「是淺綠色的，就是一般說的那種薄紗布料。」

「哦，那就不是我要找的。其他人有任何綠色的衣服嗎？」

「就我所知，沒有了，先生。」

白羅的神色始終如一，不論是失望或高興，外表完全看不出來，聽完這個回答，他只是淡淡地說：「好吧，我們暫時不去管這個問題。你覺得夫人昨晚就寢前有沒有可能吃了安眠藥？」

「昨晚沒有，先生，這我很清楚。」

「你為什麼這麼肯定？」

「因為夫人的安眠藥兩天前就吃完了，還沒有去買，藥盒子還是空的。」

「你非常確定？」

「百分之百確定，先生。」

「既然這樣，事情就更明白了。對了，夫人昨天有沒有叫你簽任何文件？」

「簽文件？沒有，先生。」

「昨天海斯汀和勞倫斯先生回來的時候，看到夫人正忙著寫信，我想，你應該不知道那些信是要寫給誰的吧？」

「恐怕是如此，先生。昨天晚上我有事出門去了，不在家裡。也許安妮知道，不過平常她粗心大意的，連昨天用過的咖啡杯到現在都還沒清理。反正哪。只要我人一不在，沒人監督，整個家就亂七八糟的。」

白羅抬起手來，要求說：「既然都擺了那麼久了，何妨再多等一下，好不好？我等會兒想檢查檢查那些杯子。」

「沒問題的，先生。」

「昨晚你什麼時候出門的？」

「大約六點鐘，先生。」

「謝謝你，荳克絲，我想知道的問題都問完了。」白羅起身走到窗邊。「我實在是欣賞你們那些園圃。對了，像這麼大的花園，總共請了多少園丁工作？」

「現在只剩下三個了，先生。打仗前總共有五個，那個時候，花園像樣多了，那才真是配得起我們這種有頭有臉的人家。可惜您沒機會欣賞，那簡直是美不勝收。現在只剩下上了年紀的曼寧和威廉那個年輕小夥子，還有一個愛穿褲子那種玩意的新潮女園丁。噢，什麼壞世道喔！」

「好日子還會再來的，荳克絲，情況再壞，我們也不能放棄希望。你可不可以去請安妮來一下？」

「好的，先生。謝謝您，先生。」

荳克絲前腳才離開，我馬上好奇地問：「你怎麼知道英格沙普夫人有吃安眠藥的習慣？還有那支丟掉的鑰匙和備用鑰匙是怎麼回事？」

「一件一件來。關於安眠藥，是因為我找到了這個。」

他不知道從哪裡摸出一個藥劑師配藥用的紙盒。

「你在哪裡找到的？」

「在英格沙普夫人房間盥洗台下面的抽屜中發現的，這就是我說的第六項證物。」

「不過，裡面的藥不是兩天前就吃完了嗎？一個空盒子有什麼重要？」

「也許不重要，不過，你看看盒子上面是不是有什麼令人奇怪的地方？」

我仔細地前後端詳。

「沒有，我找不到有什麼特殊之處。」

「注意看看它的標示。」

我仔細讀了上面的標示：需要時睡前服用一劑，英格沙普夫人。

「還是沒有，看起來很平常呀。」

「藥劑師的名字不在上面，難道不奇怪？」

「啊！」我驚呼一聲。「真的不在上面！這就很不尋常了。」

「你有沒有看過藥劑師不署名就把這類藥品交給病人的？」

「沒有，從來沒有這種情形。」

我不由得興奮起來，但白羅澆了我一頭冷水，說道：「雖然如此，其中原因卻不複雜。老弟啊，你不要弄迷糊了。」

我還來不及回應，書房的門已悄然打開，安妮已經到了。

安妮的身材高大，五官很漂亮。她相當激動，甚至有點亢奮，對這起悲劇似乎帶點病態地幸災樂禍。

白羅直接切入主題，仍然是公事公辦的態度。

「安妮，我請你來，是因為我認為英格沙普夫人昨晚寫的那些信件你會有點印象。夫人總共寫了幾封信？你說得出幾個收信人的名字或地址嗎？」

安妮努力地回想。

「總共有四封信，先生。一封是給何沃德小姐的，一封是給她的律師威爾斯先生的，至於另外兩封我就不清楚了……哦，對了，其中有一封是要寄給泰敏斯特的羅斯餐廳，辦外燴的；第四封就真的想不起來了。」

「再想想。」白羅鼓勵道。

安妮動員了所有的腦細胞，但是仍然一無所獲。

「對不起，先生，真的一點印象都沒有，當時我沒有注意到那封信。」

「沒有關係，」白羅說道，沒有露出一絲失望之情。「我再問你一些其他的問題。英格沙普夫人房裡有一個小碟子，裡面留下一點可可奶，她是不是每晚都會喝這個東西？」

「是的，我們每天黃昏都會在她房裡放一杯熱可可，晚上如果想喝的時候，她會再把它溫熱。」

「那是什麼樣的可可奶？是純可可奶嗎？」

「是的，先生，裡面會再加牛奶、一匙糖，以及兩湯匙的萊姆酒。」

「是誰負責端到她房間去的？」

「是我，先生。」

「每天都是你嗎？」

「是的，先生。」

「大概都幾點端上去？」

「通常是在晚上該把房裡的窗簾拉上的時候，先生。」

「那麼你是不是直接從廚房裡端上去呢？」

「不是的，先生。因為瓦斯爐不夠多，所以廚師會在晚餐煮青菜之前就先將可可奶煮好，然後我就端到樓上去，放在彈簧門旁邊的桌子上，稍後再送進夫人的房間。」

「彈簧門是在二樓的左手邊對不對？」

「是的，先生。」

「那張桌子是在門的這邊，還是靠近傭人房的那邊？」

「是在這邊，先生。」

「昨天你幾點端上去的？」

「大概七點十五分……如果我記得沒錯的話，先生。」

「那麼你是幾點送進夫人房間去的？」

「昨天去拉窗簾的時候大概是八點上下，就是那時候端進去的，我還沒關好，英格沙普夫人就上床了。」

「所以在七點一刻到八點之間，那杯可可奶一直放在二樓左邊的那個桌子上？」

「是的，先生。」安妮的臉色愈脹愈紅，然後突然衝口說道：「如果可可奶裡加了鹽，先生，那絕對不是我放進去的，我根本沒動過鹽罐。」

「你為什麼認為可可奶裡面有鹽？」白羅心平氣和地問著。

「在托盤上看到的，先生。」

「你看到托盤上面有鹽？」

「是的，看起來像是食用粗鹽。剛開始把托盤端上去的時候，上面根本沒有這個東西，不過當我再把它端進夫人的房間時，竟然一眼就看到有些鹽在上面，我原想下樓叫廚房再重新準備一份，不過昨天荳克絲不在家，我實在忙不過來，所以我想，反正鹽只是撒在托盤上，可可奶應該沒有問題，所以就用圍裙把鹽擦掉，再把茶端進去。」

硬要把自己那份狂喜活生生吞回去，天知道有多困難嗎——安妮在不知不覺中透露了一個重要線索：如果她知道她口中的「食用粗鹽」，其實是劇毒無比的番木鱉鹼，她一定會張口結舌，講不出一句話來。白羅內斂的功夫果然到家，我實在是驚佩他的鎮定。我迫不及待地想知道他接下來會問什麼問題，結果卻大失所望。

「你進去夫人的房間之後，有沒有注意到通往辛西亞小姐臥房的內門是不是仍然上了閂？」

「嗯，是的，先生，那道門向來都是閂著的，不曾打開過。」

「通往英格沙普先生的房門呢？是不是也上了閂？」

安妮遲疑了。

「我不確定，先生。門是關著的，但是有沒有閂上我就不知道了。」

「你離開夫人房間的時候，她有沒有立刻把門閂上？」

「沒有，先生，那時還沒有，先生，不過她稍後一定會做這個動作。通常晚上的時候，她一定會把門都鎖好——我說的是通走廊的門。」

「昨天打掃房間的時候，你可曾在地上發現蠟塊？」

「蠟塊？哦，沒有，先生。英格沙普夫人根本沒有蠟燭，她只有一盞檯燈。」

「換句話說，如果地上有一大片蠟塊，你一定會注意到，對不對？」

「是的，先生，而且我會拿吸墨紙和熨斗把蠟清理乾淨。」

接著，白羅重複曾經問過荳克絲的問題：「夫人有沒有綠色的衣服？」

「沒有，先生。」

「披風、圍巾，或是那個叫什麼來著……獵裝呢？」

「沒有綠色的，先生。」

「家裡其他人也都沒有那些綠色的衣物？」

安妮想了想。

「沒有，先生。」

「你很確定嗎？」

「相當確定。」

「好了，我沒有問題了，非常謝謝你。」

安妮神經質地傻笑了一聲，咯咯咯便離開了，而我強忍了好半天的情緒，馬上如洪水般宣洩而出。

「白羅，」我高興地喊道，「恭喜恭喜，有重大突破了。」

「什麼重大突破？」

「你還問我！原來凶手不是在咖啡裡下毒，而是在可可奶裡！既然可可奶是在半夜喝下的，那毒性當然是到清晨才發作囉。這不就水落石出了嗎？」

「你認為是可可奶——注意聽，海斯汀——是『可可奶』被摻了番木鱉鹼？」
「難道不是嗎？托盤裡的粗鹽，不是番木鱉鹼是什麼？」
「說不定就只是粗鹽。」白羅平靜地回答。
我聳聳肩。他若執意要這麼想，我多辯也無益。只是，再一次，一陣沉重的感慨掠過我心頭——歲月不饒人，白羅畢竟是老了。我竊忖道，他能找到像我這樣既開明又有包容性的助手，實在應該感到深自慶幸。
白羅閃爍的雙眼靜靜打量我。
「你不高興嗎，小老弟？」
「白羅大老哥！」我漠然回答，「我不能強迫你該怎麼想，你有權堅持自己的意見；不過同樣的，我也有我的看法。」
「你果然很開明。」白羅邊說邊站起身來。「這裡的工作可以結束了。對了，角落裡那張小辦公桌是誰的？」
「英格沙普先生的。」
「哦。」他試著掀開桌面。「鎖住了。也許英格沙普夫人的鑰匙可以打開。」
他一一試著鑰匙，熟稔地在鎖孔中穿梭扭動，終於發出一聲滿意的輕呼：「太棒了，這把鑰匙雖然不是很合，但是稍微硬扭一下還是可以打開。」
他掀起桌面，瞄了瞄抽屜裡排列整齊的文件資料。出人意外地，他並沒有閱讀任何文件的內容，只是重新把書桌鎖好，讚賞有加地說：「見微知著，英格沙普先生是個做事很有條理的人。」

「做事很有條理」是白羅對人最高的評價。

我站在一旁，聽到他像失神般喃喃有詞，卻不知所云。

「他的桌子裡沒有郵票，不過原來可能有，對不對，老弟？原本應該有……沒錯。」他的眼光在屋子裡四處飄移。「書房該檢查的都檢查過了，可惜發現不多，除了這個之外。」

他從口袋裡拿出一個皺折不堪的信封丟給我。它不能說是個正式文件，只是在一個粗劣不堪的老式信封上潦草塗寫了幾個字，寫的人顯然只是隨筆而畫，並不是很刻意。以下是那些字的完整臨摹：

所有
所有 我的所有 他的

05

「不是番木鱉鹼，對吧？」

「你在哪裡找到這東西的？」我十分好奇地問白羅。

「廢紙桶裡。上面的筆跡是誰的你認得嗎？」

「我知道，是英格沙普夫人的筆跡。不過，就算是她寫的，那些字又有什麼意義呢？」

白羅雙肩一聳，擺出不置可否的態度。

「我還不能說，但是的確代表了某種意義。」

我突發奇想，莫非是英格沙普夫人精神錯亂了？以為自己遭到惡靈附身？如果真是這樣的話，難不成她是自殺身亡的？

正打算把這些想法講出來，白羅先我一步開口。

「來吧，」他說，「我們去檢查檢查咖啡杯。」

「親愛的白羅啊！既然已經知道是可可奶出了問題，幹嘛還去檢查咖啡杯呢？」

「唉呀呀，可憐的可可奶喲！」

白羅戲謔地說著，敞開了喉嚨開懷大笑，雙手還伸向天際故作悲淒狀，那副德性，我只能用「有失身分」四個字來形容。

「不管你怎麼嘲笑，」我的態度愈加冷漠。「反正英格沙普夫人端咖啡上樓的時候，我根本沒有看到你想找的東西，除非你以為咖啡托盤上還留下番木鱉鹼的包裝盒。」

聽到我心有未平地這麼說，白羅馬上正經起來。

「好了啦，好了啦，我的朋友。」他挽住我的手臂。「不逗你了。我們就來個君子協定，你讓我保持對咖啡杯的興趣，我也百分之百尊重你對可可奶的推論，如何？」

他的樣子實在非常滑稽，我忍俊不住笑了起來，於是兩個人就一起走向客廳，準備檢查昨晚我們喝完咖啡後留在那裡的杯子。

我詳述昨晚在客廳裡的狀況，白羅專注聆聽所有的細節，設法確定每個杯子的位置。

「所以，凱文帝斯夫人站在托盤旁邊，倒出咖啡，好。然後她走到你和辛西亞小姐落座的落地窗前，好。所以這裡有三個杯子。至於壁爐上方那個只喝了一半的咖啡杯，應該是勞倫斯．凱文帝斯的，我看到他把它放在那裡。」

「很好，一、二、三、四、五……咦，英格沙普先生的杯子呢？」

「他沒有喝咖啡。」

「這樣就沒有遺漏了……等一下，老弟。」

他從每一個咖啡杯的杯底小心翼翼吸起一兩滴咖啡放在不同的試管裡面，再密封起來；他每做一杯，就親自舔一下味道，表情也不斷隨之變化。綜合他所有的反應，大概可形容為「憂喜參半」。

「好！」他說，「這樣總算釐清了！我原本有個想法……不過現在證明是錯的；是的，我完全找錯了方向，雖然有點不可能，但是也無所謂了。」

他做出一個招牌動作——聳聳肩，將心中的困惑盡掃而出。我一開始就很想告訴他，死守著咖啡這條線索，注定是此路不通的，可是我沒說出口。白羅雖然年事已高，但他畢竟還算得上是本世紀的英雄人物。

「早餐準備好了。」約翰．凱文帝斯從走廊上過來招呼。「白羅先生，留下來和我們一起用餐吧？」

白羅點頭表示願意。我從旁打量約翰，發覺他好像已經恢復了正常。昨天晚上的事件，對他的確造成了短暫的衝擊，但他很快就讓自己的平衡系統發揮作用，迅速冷靜了下來。說來，約翰真是個極其缺乏想像力的人；而勞倫斯則是另外一個極端，過分喜歡胡思亂想。

約翰今天一大清早起來就忙著處理老夫人的後事，先是發電報通知親友——他發出的第一封電報就是給伊薇．何沃德的；再去報社登訃文；然後，種種處理遺體的壓力，開始沉重地向他襲來。

「請問你們進行得如何了？」約翰問，「按照你目前的調查，我母親是不是死於自然因素？或是……或是……我們必須做最壞的打算？」

「凱文帝斯先生，」白羅臉色黯沉地說，「我勸你最好盡量接受現實，一切順其自然。你能不能告訴我家裡其他人的想法？」

「我弟弟勞倫斯覺得我們只是在庸人自擾而已。他說所有的狀況都顯示，媽媽只是單純的心臟病突發罷了。」

「他這樣想，是嗎？這倒很有趣，非常有趣。」白羅慢悠悠地自言自語道，「凱文帝斯夫人呢，她有什麼看法？」

約翰的臉色大變，泛起層層的陰霾。

「我太太怎麼想的，我毫無所悉。」

這突兀的回答讓空氣頓時凝重起來。最後倒也是約翰自己隨便問了句話，打破僵局。

「英格沙普先生回來了，我已經告訴過你了吧？」

白羅稍微點點頭。約翰繼續說道：「對我們來說，這實在是個很尷尬的局面。當然，日子總要過下去，我們也不能對他有差別待遇……只是想到吃飯時，自己身邊就坐著一位涉嫌重大的殺人犯，難免會倒盡胃口。」

白羅甚為同情地不住點頭。

「這個我了解，現在情況未明，大家都不好受。凱文帝斯先生，我問你一個問題。英格沙普先生昨天晚上之所以沒有回家，據我所知，是因為忘了帶鑰匙？」

「是的。」

「換句話說，你很確定鑰匙仍放在家裡，也就是他根本沒有帶出去？」

「這個我不清楚，我也沒想到要去找。家裡的鑰匙向來都是放在走廊的抽屜裡，我現在就去看看還在不在那兒。」

白羅笑著擺了擺手。

「不用了，不用了！凱文帝斯先生，現在檢查也沒有用了，我保證，它一定還在原位。而且，就算英格沙普先生昨天真的拿走了，到現在也早可以放回去了。」

「難道你認為……」

「我沒有認為什麼。今天早上要是有人在他還沒有回來之前，看到鑰匙在那裡面，那會是個對他十分有利的證據，就是如此。」

約翰看來相當困惑。

「別擔心，」白羅安撫他說，「我向你保證，這件事沒什麼好煩惱的。既然你這麼盛情邀請，我就跟你們去吃早餐吧。」

進去餐廳的時候，其他人都到齊了。當時的氣氛可想而知，絕對說不上是其樂融融一團和氣。當然，遭逢巨變後，大家難免情緒低落，我想我們都黯然承受著這樣的低氣壓。不過，雖然在座眾人個個舉止端莊、教養深厚，無論遇到任何情況，絕對不致讓自己表現失常，但是，我仍禁不住懷疑，他們的這般若無其事，真的是強自隱忍來的嗎？放眼望去，這裡看不到一雙哭紅的眼睛，嗅不出一絲壓抑的悲慟。我想我看得沒錯，只有荳克絲是對這樁悲劇最感傷懷的人。

我望向阿福烈德．英格沙普，他那副喪妻夫的矯態，看在眼裡只是讓人徒增反感。他知道我們在懷疑他嗎？我揣測著。他當然不可能不知道，他只是反射性地極盡掩藏之能事。他現在是不是宛如驚弓之鳥？還是他自認魔高一丈，能夠順利脫罪？空氣中那股猜忌的氣味，應該能讓他警覺到自己已成了本案的頭號嫌犯吧？

不過，究竟是不是每個人都懷疑他呢？凱文帝斯夫人怎麼想？我看著坐在桌首的她。她身穿一襲灰白色洋裝，袖口的白色褶邊披灑在她的纖纖玉手上，手姿依舊優雅自若，氣質仍感神祕莫測。真是楚楚動人啊！不過，看心情她也會板起臉孔像獅身人面像般，教人望而生畏。她相當沉默寡言，不會輕易啟齒，可是我有種奇怪的感覺，好似她個性中有一股強大的力量在掌控著我們每一個人。

年紀最輕的辛西亞呢？她也懷疑英格沙普先生嗎？我覺得她看來滿臉病容、疲憊不堪，動作尤其有氣無力，遲鈍笨重。我問她是否不舒服，她說：「是啊，我頭疼得快要爆炸。」

「要不要再來杯咖啡，辛西亞小姐？」白羅熱心地問著，「再喝點咖啡，精神或許就來了，咖啡治頭痛可是一級棒！」

他跳起身來一把拿起她的杯子。

「不要加糖。」辛西亞看到他拿起夾方糖的鉗子，趕忙阻止他。

「不加糖？是不是戰時響應節約？」

「不是，我喝咖啡從來不加糖。」

「該死！」白羅把加滿的咖啡端回給辛西亞，口中喃喃自語。

現場只有我聽到他說了什麼，我好奇地看著他，發現他努力克制著內心的興奮——他的瞳孔散發出貓眼般綠色的光芒，我想，他一定是聽到或是看見什麼極具震撼的事情。但那是什麼事呢？雖然我不常自承無知，不過我必須坦白說，我一點都看不出有什麼事古怪。

過了一會兒，飯廳的門驀然打開，荳克絲走了進來，對著約翰說：「威爾斯先生來找您，先生。」

我記得這個名字，他也是英格沙普夫人昨晚寫信的對象。約翰立即站起身來。

「帶他到我的書房去。」交代完荳克絲，他轉向我和白羅。「是我母親的律師，」他放低聲量。「也是個驗屍官——你們了解吧？你們要不要見見他？」

我們表示同意，於是跟著約翰走出飯廳。他大步在前方帶路，我趁機在白羅耳邊私語：「你看是不是會做驗屍審訊？」

白羅心不在焉地點點頭，似乎全心都在思考，他如此這般心無旁騖，不由得引我想一探究竟。

「到底是怎麼回事？你根本沒在聽我說話。」

「我是沒在聽，老弟。我正在煩惱哪。」

「煩惱什麼？」

「辛西亞喝咖啡不放糖。」

「什麼？你不是在開玩笑吧！」

「我是很正經的。嗯，一定還有什麼事我不知道，但我的直覺是正確的。」

「什麼直覺？」

「堅持要檢查咖啡杯的直覺。唉！不說了。」

我們跟著約翰進到他的書房後，他便把門關上。

威爾斯先生歲近中年，看來頗為平易近人，雙眼炯炯有神，擁有一張律師典型的巧嘴。約翰介紹我們和他認識，並說明我們到這裡的原因。

「希望你能了解，威爾斯先生。」他強調說，「這件事絕對不能洩漏出去，我們仍舊希望事情不致嚴重到需要進行調查。」

「當然如此，當然如此。」威爾斯先生客氣地回答，「我們也希望盡可能不要舉辦公開審訊，以免傷害到你們；只是眼前交不出醫生開立的死亡證明，恐怕避免不了一場調查。」

「是的，這個我清楚。」

「包斯坦醫生很聰明，是個很了不起的毒物權威。」

「沒錯。」約翰顯得相當不自在，吞吞吐吐地說，「我們是不是都必須以證人的身分出庭應訊？我是說……我們全部？」

「你是一定的囉，還有，嗯，嗯哼，英格沙普先……生吧？」威爾斯口氣停頓一會兒，然後安撫地說：「其他的人都只是佐證而已，純粹只是形式上問問。」

「我明白了。」

約翰的臉上輕輕閃過一絲放心的神情，我看在眼裡覺得很納悶，因為他沒理由緊張啊！

「如果沒有反對的意見，」威爾斯說道，「我想就在星期五開庭，時間很充裕，到時候醫生的驗屍報告應該已經出爐了。他們今天晚上就要驗屍沒錯吧？」

「是的。」

「這樣安排可以嗎？」

「非常好。」

「親愛的凱文帝斯，我不知道該怎麼表達……這件事真是太遺憾了。」

「威爾斯先生，可不可以請教你一個小問題？」白羅打斷他們的對話。

自從我們進來以後，這是他第一次開口。

「我？」

「聽說英格沙普夫人昨天晚上曾寫一封信給你，算算時間，你今早應該收到了。」

「我是收到了，但是裡面沒寫什麼，只是要我務必在今天早上過來，說有重要的事情和我商量。」

「她沒有說是什麼事情？」

「很不幸，沒有。」

「那太可惜了。」約翰說。

「是大大可惜了。」白羅語重心長地附和。

三人沉默片刻，白羅若有所思地安靜了幾分鐘後，再次對律師說：「威爾斯先生，如果這不違反職業道德，還有件事我想請問你，英格沙普夫人去世後，誰會繼承她的遺產？」

律師猶豫片刻，然後回答說：「遺囑的內容其實不久後要就公開了，所以，如果凱文帝斯先生不反對的話……」

「我一點都不反對。」約翰立即表明態度。

「這個問題我沒什麼不好回答的。她最後一份遺囑是在去年八月立的，除掉贈送給僕人的小禮物或瑣碎的花費，她把所有的財產都留給他的繼子約翰，凱文帝斯先生。」

「這樣不是——對不起，凱文帝斯先生，請不要介意我問這個問題——這樣不是對她另外一個孩子勞倫斯．凱文帝斯先生很不公平嗎？」

「不會，我不這麼認為。你知道，根據他們父親的遺囑，他們的繼母死後，約翰可以繼承所有的不動產，而勞倫斯則可以分到為數可觀的金錢。而現在英格沙普夫人會把她的錢財都留給長子，主要是因為她知道約翰能守得住史岱爾莊。在我看來，這樣的分配沒有什麼不妥，非常的公平公正。」

白羅頗為認同地點點頭說：「你說的沒錯，不過我知道——也許我是錯的——根據英國的法律，英格沙普夫人再婚的時候，那份遺囑就已經自動失效了，不是嗎？」

威爾斯點點頭。

「這就是我接下來要講的，白羅先生，那份遺囑現在已經作廢無效了。」

「哦？」白羅沉思半晌，又問：「英格沙普夫人知道遺囑已經失效了嗎？」

「我不知道，也許吧。」

「她知道，」約翰突如其來地說，「我們昨天才討論過再婚後遺囑會自動失效一事。」

「是嗎？最後一個問題。你剛才提到『最後一份遺囑』，難道英格沙普夫人還立過很多遺囑嗎？」

「平均來說，她每年都會重新立一次遺囑。」威爾斯先生泰然自若地繼續說，「她一直在改變遺產的分配對象，常常今年屬意這個，明年又中意另外一個。」

「假設，」白羅問，「她在你不知情的狀況下又寫了份新遺囑，而且受益人是個純純粹粹的外人——就說是何沃德小姐吧，你會覺得不可思議嗎？」

「一點都不會。」

「這樣啊！」白羅似乎沒有其他的問題要問了。

趁著約翰和律師討論是否要查查英格沙普夫人留下的文件時，我靠向白羅。

「你真認為英格沙普夫人死前又重寫遺囑，將財產留給何沃德小姐嗎？」我壓低嗓子好奇地問。

白羅對著我微笑。

「不是。」他說。

「那你為什麼要問這個問題？」

「噓！」

此時，約翰．凱文帝斯又回到白羅身邊。

「白羅先生，我們決定檢查檢查母親留下來的文件，你要不要和我們一起去看看？英格沙普先生很願意讓我們全權處理這件事。」

「那樣是方便多了。」律師低聲咕噥著，「當然，他在法律上是有權……」他沒有把話說完。

「我們先翻翻她書房裡的文件，」約翰向大家說明流程。「然後再到她的臥室去，她把她最重要的文件都鎖在一只紫色手提箱中，那些文件一定要好好仔細過濾一下。」

「沒錯，」律師接口說，「裡面可能有一份遺囑，比我持有的那份更新、更晚完成。」

「的確是有一份新的遺囑。」說話的是白羅。

「什麼？」

約翰和律師兩人睜大眼睛看著他，儼然吃了一驚。

「或者應該說，」我的好友沉著地繼續表示，「原本有一份新的遺囑。」

「你的意思是……本來有？那現在跑去哪裡了？」

「被燒掉了。」
「被燒掉了？」
「沒錯，看看這個。」
他拿出我們從英格沙普夫人房間壁爐中找到的小紙片，交給律師，約略解釋我們找到的過程，以及找到的地方。
「不過，這個碎片也可能是舊遺囑燒剩的，不是嗎？」
「我想不是。事實上我甚至可以確定它是昨天下午之後寫的。」
「什麼？」
「太荒謬了，根本不可能！」他們兩個不約而同驚叫出來。
白羅面向約翰。
「如果你請園丁過來一下，我可以當場證明給你看。」
「那當然沒問題。不過我不覺得這樣做有什麼……」
白羅舉起手來打斷他。
「照我的意思做就是了，到時你愛怎麼問都讓你問。」
「那好。」
約翰搖起鈴鐺。荳克絲不多時就應著鈴聲而至。
「荳克絲，請你叫曼寧過來好嗎？我有事問他。」

「好的，少爺。」

荳克絲隨即轉身離去。我們三個人在沉默中又緊張又期待地等著，只有白羅老神在在，還有心情去拂拭書架暗角中的灰塵。

屋外碎石路上傳來釘鞋的聲音，曼寧顯然到了，約翰向白羅詢看一眼，白羅點點頭。

「進來吧，曼寧。」約翰說，「我有話問你。」

曼寧躡手躡腳、如履薄冰地從法式落地窗外走進來，他緊緊貼著窗邊站好，雙手拿著帽子，細細用力扭了又扭。他的背駝得非常厲害，看上去比實際年齡還老；但一雙眼睛精明而銳利，跟說話時那般溫吞而過度謹慎的調調頗相違背。

約翰說：「曼寧，這位先生有問題要問你，我希望你據實回答。」

「是的，先生。」曼寧恭謹地答道。

白羅向前跨上一步，曼寧瞄了他一眼，神色間頗為不屑。

「昨天下午你在房子南邊的花園裡，種了一畦秋海棠是不是，曼寧？」

「是的，是我和威廉一起種的。」

「英格沙普夫人有沒到窗邊喊你們過去？」

「是的，先生，她有叫我們過去。」

「現在，用你自己的方式，一字不漏地告訴我接下來發生的事情。」

「好的，不過其實也沒什麼，她叫威廉騎腳踏車到鎮上買一份制式遺囑或是那一類的東西……我不清楚到底是什麼，不過她有寫下來交給威廉去買。」

「然後呢？」

「然後他就馬上去買回來了。」

「接下來呢？」

「我們回到花園繼續種秋海棠。」

「後來英格沙普夫人是不是又叫你們過去？」

「是的，先生，她叫我和威廉一起過去。」

「後來呢？」

「她叫我們進去房裡，要我們在一張很長的紙張上簽名，就簽在她的名字下面。」

「你有沒有看到她自己簽名的上方寫些什麼？」白羅緊迫盯人地問道。

「沒有，先生，有一些吸墨紙蓋住了上面的內容。」

「所以你只是在她指定的地方簽了名？」

「是的，先生，我先簽，然後換威廉簽。」

「你們簽完名後她做了什麼？」

「哦，先生，她把那張紙塞到一個長長的信封裡，再放進桌上的一個紫色皮箱中。」

「她第一次叫你們的時候是幾點鐘的事？」

「大概是四點左右，先生。」

「會不會更早？有沒有可能是三點半？」

「不可能，先生，我想不是。感覺比較像是四點剛過，但絕對不會是四點之前。」

「好了，謝謝你，曼寧。」白羅和顏悅色地說。

曼寧向主人望了望，約翰點點頭，他咕嚕了一聲，舉起手在額頭上抓了兩下，然後就畢恭畢敬地退出去了。

我們大家互相交換眼神。

「天啊！」約翰嘆道，「怎麼會有這種巧合？」

「怎麼說是……巧合？」

「就是我母親竟然在去世當天寫了一份新的遺囑啊！」

威爾斯先生清清喉嚨，硬邦邦地說：「你確定這是巧合嗎，凱文帝斯？」

「你是什麼意思？」

「你說你的母親昨天下午和某人大吵了一架……」

「你這話是什麼意思？」約翰大聲嚷著，他的聲音微微顫抖，臉上頓然失去血色。

「就是因為發生那次大吵，你的母親倉卒決定重寫遺囑，至於遺囑的內容是什麼，恐怕永遠石沉大海，不得而知了。毫無疑問，她寫信要我今早過來，就是打算和我談這件事，只是不幸晚了一步。現在遺囑消失了，這個祕密也隨著她帶進墳墓長眠地底。凱文帝斯，這件事恐怕不單純，不會只是巧合。白羅先生，你應該也同意這件事背後大有文章吧？」

「不管有文章沒文章，」約翰插嘴進來。「我都很感激白羅先生能向我們揭露這件事，要不是因為他，我們也不會知道還有一份新的遺囑。我原本不應該問這個問題，但是，先生，是什麼事情讓你推想到會有一份新遺囑？」

白羅面帶微笑說：「一個寫著潦草字跡的舊信封，以及一畦剛種好的秋海棠。」

我以為約翰會繼續追問下去，但是窗外突然傳來隆隆引擎聲，我們向窗外望去，看到一輛車子疾駛而過。

「是伊薇，」約翰喊出聲來。「對不起，威爾斯，我先離開一下。」

他跨著大步急忙向大廳走去。白羅滿臉疑問地看著我。

「是何沃德小姐。」我解釋道。

「我很高興她回來了，海斯汀，這裡總算來了個心地善良、頭腦又好的女人——雖然老天爺沒有給她如花似玉的美貌。」

我也急忙走向大廳。何沃德小姐剛剛進門，忙著撥開罩在臉上的厚黑紗，一和她的眼光接觸，我心裡馬上升起強烈的內咎與自責——她曾經那般慎重囑咐叮嚀我，而我卻置若罔聞、不當回事地馬上將它忘得一乾二淨，以致現在竟不得不以這般悲慘的結局來證明她的判斷，我深深覺得無地自容。她畢竟是了解阿福烈德．英格沙普。要是當初她沒有離開史岱爾莊，悲劇是否就不會發生了呢？凶手會不會忌憚於她銳利的眼神而就此斷了歹念？

然而，當她伸出雙手一貫讓人發疼地緊緊握住我的手時，我心上的石頭頓時放了下來，她的雙眼充滿了哀思與懷念，毫無責難之意，由她紅腫的眼眶可以想見，她必定大哭了一場，但是她還是那副直來直往、不多囉嗦的樣子。

「剛下夜班，接到電報就來。包了輛車子，這是最快的方法。」

「你吃過早餐沒，伊薇？」約翰問道。

「沒有。」

「我想也沒有。早餐還沒收走，先過去用餐再說吧，廚房會沏壺茶給你。」他轉過頭對我說，「海斯汀先生，請幫我招呼她一下好嗎？威爾斯還在等著我。哦，對了，這位是白羅先生，特別來幫我們忙的。」

何沃德小姐和白羅握了一下手，不解地回頭望向約翰。

「什麼意思……幫我們的忙？」

「幫我們進行調查。」

「沒什麼好調查的，叫他們把他抓到監獄裡關起來就好了。」

「把誰關起來？」

「誰？當然是阿福烈德．英格沙普。」

「親愛的伊薇，說話最好謹慎一點。勞倫斯就認為，媽媽只是死於心臟病突發而已。」

「勞倫斯！他呀，他最蠢了。」何沃德小姐反駁道，「就是阿福烈德．英格沙普殺了可憐的艾蜜莉，我平常是怎麼告訴你的！」

「我的好伊薇，你別那麼大聲嚷嚷好嗎？不管我們怎麼想，現在都要盡量保留一點，星期五就要召開驗屍審訊了。」

「簡直是胡搞瞎搞！」何沃德小姐極為不屑地說，「你們腦筋都燒壞了，到時候那個人早就出國去了，他又不是傻瓜，會乖乖在這裡等著送死？」

約翰．凱文帝斯無奈地看著她。

「我知道怎麼回事了，」她指責他。「一定是醫生說了什麼。別理他們，他們懂啥？啥都不懂，他們只會一些害死人的半調子功夫。我爸就是一個醫生，這種事我最清楚。那個威爾金醫生根本是愚蠢之至，哼，心臟病？一聽就知道是他會說的話。明眼人一看就知道是她丈夫下的毒手。我一直說她總有一天會被謀殺在床，可憐的艾蜜莉，現在他真的下手了！而你們只會跟著人家說什麼『心臟病突發』啦、『審訊』啦這些蠢話！你們應該感到羞恥，約翰．凱文帝斯。」

「那你要我怎麼做嘛？」約翰已擠不出半點笑容。「他媽的，伊薇，我們總不能勒著他的脖子把他拖到警察局去吧！」

「哼，總得想點辦法啊！查查他是怎麼下手的。這個陰險小人八成是用毒蠅紙泡在茶裡給夫人喝；去問廚娘，看毒蠅紙是不是少了。」

衡量這個局面，我非常篤定，要把何沃德小姐和阿福烈德．英格沙普放在同一個屋簷下，期望他們和平相處，簡直是比登天還難。我實在是替約翰感到頭痛。從他的表情看的出來，他百分之百了解這是一個棘手的問題，一時間，他只得告饒躲避，倉卒地離開了。

荳克絲端著剛泡好的茶送進來，等她出去後，白羅就從久站的落地窗前走過來，在何沃德小姐的對面正襟危坐地坐下來。

「何沃德小姐，」他懇切地說，「我想求你一件事。」

「你說吧！」何小姐打量著他，面露鄙夷之色。

「我希望你能助我一臂之力。」

「我很樂意幫你送阿福烈德上絞刑台，」她粗聲粗氣地回答，「吊刑還太便宜他了，應該像古時候一樣，把他五馬分屍。」

「如此說來，我們的目標是一致的。」白羅說，「我也希望盡早讓凶手伏法。」

「你是指阿福烈德．英格沙普嗎？」

「他，或是另有其人。」

「其他人不會有問題，要不是他來了，可憐的艾蜜莉也不會枉死。我不是說其他的人就沒有問題，他們也是虎視眈眈地伺機而動，只是他們要的是錢，還不至於傷害艾蜜莉。可是我們來了這位阿福烈德．英格沙普先生——還不到兩個月哪，什麼都變了。」

「何沃德小姐，請你務必相信我，」白羅發自內心地說，「如果英格沙普先生真是殺害夫人的凶手，他絕對逃不出我的手掌心，我一定會讓他吊上九重天，我向你保證！」

「這樣就好。」何沃德小姐稍微起勁一點了。

「但是我需要取得你百分之百的信任，有了你的幫忙，對我而言將是如虎添翼。你知道為什麼嗎？因為在這個發生不幸的喪宅裡面，只有你為了夫人哭紅、哭腫了雙眼。」

何沃德小姐眨眨泛著淚水的眼睛，說話的態度漸漸緩和下來。

「如果你認為我哭是因為我喜歡她——沒錯，我是。你知道嗎，艾蜜莉其實說來是個自私的老太婆，她雖然做人慷慨大方，不過總是期待別人有所回報，而且時時不忘提醒別人記住自己的恩惠；就是因為如此，所以她得不到子女真正的愛。但別以為她會了解這些人情世故，會感到自己缺乏關愛，沒有的事。不過反正她人也走了，現在只能祈禱她生前一無所知。我的情形和他們不一樣，從一開始就認清楚自己的立場：『你當我一年值這麼多英鎊，很好，對我也很夠用，我絕不會再奢求你額外的獎勵，像是送一雙手套或一張戲票什麼的。』她從來都不曉得，我有時候也很嘔。人家說我是逞強，其實不是這樣的……但我也不知道該怎麼解釋。總之，就是因為我自重自愛，所以全家上下只有我不怕真心待她。我照顧她，保護她，避免她受到任何的傷害……然後那個油嘴滑舌的傢伙來了，才沒多久時間，就這麼『噗』一聲，我多少年的心血就毀於一旦了……」

白羅感同身受地看著她。

「何沃德小姐，我非常了解你的處境、你的感受，這都是人之常情。你可能覺得我們對這件事態度冷淡、缺乏熱情，但請你相信我，事實絕不是如此。」

約翰探頭進來，說他和威爾斯先生已經查過書房裡的書桌了，現在要我和白羅一起到英格沙普夫人的房間看看。

上樓的時候，約翰回頭望向飯廳，悄悄地對我說：「你看，這兩個死對頭碰面的時候會怎麼樣？」

我無奈地搖搖頭。

「我已經交代瑪莉盡量不要讓他們見面。」他說。

「她做得到嗎？」

「那只有天知道了！還好，英格沙普先生也不太愛見她。」

走到房門口時，我問白羅：「白羅，鑰匙還在你這邊嗎？」

白羅拿出鑰匙交給約翰，他打開房門，大家陸續進去，律師直接朝著書桌走去，約翰緊緊跟在旁邊。

「我母親生前都是把重要的文件放在這個手提箱裡面。」他說。

白羅取出那串鑰匙。

「讓我來開，今天早上我才親自鎖上的，為了以防萬一。」

「但鎖現在明明是開著的！」約翰說。

「不可能！」

「你看。」約翰說著把皮箱朝上掀開。

「太不可思議了！」白羅滿腹不解。「兩把鑰匙分明都在我的口袋裡呀！」他一個箭步跨到手提箱前，頓時愣在當場。「大事不妙！鎖是被撬開的。」

「什麼？」

白羅把皮箱重新蓋好。

「是誰撬開的呢？有什麼目的呢？哪時撬開的？門明明鎖得好好的！」

大家七嘴八舌地揣測紛紛，白羅幾乎是機械似地逐題回答。

「是誰做的？這是個好問題。什麼目的？哈！只有天知道。什麼時候撬開的？一個小時前我離開之後。至於說房門本來是鎖好的為什麼會被打開？因為那種鎖相當普通，可能走道上隨便一間房間的鑰匙都能打開它。」

我們在一旁大眼瞪小眼，白羅則逕自走到壁爐邊。他看來十分冷靜自持，但我注意到，他出自習慣地去整理壁爐上裝著紙捻的瓶子時，雙手其實激烈地顫動著。

「你們看，事情可能是這樣的，」他終於說話了。「那個提箱裡一定放有某樣證據，某樣表面上不重要但卻足以揭發凶手身分的東西，它的威脅至深，所以凶手一定要想辦法在我們發現、破解之前將它湮滅。所以他不惜冒著風險——是天大的風險——偷偷潛入房間來，結果發現皮箱鎖死了，情急之下只有硬把鎖頭給撬壞，這一來卻不可避免地洩漏了自己的行蹤。不得已而出此下策，可見這個東西一定對他萬分重要。」

「什麼東西如此重要？」

「哈！」白羅大呼一聲，憤憤說道，「那我就不知道了。應該是文件之類的東西吧，這點絕對錯不了，說不定就是荳克絲昨天下午看到夫人手中握著的那張紙。但是我……」他壓不住心頭的怒火。「我真是太愚蠢、太可悲了，居然沒有事先料到！簡直是超級低能！千不該、萬不該，我怎麼都不該把手提箱留在這裡，當時隨身帶走就沒事了，噢，大蠢豬一個。現在證據不見了，證據被銷毀了……咦，它當真被銷毀了嗎？會不會還有一點機會？我一定要把這裡給翻了……」

他發癲似的衝了出去，等到我回過神來，也舉足緊追而上，可惜當我趕到樓梯口時，他已不見蹤影。

這時我看到瑪莉．凱文帝斯正站在樓梯的梯台上，瞠著大眼望向他在大廳消失的方向。

「海斯汀先生，你那位聰明的朋友是怎麼回事？他剛才就像頭發瘋的公牛一樣，從我旁邊衝過去了。」

「他有點事不高興。」

由於我不確定白羅喜不喜歡我透露案情，所以就隨便搪塞一句。我看到凱文帝斯夫人意味深長地輕笑了一下。為了轉移話題，我問道：「他們還沒碰面吧？」

「你說誰？」

「當然是英格沙普先生和何沃德小姐啊！」

她看著我，一臉困惑。

「你認為讓他們碰面是這麼可怕的事嗎？」

「難道你不這麼想嗎？」我語帶保留地回答。

「是呀。」她靜靜地微笑著。「就算大吵一架也好，把事情攤開來談，總比現在大家心裡胡思亂想又不敢說出來好。」

「約翰可不這麼想。」我說，「他只巴望他們王不見王。」

「噢，約翰就是這樣！」

她的言詞之間若有隱情，我不禁脫口說道：「約翰是個標準的好人。」

她好奇地上下打量我一兩分鐘，頗令人訝異地說道：「我很欣賞你對朋友的忠誠。」

「你不也是我的朋友？」

「我是個壞朋友。」

「怎麼會呢？」

「我說的是實話，我可以前一天對朋友百般討好，第二天就把他們忘到九霄雲外。」

我不知道自己是著了什麼魔，這時居然衝出一句再愚蠢不過的話來，它簡直可以說是不入流了。

「不過，我看你倒是可以一直百般討好包斯坦醫生。」

話才出口，我就悔恨不已。她的臉色陡然緊繃起來，我可以感覺到，我們之間霎時升起一道無形的屏幕，而且她已悄然將自己隱藏在彼端。她不發一語掉頭就往樓上快步走去，留下我一個人站在那裡張口結舌、呆若木雞。

直至樓下傳來陣陣喧囂，我的神智才回復過來。我聽到白羅正在高聲叫嚷，心中不覺懊惱自己對瑪莉那番避諱根本是白搭。那個小老頭好像巴不得全家上下統統知道發生了什麼事。對於他這個舉動，我本人實在不敢苟同，也不禁憂心他是不是氣昏頭，又失去理智了。我急著下樓去阻止他，白羅一看到我，頓時安靜下來，我拉他退到一旁。

「親愛的老兄，這樣做好嗎？我們不是應該盡量保密，不要讓大家都知道這件事才對吧？你這麼做，不是正中凶手下懷嗎？」

「你認為應該這樣嗎，海斯汀？」

「當然。」

「好吧，好吧，既然你這麼說，我就聽你的好了。」

「那很好。只是很不幸的，現在保密已經有點來不及了。」

「你說得沒錯，唉！」

看到他一副垂頭喪氣、懊悔不已的樣子，我也於心不忍起來，不過我還是認為我這番勸阻是正確而明智的。

「好吧，」最後白羅出聲。「我們走吧，我的朋友。」

「這裡的事都結束了？」

「目前看來，是的。你陪我走回村子好嗎？」

「樂意之至。」我說。

他提起他的小皮箱，我們從客廳的落地窗向外面走去，辛西亞·莫道正巧要進來，白羅往旁邊一靠，讓路給她走。

「對不起，小姐，耽誤你一分鐘好嗎？」

「有事嗎？」她停下來問道。

「請問你有沒有幫英格沙普夫人配過藥？」

她臉上湧起一陣紅暈，很不自在地回答：「沒有。」

「連安眠藥粉也沒有配過嗎？」

她的臉色更紅了。「噢，那就有，我幫她配過一次安眠藥。」

「是不是這種？」

白羅拿出一個裝藥粉用的空盒子，她點點頭。

「可不可以請你告訴我這是什麼藥？是索佛拿還是巴比妥[2]？」

「都不是，是溴化物的粉末。」

「哦！謝謝你了，小姐，祝你有個愉快的早晨啊。」

我們邁開大步往村子走，途中我不禁轉頭看了他好幾次。白羅有個習慣，當他興奮時，

2 索佛拿、巴比妥皆是安眠鎮靜藥劑。

眼睛會散發出像貓眼般碧綠色的光芒；而此時此刻，他的雙眼正閃爍著綠寶石的亮采。

「老弟，」他終於開口說話。「我心裡有個想法，聽來可能有點牽強，甚至不可思議，但是奇怪的是，和案情又十分吻合。」

我聳聳肩，不置可否，心想白羅對這個案子產生太多不切實際的想法了。其實真相已是呼之欲出，沒有什麼不得了的。

「所以這就是藥盒上沒有藥劑師署名的原因了。」我說，「道理非常簡單，就像你說的。我倒奇怪自己為什麼沒想到這點。」

白羅顯然心不在焉，完全沒有聽進我說的話。

「他們又有新的發現了，那邊。」他說，翹起大拇指朝肩後比向史岱爾莊。「我們上樓的時候威爾斯先生告訴我的。」

「是什麼新發現？」

「他們在書房的書桌裡，找到英格沙普夫人留下的另外一份遺囑，是再婚前立下的，指名把財產留給阿福烈德．英格沙普。那一定是他們訂婚的時候寫的，威爾斯事前也不知情，他和約翰．凱文帝斯一樣嚇了一跳。那張遺囑是用標準格式寫的，由兩個僕人當證人，沒有找荳克絲作證。」

「英格沙普先生知道這件事嗎？」

「他說不知道。」

「這種話誰相信？」我懷疑地說，「這麼多遺囑實在讓人茫無頭緒。告訴我，你是怎麼憑著信封上幾個潦草的字，就知道她昨天下午又立了一份新遺囑？」

白羅對我笑了笑。

「老朋友，你有沒有過在寫信的時候，突然忘了有些字怎麼寫？」

「經常如此，每個人應該都有類似的經驗吧。」

「完全正確。那麼這時候，你會不會試著在吸墨紙的邊緣，或是廢紙上面試寫一兩次，看能否想起正確的筆畫？英格沙普夫人昨天就是在試寫。記不記得她寫『所有』的時候，第一次寫的是『有』，第二次才寫成正確的『所有』，而且為了確定無誤，她又寫了一句話試試，也就是第三次的『我的所有』。好，這告訴了我什麼？它告訴我，英格沙普夫人當天下午寫了『所有』這個字眼，加上我在壁爐中找到的碎紙片，於是我馬上聯想到那應該是一份遺囑，而且行文當中寫有這樣的字眼。此外，還有另外一個佐證。

「早上僕人在慌亂中可能忘了打掃，所以書房書桌旁積了些沙土和泥炭苔。最近天氣很好，一般人穿的皮靴應該不會帶進這麼多的塵土，所以我就在窗前觀察，結果一眼看到剛種好的秋海棠，那花圃中的泥炭土就和書房地板上留下的汙跡完全相同。後來聽你說花是昨天下午才種好的，我心中就很篤定，至少有一個園丁——說不定兩個一起——曾經進來屋子，因為花圃中留了四排腳印，朝著書房走過來。英格沙普夫人若只是想找他們問話，大可靠在窗邊，讓他們站在外面就行了，不必請他們進來。將這些事證串連起來之後，我非常確定她又立了一份新的遺囑，而且召喚園丁進來簽名作證。後來也證實了我的推斷沒有錯。」

「果然是天才。」我不得不承認。「當我看到信封上的塗鴉時，心裡想的完全不是這麼回事，根本是南轅北轍。」

他笑了笑。

「你就是太天馬行空了，豐富的想像力就像洪水一樣，既能載舟亦能覆舟，而且，最簡單直接的解釋，往往就是最可能的答案。」

「還有，你怎麼知道手提箱的鑰匙不見了？」

「我原本也不知道，是胡亂猜的，沒想到猜對了。記不記得那把鑰匙的握柄上有一截扭曲的鋼絲？可能是有人用力將鑰匙從鑰匙環上抽下來的時候留下的。假設鑰匙丟了又找回來，英格沙普夫人理應把它重新掛回鑰匙環中，但是我在她的鑰匙環上只找到一把備用鑰匙，非常新，還很光亮，所以我猜想是另有其人用原來的鑰匙開了手提箱。」

「說的沒錯，」我插口道，「準是阿福烈德．英格沙普。」

白羅好奇地望著我。

「你確定他就是凶手？」他問。

「除了他之外，還有誰的嫌疑更大？每一次有新發現，矛頭都指向他。」

「正好相反，」白羅低聲說，「我倒覺得有很多證據都對他有利。」

「拜託，少來了。」

「我是說真的。」

「依我看，他只有一個有利的證據。」

「是什麼？」

「就是他昨天晚上不在家。」

「『完全答錯！』——你們是這麼說的，對吧？這一點在我看來其實對他最為不利。」

「怎麼會呢？」

「要是英格沙普先生真的要毒死他的太太，他當然會設法安排自己出門，只是這種不在場證明根本是欲蓋彌彰。這種藉口出自兩種可能性：一是他真的知情；另外就是他確有事務要親自出門去處理。」

「會有什麼事務呢？」我不相信地追問白羅。

他聳聳肩膀。

「我又不是他肚子裡的蛔蟲，怎麼會知道！反正一定是不可告人的事。我們都曉得，這個英格沙普先生絕非什麼善類，但我們不能因此就以言廢人，認定他是個殺人凶手。」

我猛搖頭，完全不贊同他的說法。

「你不同意？」白羅說，「沒關係，我們就等著瞧吧，時間會證明一切。我們來討論另一個問題。你為什麼這麼確定英格沙普夫人臥房的門，全部都是從裡面反鎖的？」

「這個嘛……」我思索著該怎樣回答。「應該要用邏輯來推論。」

「那當然。」

「這麼說好了，門當時是鎖死的，用看的就知道，但是地上的蠟塊，加上焚毀的遺囑，證明當天晚上確實有人潛進房裡，這點你應該同意吧？」

「完全同意，條理相當分明。繼續。」

「而且，」白羅的鼓勵讓我信心大增。「潛進房中的人既然不是從窗戶爬進來的，又不可能會變魔術，那一定就是英格沙普夫人幫他開的門。按照常理推斷，只有她先生的可能性最大，開門讓自己的丈夫進房間是很正常的事。」

白羅不同意地搖搖頭。

「她何必幫他開門？昨天下午她才和他大吵一架，連通向他臥房的門她都給閂上了——這種事其實不常發生。不，她那時最不願意見到的就是她的丈夫。」

「不過門是英格沙普夫人自己開的，這點你同意吧？」

「另外一種可能的狀況是，她上床前忘了鎖通走道的門，結果半夜醒來，想到門還沒鎖，才起來把門閂上。」

「白羅，你真是這樣想的嗎？」

「我沒有說事實上就是這樣，但是有可能。現在我們來討論另一個人。凱文帝斯夫人和她婆婆的那部分對話，帶給你什麼啟示？」

「她們說些什麼我都快忘了，」我試著努力回想。「都是些枝節片段，比猜燈謎還難。

只是凱文帝斯夫人平常孤傲寡言，昨天不知怎麼回事，突然發瘋似地介入一件和她八竿子打不著的事。」

「一點都沒錯，依她的個性，應該不會這麼失禮。」

「的確是很可疑，」我對此深表同意。「但是和案情關係不大，不需要浪費時間追究。」

白羅潤潤喉頭，囉嗦起來。「我平常都怎麼告訴你的？任何線索都不能放過！如果事實與推論無法產生對應，那就應該放棄推論。」

「隨便你怎麼講，等著瞧就是了。」我頗為不滿地說。

「沒錯，我們就等著瞧。」

不知不覺中，我們已經來到李斯威小屋門前，白羅領著我到樓上的房間內，遞給我一根他自己也不常抽的俄羅斯香菸，看到他把用剩的火柴整整齊齊地放在一個小瓷盤中，我不禁感到莞爾，剛才的不悅也就煙消霧散了。

白羅將兩張椅子放在窗前，坐在上面，整個村莊一覽無遺，清新的空氣自窗口徐徐吹來，溫暖怡人，今天想必又是個大熱天。

突然間，我看到街角轉出一個削瘦的身影，那人看上去年紀很輕，急促地沿著街道跑過來。他的神色恐懼中夾雜著焦躁，似乎事態頗不尋常。

「快看，白羅。」我叫道。

他彎著身子往外看。

「是他，」白羅說，「藥房的麥斯先生，他是要到這裡來的。」

年輕人一路跑到李斯威小屋前才停下來，站在門口躑躅不前，猶疑不定，半晌後才舉起拳頭死命往門上敲。

「請等一下，」白羅從窗戶向下喊著，「我馬上下來。」

他示意要我跟著下去，急急便下到一樓開了門，麥斯不待進來，搶著就說：「不好意思，白羅先生，打擾你了，不過我聽人家說你剛從史岱爾回來，是不是真的？」

「沒錯，我們一起回來的。」

年輕人雙唇微張，一副不吐不快的樣子。

「全村的人都知道英格沙普夫人突然就走了。他們說她……」他壓低了嗓子。「是被毒死的？」

白羅鎮定若昔，故意不動聲色。

「只有醫生才能判斷她是不是中毒的，麥斯先生。」

「那當然，只有醫生才能斷定。」年輕人又躊躇不安起來，臉上充滿焦慮，然後突然抓住白羅的手肘，在他耳邊咕噥：「白羅先生，請告訴我，不是……不是番木鱉鹼，對吧？」

我站在旁邊，雖然聽不見白羅怎麼回答，但心想一定不會是肯定的答案。年輕人惶惶然離開了，白羅把門帶上，和我正眼相視。

「他說，」白羅沉重地點點頭。「他有證據可以上法庭作證。」

我們一階一階慢慢向二樓走去，我正要開口說話，白羅豎起食指搖了搖。

「別問，暫時別問，我的朋友，我要好好想想。我現在有點錯亂了，情況不妙。」

他坐在椅子上不發一語足足有十分鐘之久，而且全身上下文風不動，偶爾才若有所悟地揚揚雙眉，但那雙像貓的眼睛卻愈來愈翠綠。最後，他吐了一口長長的氣，打破了寂靜。

「沒問題了，真是柳暗花明又一村，經過一番重新檢討之後，所有的事證變得更清楚合理了；我們辦案的時候，絕對不能容許對案情有絲毫的疑惑。不過，目前還不到破案的時候。這個案子十分棘手，連我都給困住了，我，鼎鼎大名的赫丘勒·白羅！好，現在有兩個環節需要釐清。」

「是什麼？」

「第一個是昨天的天氣，這一點十分重要。」

「昨天是豔陽高照啊！」我按捺不住地插嘴。「白羅，你在開什麼玩笑！」

「我才沒有。昨天陰涼處只有約華氏八十度。你記在心裡，老弟，這會是我們破案的關鍵。」

「第二點呢？」我問。

「第二點就是為什麼英格沙普先生喜歡穿那麼奇怪的服裝，蓄黑鬍，還戴眼鏡。」

「白羅，這些話你是說著玩的吧？」

「我再認真也不過如此了，老弟。」

「但這問題太幼稚了嘛！」

「你錯了，它無比的重要。」

「好吧，等陪審團最後判決阿福烈德．英格沙普故意殺人，我再看你如何解釋。」

「就算十二個笨蛋做出了錯誤的決定，也不會影響我的推論半分。不過那種情形不可能會發生。首先，村裡的陪審團不會急著去攬下這麼大的責任；其次，英格沙普先生在本地也算是鄉紳名流，當地人對他多少心存敬畏。總之，」他平靜地說道，「我發誓，我絕不會允許這種事情發生！」

「你不允許這種事情發生？」

「絕不。」

這個怪怪的小老頭，實在令人好氣又好笑，他對自己簡直是太過自負了。我望向他，他也對著我含笑點頭，好像猜透了我的心思。

「是呀，我是如此，老弟。」他站起來，拍拍我的肩膀，一改意氣飛揚的態度，轉而神色黯然，淚眼盈眶地說，「無論如何，我很思念去世的英格沙普夫人，她活著的時候沒有人願意拖捨一點愛給她，但她對我們比利時人恩澤無限，我永遠欠她一份大恩情。」我試著打斷他的話，但是白羅繼續說著。「讓我告訴你，海斯汀，如果此時此刻我坐視她的丈夫英格沙普先生被捕下獄的話，她若地下有知，是絕對不會原諒我的——因為，只要我一句話，他現在就可以脫困而出！」

06 驗屍審訊

開庭之前那段期間，白羅如火如荼地積極調查，兩度和威爾斯先生關室密談，數次深入村郊蒐集證據，但是都沒有邀請我參加。這點頗令我心生不滿，而他所進行的方向與目標，我也愈來愈感到模糊。

我心中猜想，這些日子他可能是常常到萊克斯的農場上探訪，所以星期三晚上我要到李斯威小屋找他的時候，遂決定棄馬路走牧地，看看是不是能在途中遇見他。但是一路上都見不著他的人影，我正猶豫要不要乾脆直接到農場去的時候，就碰到一個上了年紀的大老粗。他狡猾地睥睨著我。

「你是從史岱爾來的吧？」他問我。

「是的，我正在找一個朋友，他可能會在這附近。」

「一個小矮子嗎？說話的時候喜歡比手畫腳？住在村子裡的比利時人？」

「是的，」我迫切地回答，「他來過這裡？」

「噢，是啊，他是來過這裡，你說得沒錯，而且來了不只一次。他是你的朋友，是嗎？嘿，你們這些打史岱爾莊來的紳士看起來都很俊俏啊。」

他的眼神更加戲謔了。

「怎麼說？史岱爾莊的男士們常到這裡來嗎？」我小心翼翼地探問。

他意有所指地眨眨眼。

「只有某一個，先生，不過我不能說是誰，他也是個相當慷慨的紳士……哦，謝謝你了，先生，真是謝謝了。」

我頭也不回地趕快離開，伊薇．何沃德的想法是對的！想到阿福烈德．英格沙普拿夫人的金錢大把大把揮霍在另外一個女人身上，我的心裡就充滿厭惡。那個嬌俏的吉普賽女人會不會就是幕後的主使者？或者凶手的原始動機只是為了錢？嗯，很可能根本就是個聰明的一石二鳥之計！

白羅有個執拗的怪想法，他不只一次告訴我，他認為荳克絲可能將英格沙普夫人跟人吵架的時間弄錯了，他不斷提示她說，她聽到爭吵的時間應該是四點半，而不是四點。

不過荳克絲的態度很肯定，她說五點鐘端茶去給夫人時，已經距離吵架約莫一個鐘頭，或者更久了。

到了星期五，驗屍審訊在村裡的史岱萊特大樓準時召開。驗屍官並不打算傳喚我們作證，白羅和我就坐在旁聽席中。

初審進行的很順利，陪審團逐一檢視遺體，約翰．凱文帝斯則證明死者的身分無誤。在進一步的訊問中，約翰說明了他凌晨被叫起床的原委，同時描述了母親去世前後的狀況。

接著傳喚醫生作證。此時席間杳無聲息，所有人的目光都聚向倫敦來的那位當代毒物權威身上。

他盡量避免使用艱澀的醫學用語及技術性詞彙，簡短說明了驗屍的情形，他直接斷定英格沙普夫人是死於番木鱉鹼中毒，而且根據組織採樣顯示，她生前吞下的番木鱉鹼，至少有四分之三喱吧，甚至達到一喱或是更多。

「她有沒有可能不小心誤食了番木鱉鹼？」驗屍官問道。

「我認為可能性很小，番木鱉鹼和其他毒素不同，一般家庭不會用到，而它的購買管道也有嚴格的規定與限制。」

「根據檢驗的情形判斷，你認為死者體內為什麼會有致命的番木鱉鹼？」

「我不知道。」

「你在威爾金醫生到達之前就在史岱爾莊了，對不對？」

「是的，我在大門外剛好遇到駕駛開車出去，聽說夫人有事，馬上就跑去看她。」

「請你敘述一下後來發生的事情。」

「我進去英格沙普夫人的房間，發現她全身激烈地痙攣。她勉強把頭偏向我，對我說：

『阿福烈德……阿福烈德……』」

「番木鱉鹼有沒有可能是加在他先生端上去給她的餐後咖啡內？」

「有可能，但是番木鱉鹼的毒性發作很快，通常吃下去一到兩個鐘頭後就會出現症狀。雖然在某些特定的情況下會延滯毒性的發作，但是這個案子並不具備這些條件。如果英格沙普夫人是大約晚上八點左右喝的咖啡，那症狀不可能等到隔天凌晨才顯現。就這點來看，她服下毒藥的時間應該更晚才對。」

「英格沙普夫人習慣在半夜喝一杯熱可可，番木鱉鹼有沒有可能摻在裡面？」

「不可能，我從盛熱可可的小鍋裡採到一些剩餘樣本做化驗，並未發現番木鱉鹼。」

我聽到白羅在我身旁咯咯輕笑起來。

「你那時怎麼就知道了？」我屏住聲息輕聲問道。

「你聽下去。」

「應該說，」醫生繼續解釋。「如果發現番木鱉鹼在可可裡面，才會大出我的意料。」

「為什麼？」

「很簡單，因為番木鱉鹼的味道非常苦，即使稀釋七萬倍還是很苦，除非放一些味道很強的東西在裡面，才能掩蓋掉它的苦味。可可奶的味道還不足以蓋住番木鱉鹼的苦味！」

有位陪審團員想知道咖啡是否也無法蓋住它的苦味。

「這很難說，因為咖啡本身就有一種苦味，所以可能蓋得住番木鱉鹼的味道。」

「所以，你認為在咖啡裡面下毒的可能性較高，只是基於某些理由，毒性發作的時間延後了？」

「沒錯，但是咖啡杯被踩碎了，無法取得採樣，不能分析其中的成分。」

包斯坦醫生的證詞到此結束，接著由威爾金醫生到證人席上說明驗屍的每項細節。驗屍官問他夫人是不是自殺身亡時，他極力反對，他說，死者除了心臟比較衰弱之外，身體狀況十分良好，而且她個性開朗，情緒穩定，自殺對她而言，是最不可能發生的事。

勞倫斯・凱文帝斯緊接著被傳喚，他的證詞無足輕重，只是重複他哥哥的說法而已，但是就在他準備走下證人席時，卻突然停下了步伐，而且有點躊躇地說道：「我能不能發表一點個人的看法，如果可以的話？」

他向驗屍官瞄一眼，驗屍官爽快地回答：「當然沒問題，我們在這裡開庭的目的，就是要發掘這件事的真相，只要有助於了解事實，任何意見都可以直說無妨。」

「這只是一個想法，」勞倫斯進一步解釋，「當然，我也可能是錯的，不過我認為，我母親的去世應該沒有外力因素才對。」

「為什麼你這麼認為呢，凱文帝斯先生？」

「我母親去世前的一段日子一直在吃補身子的藥，而那些藥裡就有番木鱉鹼的成分。」

「啊？」驗屍官十分訝然。

陪審團也紛紛抬起頭來，顯然甚感興趣。

「我相信，」勞倫斯繼續說，「醫學紀錄中應該不乏長期服用藥物、最後因為毒素累積而致死的案例才對。況且，她也有可能是在不小心的狀況下，誤服過量的藥物。」

「這是我們第一次聽說死者生前曾經服用番木鱉鹼，非常謝謝凱文帝斯先生提供的消息。」

驗屍官再度傳喚威爾金醫生，他以醫學的角度駁斥這個說法無稽。

「凱文帝斯先生所說的情形，根本就不可能發生，任何醫生都不會同意他的看法。就某個角度而言，番木鱉鹼確實會在人體內累積，但是不太可能造成突然發作並且致死的狀況。如果長期服用番木鱉鹼，絕對在很久以前就會出現一些慢性病徵，如果是這樣，我不可能沒注意到。這種推論完全就是胡扯。」

「至於他第二個假設呢？英格沙普夫人有沒有可能誤食過量的藥物？」

「那些藥物就算吃下三倍甚至四倍的量，也不至於致死。而且那些藥物都是請泰敏斯特的庫特藥局調配的，英格沙普夫人習慣一次大量補購。根據驗屍的結果顯示，她體內所含的番木鱉鹼很高，可能足足喝下有一瓶的量。」

「所以，你認為服用補藥和她的死亡之間應該沒有任何的因果關係？」

「完全無關，這種推測根本就是荒誕至極。」

之前曾經打岔的那個陪審員，此時又插話表示，會不會是藥劑師配藥時出了問題。

「配錯藥方的可能性永遠存在。」醫生肯定地回答。

不過這個假設也被下一個證人荳克絲否定掉，因為英格沙普夫人服的藥不是最近剛配的，而且上次配好的最後一劑藥，她剛好就是在去世當天服下的。

這一來，上述補藥所引發的相關問題總算被排除了，驗屍官也繼續進行審訊。荳克絲在他的引問下，說明當天半夜時，她如何聽到女主人召喚她的鈴聲大做，如何叫醒大家云云；然後驗屍官轉移問題，要她談談前一天下午女主人與人吵架的事情。

荳克絲的說法，我和白羅事前已大體聽她敘述過，所以不在此贅述。

下一位證人傳喚的是瑪莉．凱文帝斯，她昂首挺立在證人席上，聲音不緩不急、低沉清晰地回答驗屍官的問題。她說鬧鐘一如平常在凌晨四點半時叫醒她，而就在她換衣服的時候，便聽到一聲重物落地的聲音，讓她心中一凜。

「那應該是床頭的小桌子翻倒的聲音吧？」驗屍官說明道。

「我打開門，」瑪莉接著講，「豎起耳朵仔細聽，幾分鐘後就聽到鈴聲叮噹響個不停。荳克絲急忙跑來喊醒我先生，於是我們一起去婆婆的房間一探究竟，但房門是鎖死的……」

驗屍官打斷她說：「對不起，接下來的事情我們都已經很清楚了，我想不必麻煩你再重述。不過我希望你能說說前一天英格沙普夫人和人吵架的事情，你有沒有聽到什麼？」

「我嗎？」

她的語調中有一絲傲慢隱然若現，然後她轉轉頭，順便舉起手來調整領口的蕾絲緞邊。我的心中乍然浮起一個念頭：她在拖延時間！

「是的。據我了解，」驗屍官特別指出。「當時你正在夫人書房窗外的椅子上看書，對吧？」

這情形我並不清楚，我向旁邊的白羅使個眼色，猜想他應該也是第一次聽到才對。

時間似乎暫時凍結，凱文帝斯夫人略為躊躇，然後好整以暇地徐徐開口。

「是的，當時我正在外面看書。」

「書房的窗戶是打開的嗎？」

「是的。」

「所以你不可能沒聽到裡面的聲音，尤其他們是在激烈地爭吵，對不對？事實上，當時從你那裡聽到的，應該比在走廊上聽來得更清楚才對。」

「也許吧。」

「請你重述當時無意間聽到的爭吵內容好嗎？」

「我真的不記得有聽到什麼。」

「你的意思是，你沒有聽到任何聲音？」

「哦，不是的，我的確聽到一些聲音，但不清楚內容是什麼。」她的臉頰浮現一點淺淺的紅暈。「我不喜歡偷聽別人的隱私。」

驗屍官窮追不捨，繼續詢問：「所以你什麼都記不得了？一點印象都沒有嗎，凱文帝斯夫人？想不起是什麼字眼、什麼句子讓你認為那是一段私人的談話？」

她沒接話，狀似努力地回憶，表情仍然保持一貫的冷靜。

「我想起來了，英格沙普夫人的確說了些什麼，不過我不確定內容對不對，好像是和夫妻醜聞有關的話。」

「哈！」驗屍官向後靠在椅背上，顯然很滿意她的回答。「這個說法和荳克絲聽到的相同。但是對不起，凱文帝斯夫人，你發現那是一場私人談話之後，並沒有離開對不對？你仍然留在原地，是嗎？」

我注意到她抬眼時，淺褐色的眼睛霎時射出懾人的寒光，我可以想見，她一定恨不得把那位含沙射影的小法務人員撕成碎片。不過，她還是不慍不火地回答：「是的。我坐在那裡很舒服，書也正唸到精采的地方。」

「你還有沒有任何事情要補充的？」

「沒有了。」

這部分的審訊結束了，我不由得懷疑驗屍官對瑪莉．凱文帝斯的回答是否滿意，他一定在想，她沒有全盤供出實情。

雜貨店的店員艾美．席爾接著出庭作證，她證實，七月十七日下午，她的確曾經賣了一份制式遺囑給史岱爾的園丁威廉．艾爾。

接著威廉．艾爾和曼寧也陸續出庭，他們雙雙證明自己在一份文件上簽名作證；曼寧說當時應該是下午四點半，但是威廉則覺得時間應該更早。

下一個是辛西亞，莫道出庭，她在凱文帝斯夫人搖醒她之前還好夢正酣，因此對當晚發生的悲劇所知不多。

「你沒聽見桌子倒在地上的聲音？」

「沒有，當晚我很快就睡沉了。」

驗屍官面露微笑。

「心中坦蕩蕩，自然就容易熟睡。」他為這段簡短的詢問畫上句點。「謝謝你，莫道小姐，沒有別的問題了。」然後他說：「本庭傳喚何沃德小姐。」

何沃德小姐在法庭上出示英格沙普夫人十七日晚間寫給她的一封信，白羅和我在此之前當然都已經看過了，這封信對於了解案情，似乎沒有太大的幫助。以下是那封信的複印本。

親愛的伊芙薇：

難道我們不能去除心中的猜疑嗎？雖然我不能忘懷你對我丈夫的批評，但我老了，而且一向喜欢你。

艾密莉　七月十七日

那封信交到陪審團手中逐一查看。

「這封信對於當天下午的事情沒有任何交代，」驗屍官輕嘆一口氣。「恐怕對我們沒什麼幫助。」

「對我而言可是再明白不過了，」何沃德小姐簡短地說，「它表示，我可憐的好友總算知道她被愚弄了。」

「可是信的內容並沒有提到任何人被誰愚弄的話。」驗屍官提醒道。

「沒錯，那是因為艾蜜莉永遠不會承認自己錯了，但我太了解她了，她想要求我回去，只是她不願承認我是對的，所以就拐彎抹角地表示。很多人都是這樣，但我就不會。」

威爾斯先生輕輕笑了一下，而且我注意到，陪審團中也不乏忍不住竊笑的人。何沃德小姐果然是有公眾魅力！

「反正這場審訊根本就是一場鬧劇，浪費大家的時間而已。」她繼續說道，不屑地上下左右瞄陪審團。「就會說，說，說！大家明明都清楚得要命……」

驗屍官頗感頭痛地打斷她。

「謝謝你，何沃德小姐，可以了。」

眼見何沃德小姐竟就如此聽命行事，我好像看到他到深深舒了一口氣。

接下來進行的，就是今天審訊的最高潮——驗屍官傳喚藥房的助理亞伯特．麥斯出庭。

他就是神色慌張匆忙跑到李斯威小屋的那位年輕人。在回答驗屍官的問題時，他表明自已是合格的藥劑師，由於藥房先前那位助理入伍去了，所以他是最近才到村裡工作的。

他短暫的自我介紹之後，驗屍官直搗問題的核心。

「麥斯先生，你最近有沒有賣番木鱉鹼給任何未經授權的個人？」

「有的，先生。」

「是什麼時候賣的？」

「上星期一晚上。」

「星期一？不是星期二？」

「不是星期二，是十六號星期一。」

「你可以告訴我們，你賣給誰了嗎？」

全場一片靜默，即使是一根針掉落到地面也聽得到。

「可以的，先生，是英格沙普先生。」

所有的人不約而同地望向表情呆滯、狀若石雕的阿福烈德．英格沙普先生。當那位年輕人吐出那句要人命的證詞時，他身體微微動了一下，我原本以為他會起身而立，不過他仍然端坐原位，只是臉上做出了一份錯愕的表情。

「你確定句句實話、絕無虛言？」驗屍官嚴肅地問著。

「相當確定，先生。」

「你是不是經常不分對象就私自出售番木鱉鹼？」

這可憐的年輕人在驗屍官的怒視下，沒氣似的低下頭。

「哦，不是這樣子的，先生……絕對不是！因為那天是史岱爾莊的英格沙普先生親自來買，而且說是要用來毒狗的，所以我想應該沒有問題才對。」

我很同情麥斯的處境，村裡哪個人會不想討好史岱爾家的人？特別是他們影響著你日後從庫特藥局調升到地方機關的機會？

「藥房有沒有規定客人購買番木鱉鹼時要登記？」

「有的，先生，而且英格沙普先生也簽了名。」

「你有沒有帶登記簿過來？」

「有的，先生。」

麥斯交出登記簿，驗屍官訓誡了他幾句，然後就讓嚇破膽的麥斯離開了。

在眾人的噤聲觀望下，驗屍官終於傳喚阿福烈德．英格沙普出庭了。到了這般田地，我真不知他是否明白，無情的絞索再差一步就要套進他的頷下頸項了？

驗屍官直搗黃龍地問：「上個星期一的晚上，你有沒有去買番木鱉鹼來毒狗？」

英格沙普十分鎮定地回答：「沒有，我沒有。史岱爾莊裡面沒有養狗，唯獨莊園外面有隻牧羊犬，不過牠的健康情形很好。」

「你完全否認上星期一曾經向亞伯特．麥斯購買番木鱉鹼這件事？」

「是的，我否認。」

「那你是不是也否認這項證據？」

驗屍官把登記簿交給他，上面留著他的簽名。

「我當然否認，登記簿上的筆跡和我的簽名根本不一樣，我可以證明給你看。」

他從口袋中拿出一個舊信封，在上面寫下自己的名字，然後交給陪審團，兩者果然大相逕庭。

「既然如此，麥斯先生對你的指證，你如何解釋？」

阿福烈德．英格沙普還是穩若泰山。

「麥斯先生可能記錯了。」

驗屍官遲疑片刻，重新啟口：「英格沙普先生，再來只是例行問話：請問你上週一晚上，也就是七月十六日當天晚上，你人在哪裡？」

「說真的……我已經忘了。」

「這太離譜了，英格沙普先生，」驗屍官提高語氣。「再仔細想想看。」

英格沙普還是搖搖頭。

「我不太確定，可能是到外面散步去了。」

「朝哪個方向散步的？」

「我真的不記得了。」

驗屍官的臉愈拉愈長。

「有誰和你在一起嗎？」

「沒有。」

「路上有沒有遇到任何人？」

「沒有。」

「那太可惜了，」檢察官譏刺道，「在麥斯先生指證歷歷說你曾經到藥房購買番木鱉鹼的情況下，你卻拒絕說明你的行蹤——你就是要我這樣想嗎？」

「如果你硬要這樣想的話，是吧。」

「回話要小心，英格沙普先生。」

白羅緊張地坐立不安起來。

「該死，」他輕喟，「難道這蠢蛋這麼想被逮捕嗎？」

英格沙普確實為自己出了難題。他那番毫無著力點的否認，連三歲小孩都騙不了。但是驗屍官放棄打蛇隨棍上的機會，話題一轉，問起另外一個問題來。白羅旋即呼出一口悶氣。

「你星期二下午的時候曾經和夫人發生爭論，對不對？」

「對不起，」英格沙普打斷了驗屍官的問話。「這件事情實在是以訛傳訛。我沒有和我的太太發生爭執，根本沒有這回事，因為當天下午我並不在家呀！」

「你能舉出誰證明你不在家嗎？」

「君子一言九鼎。」英格沙普傲慢不遜地說道。

驗屍官無意和他打口水戰，只道：「有兩個證人宣誓，曾經聽到你和英格沙普夫人在吵架。」

「這些證人都搞錯了。」

我真是被弄糊塗了。阿福烈德·英格沙普說得這麼自信滿滿，我的信念不禁起了動搖。我看了白羅一眼，他竟面露欣喜之色，讓人十分不解。是不是他終於覺悟到，阿福烈德·英格沙普就是凶手了？

「英格沙普先生，」驗屍官再度詢問，「你在法庭中聽到了尊夫人臨終前的遺言，請問你有何解釋？」

「我當然能解釋。」

「你能？」

「事情其實很單純，當時房裡光線不足，十分昏暗，包斯坦醫生和我的身高體重差不多，而且和我一樣，也蓄著鬍鬚。在暗淡的燭光中，她身受極大的痛苦，可憐的艾蜜莉自然而然就把他當成是我了。」

「哦！」白羅自言自語，「這的確也是一種可能！」

「你認為他說的是實情？」我貼著他耳邊問。

「我沒這麼說，但這是個很聰明的推論。」

「在你看來，我太太臨終前的遺言是在指控我謀害了她，」英格沙普繼續說道，「但這根本是顛倒事實，她其實是在向我求援。」
驗屍官沉思半晌，才說：「英格沙普先生，當天晚上你曾經倒了一杯咖啡端上去給尊夫人對不對？」
「咖啡是我倒的沒錯，但不是我端上去的。我原本想自己端給她，不過有人告訴我大廳門口有個朋友在等我，所以我就把咖啡放在大廳的桌子上，過了幾分鐘，等我再回去的時候，咖啡已經不見了。」
不管英格沙普這番辯詞是真是假，在我看來，對於他自己的幫助並不大，因為無論如何，他都有充足的時間在咖啡中下毒。
這時，白羅用手肘輕輕推我一下，指著一起坐在靠近大門邊的兩個人。其中一位個子很小，膚色黝黑，神色機靈，臉型酷似鼬鼠；另外一位則體型高大，面貌端正。
我向白羅使使眼色，他斜倚過來，貼著我的耳朵說：「你知道那個小個子是誰嗎？」我搖搖頭。白羅繼續說：「他是蘇格蘭警場的詹姆斯・傑派探長；另外一個也是警探。警方的動作還真快。」我上下打量他們，發現兩個人完全看不出來是警察，要不是白羅告訴我，我絕對不可能猜到他們居然是吃公家飯的。當我的目光還停在他們身上的時候，陪審團已經對英格沙普夫人的死因做出判決：「故意謀殺特定人或不特定多數人。」

07 白羅報恩

我們離開史岱萊特大樓時，白羅輕輕把我拉到一旁，我知道他的目的是什麼，他是要等蘇格蘭警場的人出來。

過不多久，他們出現在大門之前，白羅立刻趨前和那個矮個子搭話。

「還記得我嗎，傑派探長？」

「怎麼可能忘記，閣下您不就是白羅先生嗎？」探長大聲嚷道，同時轉身向另一位介紹說：「你聽我提過白羅先生吧？一九〇四那一年，他和我一起調查亞伯國幣偽造案。你還記得吧，為了逮捕犯人，他一路追到布魯塞爾去。噢，那真是段黃金歲月啊，先生。你記不記得阿爾塔拉男爵？那個歹徒真是奸巧無比，他躲過了警察在大半個歐洲的眼線，還是多虧了眼前這位白羅先生，最後歹徒才在安特衛普被我們逮個正著。」

探長在回憶中陶然自得，我藉機挪近一步，白羅把我介紹給傑派探長，探長他居中引見我們和他的同事索摩黑督察認識。

「我大概知道你們此行的目的為何。」白羅說。

傑派心照不宣地擠眉弄眼一番。

「是呀，沒錯。在我看來，這案子挺單純的。」

「我的看法不同。」白羅語重深長地講道。

「不會吧！」索摩黑第一次開口。「整個案子就像攤在陽光下一樣清楚，那個男人幾乎等於是在犯案當場被活逮一樣，只是他實在笨得有點不可思議。」

但傑派卻專注地瞧著白羅。

「先別急著下斷語，索摩黑。」他開玩笑似地說，「我和白羅先生合作過，除了他，沒有誰的話能讓我這麼當一回事。除非我猜錯，否則他一定是袖中藏有乾坤？是不是這樣，先生？」

「我的確胸中已有定論，是的。」白羅微笑著。

索摩黑仍然半信半疑，不肯盡信，傑派則繼續與白羅研究案情。

「是這樣子的，」他指出，「遇到這種案件時，對我們蘇格蘭警場最為不利，因為到目前為止，我們都只能繞著案子外圍打轉，不能掌握第一時間和第一現場，得等到驗屍審訊結束之後，才能正式開始追蹤凶手。白羅先生的情形和我們不一樣，他能夠掌握機先，因此理解的程度都比我們超前。況且，要不是命案當場那位機靈的醫生透過驗屍官向我們通報，我們恐怕到現在還一無所知。你從事情一發生就勘查過現場，應該尋獲了一些線索。綜合審訊上的證詞，英格沙普先生謀害了自己的妻子是無可置疑的；除了你之外，誰若有不同的意見，我絕對會對他嗤之以鼻。只是陪審團沒有馬上判他『故意謀殺』，倒是大出我的意料之外。如果不是那個驗屍官——他可能做了一些保留——陪審團應該不致如此。」

「你口袋裡大概已經放著逮捕他的拘提令了吧！」白羅若有所指地說。

傑派一改先前詼諧的面色，換上官模官樣的嚴肅態度。

「我或許有，也或許沒有。」他冷冷地說。

「我不希望他被捕下獄，先生們。」白羅望著他，若有所思。

「我也猜你會這麼說。」索摩黑語帶嘲諷地說。

傑派滿肚子狐疑，一副苦瓜臉地看著白羅。

「白羅先生，你可以再說明白一點嗎？就算眨個眼、點個頭也好。你親自到過命案現場……而你也知道，我們蘇格蘭警場可承擔不起一點失誤。」

白羅嚴肅地點點頭。

「我也這麼認為啊！好吧，我告訴你們：如果你們拿出拘提令逮捕英格沙普先生，絕對是立不了功，因為他馬上就會被無罪開釋。就這麼簡單。」白羅說著，打了個榧子，發出一聲清脆的響聲。

聽到這裡，傑派的臉色愈加黯然，索摩黑則輕蔑地哼了一聲。至於我，只能呆立一旁，心想白羅一定是瘋了。傑派拿出一條手帕輕輕擦著額頭。

「如果你這麼說，我就不敢抓他了。不過上面一定會問我到底在搞什麼鬼，所以，你能不能夠再提供一點線索，讓我們回去比較好交代？」

白羅俯首深思了一會兒。

「我可以答應你，」他最後說了。「不過我得老實說，你們這樣要求有點強人所難，因為目前我不希望太多細節曝光。但你說的也不無道理，不能單憑一個過氣的比利時警察說了一句話，就要你們放人一馬。只是我發過誓說，絕不讓英格沙普遭人逮捕，我這位朋友海斯汀非常清楚。我看這樣吧，傑派，你們是不是正準備到史岱爾莊去？」

「大概半個鐘頭以後吧！我們要先和驗屍官及醫生談一下。」

「這樣很好，待會你們出發的時候，先繞到我住的地方——村裡最後一間房子——我陪你們一起去。到了史岱爾，我相信英格沙普先生會給你們一個滿意的答覆。如果他堅持不說——這是很有可能的，我再提供你們相關的證據，到時你們就會了解，為什麼我說指控他謀殺根本不可能成立的原委。這樣安排可以嗎？」

「就這麼說定。」傑派高興地滿口答應。「我代表蘇格蘭警場向你表達萬分的謝意。雖然我承認，至目前為止，我仍然看不出驗屍審訊上所提出的證據有任何破綻……不過話又說回來了，你總是有驚人之舉。待會兒見了。」

兩個警官跨步而去，索摩黑的臉上猶然帶著輕蔑不屑的冷笑。

「喂，老弟，」白羅叫道，搶在我前面發難。「你覺得怎麼樣？我的天啊，在審訊進行時，我有一段時間根本是如坐針氈；我怎麼也想不到那個人這麼豬腦袋，竟然什麼話也不多說；那壓根兒是個低能的策略。」

「嗯……低不低能很難講，不過還有一個理由說得通。」我議論道，「對一個犯了罪的人來說，有什麼是比沉默更好的自保方式？」

「什麼話！比它高明的法子起碼也有上千種！」白羅嚷道，「告訴你，假如我是兇手，我最少可以找到七個滿像回事的說法，而且再怎樣也會比英格沙普那種硬碰硬的否認方式更具說服力。」

我不由地咯咯笑起來。

「親愛的白羅，我絕對相信，就算七十個理由你也掰得出來。不過，說真的，姑且不管你剛剛對警察說的那番話……你不會到現在還相信英格沙普先生是無辜的吧？」

「為什麼不會？情況沒有任何改變啊！」

「但是現在事態已經相當明朗了。」

「沒錯，太明朗了。」

我們一起進到李斯威小屋，沿著熟悉的樓梯向上走去。

「沒錯，沒錯，就是太明朗了！」白羅好像是在對自己說，「真正的證據往往是無法一眼看穿、無法充分吻合的，必須經過篩檢、過濾，它才會浮現出來。不過這個案子不一樣，太缺創意而且老套……不對，我的朋友，這個證據很明顯是經過一番高明的人為製造；只是現下，他聰明反被聰明誤了。」

「怎麼說？」

「因為，如果不利於他的證據都是模糊、不具體的，那反而很難讓人提出反證，但由於這個凶手過於急躁，設計的每一項證據都想綁死英格沙普，以致只要推翻一個環節，就可以讓英格沙普脫身了。」

我靜靜地聽著，約莫過了一兩分鐘之後，白羅又繼續解釋。

「讓我們換另一個角度來看這件案子。我們就假設這個男人的確用計要毒殺自己的妻子。我們都知道，他是俗話說『靠小聰明混日子』的男人，所以他多少有點小聰明，他不是個大笨蛋。好了，他是怎樣做這件事呢？他自己大剌剌地走進村裡的藥房，簽下自己的名字買了番木鱉鹼，然後編一個騙三歲小孩的理由說要拿去毒狗。只是拿到毒藥後他沒有當天馬上下手喔，他就偏偏等到和妻子大吵一架，搞得全家上下無人不知沒人不曉的時候才執行毒殺行動，好讓一干人不疑有他全懷疑到他頭上來。而且他明明知道藥房裡的人會出面指證，但他竟然沒有準備答辯，也不提出半點不在場證明。唉，海斯汀，別告訴我世界上真有白癡到這種程度的人，只有那種想讓人勒斷頸子找死的神經病才會這樣做，是不是？」

「可是，我看不出來……」我張口結舌。

「我也看不出其中蹊蹺，告訴你，老弟，它也難倒我赫丘勒．白羅了。」

「如果你認為他是無辜的，你又要如何解釋他買番木虌鹼這檔事？」
「很簡單，他根本沒有買。」
「不過麥斯明明在法庭上提出指認。」
「對不起，他說的是一個留著和英格沙普先生一樣的黑鬍子、戴著和英格沙普先生一樣的大眼鏡、穿著和英格沙普先生一樣怪衣服的男人。你還記得吧，他兩星期之前才來到村裡工作，很可能只是在遠距離外看過英格沙普先生；再說，英格沙普先生平常也不習慣在村子裡買藥，而是到泰敏斯特的庫特藥局去。」
「所以你想……」
「記不記得我向你強調過的兩件事？先不管第一件，我說的第二個重點是什麼？」
「英格沙普先生的穿著很特殊，留著濃黑的鬍鬚，而且戴眼鏡。」我重複說。
「完全正確。好，如果有人想假扮成約翰或是勞倫斯，你覺得容不容易呢？」
「應該不容易，」我考慮再三後才回答。「除非是非常好的演員……」
白羅不假辭色地打斷我。
「為何不容易？讓我告訴你，那是因為他們都沒有留鬍子，想在光天化日之下假扮成他們，除了演技一流之外，在面貌上還得有七分神似才可能。英格沙普的情形和他們截然不同，不論是服裝、鬍鬚或是遮住雙眼的眼鏡，這些外在的特徵都是他非常突出的個人特質。想想看，一個犯了罪的人最直覺的自保反應是什麼？當然是避免引人懷疑，是不是？那要如何做最有效呢？不就是嫁禍於人嘛！拿這個案子來說，英格沙普就是最現成的替死鬼，說他涉嫌，任誰都不會生疑，他勢必是天字第一號嫌疑犯。當然了，凶手為了全身而退，還需要製造英格沙普犯罪的具體證據，好比誣陷他去買毒藥。他的外觀特徵明顯，模仿起來並不困難。不要忘了，這位年輕人麥斯從來沒有和英格沙普先生貼近說過話，看到他一身誇張的穿著，還有鬍鬚和眼鏡，怎麼可能懷疑是別人？」

「或許吧。」我打從心底佩服白羅雄辯的能力。「但是，事情如果真是如此，他為什麼不交代他星期一晚上六點鐘的去向呢？」

「嘿，他何必呢？」白羅冷靜地說，「假如是遭受正式逮捕，他就會全盤托出了，但是我不希望事情發展到那個地步，我一定要盡快讓他了解這件事的嚴重性。當然，他之所以情願保持沉默，一定是因為那不是什麼光彩的事。說穿了，就算他不是殺人凶手，也絕非什麼正派人士，他必然幹了些羞於啟口的勾當。」

「會是什麼事呢？」

一時之間，我好奇地揣想著，我雖然覺得白羅的說法很合情理，但還是對原先那個順理成章的推斷懷有些微信心。

「你猜不到嗎？」白羅微笑地問我。

「猜不到，你呢？」

「哦，可以啊，我之前就有想到一些可能性，而且，後來證實是正確的。」

「為什麼你都沒有告訴我？」我不滿地抗議。

白羅雙手一攤表示歉意。

「對不起啦，小老弟，因為你一直不支持我啊！」他轉向我，誠懇地表示：「告訴我，你現在了解他不應該被逮捕的原因了吧？」

「或許吧。」我不確定地回答。

說實在的，我根本不在乎阿福烈德．英格沙普的下場會如何，不過對這種混混，嚇他一嚇也無妨。白羅瞪著我，嘆了一口氣。

「算了，不說英格沙普的事了，」他換了一個話題。「在驗屍審訊上，有什麼證詞滿出乎你意料之外的？」

「哦，沒什麼特殊的，和原先預期的差不多。」

「完全沒有任何驚訝之處嗎？」

我想到瑪莉．凱文帝斯的證詞，但是我沒有提出來。

「什麼驚訝之處？」

「喏，比如勞倫斯．凱文帝斯的證詞就很不尋常。」

「哦，勞倫斯啊！沒什麼問題呀，他一向神經兮兮的。」我鬆了一口氣。

「他說他的母親可能是因為吃補藥中毒致死，你不覺得奇怪嗎，啊？」

「不會啊，我覺得還好，當然這個推斷後來被醫生駁斥了，不過一個外行人會提出這樣的看法並不足為奇。」

「可是他可不是外行人，你自己告訴我他原本是念醫的，而且還拿過學位。」

「哦！那倒是真的，我竟然忘記了。」我頓感訝異。「是有點古怪！」

白羅點點頭。

「打一開始，他的表現就很奇怪。這一家子當中，就屬他最有可能認出番木鱉鹼的中毒症狀，可是全家上上下下，也只有他一個人極力主張他母親是自然死亡的。如果是約翰先生這麼說還不難理解，因為他完全不具備醫學上的專門知識，而且個性一板一眼，缺乏想像力。但勞倫斯先生可不一樣。然而，今天他卻提出一個恐怕連自己都覺得很荒謬的想法，所以這裡面一定大有文章。」

「的確是很難理解。」我完全認同白羅的看法。

「再來是凱文帝斯夫人，」白羅接著討論道，「她也沒有完全吐露實情。你覺得她在法庭上的態度如何？」

「我不知道該如何說，只是想不透她為什麼要維護阿福烈德．英格沙普……看起來她是有此用心。」

「是啊，頗令人納悶。不過，有件事是可以確定的，她聽到的那場『私人談話』，絕對遠比她在法庭上透露的多很多。」

「而且，她還是最不可能會去偷聽的人。」我插進一句話。

「說得好，她在驗屍審訊上的說詞證明了我的一項錯誤。荳克絲是對的，那場吵架發生的時間的確是比較早，是像她說的在四點左右。」

我莫名所以地看著他，我實在不懂他為什麼那麼斤斤計較吵架時間為何。

「今天在驗屍審訊上有很多不尋常的地方，」白羅接著指出。「譬如，包斯坦醫生的情形很值得推敲，他凌晨時分衣著整齊地跑到別人家大門口，究竟要幹什麼？法庭上沒有人針對這點提出質疑，也是頗令我納悶的。」

「他大概是失眠了睡不著。」我也不確定地回答。

「這是一個很好也是很壞的理由。表面上好像說明了一切，其實什麼都沒解釋。我應該多多留意這位聰明的包斯坦醫生。」

「還有沒有其他可疑的地方呢？」我好奇地詢問他。

「海斯汀啊！」白羅嚴肅地回答，「當你發現有人沒說實話時，就必須張大眼睛注意了。如果誤差沒有太大的話，今天在法庭上說真話的恐怕只有一個人——頂多兩個人，其他的人不是有所保留，就是偽托不知。」

「少來了，怎麼可能！勞倫斯或是凱文帝斯夫人我不打包票，但是約翰以及何沃德小姐，應該是不會講假話的吧？」

「兩人都說了實話？老弟，其中一個說了真話我同意，但是說兩個……」

聽到白羅如此說，我心中不由一凜。何沃德小姐是一根腸子通到底的個性，她的證詞雖然無足輕重，但是我絕對不會懷疑她有一絲說謊的可能。我一向對白羅尊敬有加，至今亦然，但有時我真的不得不說，他是個「冥頑不靈的老驢子」！

「你真的這麼想嗎？」我反問他。「在我看來，何沃德小姐為人率直，簡直是直接得要讓人起反感了。」

白羅詭譎地笑著，欲言又止，讓人摸不清他在想什麼。

「莫道小姐也一樣，」我仍然不放棄地說道，「她也沒有什麼好迴避的。」

「是沒有，但她就睡在謀殺現場的隔壁，居然沒有聽到一點聲響；反觀凱文帝斯夫人，她的臥室是在二樓的另一邊，卻清清楚楚聽到桌子倒下的聲音。」

「她年紀輕，比較好睡吧。」

「哈，是呀，說的是！那她的睡功一定是遠近馳名了，那小丫頭！」

我不太高興他說話的語氣。此時，樓下傳來清脆的敲門聲，從窗戶向下看，兩位警探已經到了。白羅兜起帽子，使勁捻捲鬍鬚，再小心翼翼拍去衣袖上純粹是想像出來的灰塵，然後才示意要我走在前頭先下樓去。於是我們和警探一行四人便向史岱爾莊走去。

警方人員突然造訪史岱爾莊，引起一陣不小的驚恐，尤其是約翰，雖然他在審訊判決宣布後，就知道這是個早晚要面對的事實。也難怪吧，警方人員竟玩真的踏進了他家大門，那種荷槍實彈的真實感是其他事物所無法比擬的。

白羅和傑派在路上不停耳語交換心得，而他們最後的決定，是要求這一家子人，全部都到客廳中集合，僕人除外。我知道這個要求所為何來，這樣一來，白羅便可淋漓盡致地吹擂他的想法。老實說，我對未來可能的結果不抱樂觀，白羅或許有充分的理由相信英格沙普是無辜的，但是碰到索摩黑這種不知變通的角色，他一定會要求提出具體的事證，而我懷疑白羅能否做到這點。

沒多久，大家魚貫進入客廳，傑派等眾人到齊之後把門關好，白羅則殷勤地招呼每個人就坐。眾人的眼光全都聚集在蘇格蘭警場來的那兩個人身上。我心中暗忖，這是我們第一次真切了解到，這件事並不只是噩夢一場，它是個確實存在的事實；我們都從書報上看過這樣的故事，而今我們卻躍上舞台親自主演這齣戲。明天，想必全英格蘭各大報頭版都會用斗大的黑字，寫出「埃塞克斯謀殺悲劇」、「女富豪中毒身亡」等聳動的標題，報上會充斥著史岱爾莊的相片、「被害人家屬步出法庭」的快照（村裡的攝影師一向手腳勤快）……這些每個人都讀過上百遍的社會新聞，這些永遠發生在別人身上的事，而今活生生在自己眼前上演！此刻，這棟屋子裡，就產生了一位凶手；此刻，在我們面前，是真正的「警察接手本案」……種種眾所周知的新聞詞語在我腦海中不斷奔流湧現，直至白羅開始有了動作才告休止。

我想，一開始就由白羅而非官方的警員首先發言，眾人心中無不感到驚訝。

「各位先生、女士，」白羅向全體彎腰行禮，好似名人要發表演講。「我請大家到這裡來，主要是為了一個目的，而這個目的與英格沙普先生有關。」

客廳裡，英格沙普先生獨坐一隅——我想其他人或多或少都不自覺地把椅子挪離他一些——聽到白羅提到他的名字，他微露驚色。

「英格沙普先生，」白羅直接點名說道，「這棟屋子現在正籠罩著一片黑暗的陰影……也就是謀殺的陰影。」

英格沙普哀傷地搖搖頭。

「我可憐的妻子，」他低聲呻吟道，「我可憐的艾蜜莉，真是太可怕了。」

「我認為，先生，」白羅毫不避諱。「你並不真的了解事態有多嚴重，特別是對你自己。」他似未聽懂，白羅加強語氣強調。「英格沙普先生，你現在的處境非常危險。」兩名警探聽到這裡，同時不安起來，索摩黑的嘴角微動。「現在你說的任何話都會被當作呈堂證供」眼看是奪口欲出，白羅繼續說道：「你現在明白了嗎，先生？」

「不明白，你到底在說什麼？」

「我的意思是，」白羅從容地說道，「大家懷疑你下手毒死了你的妻子。」

白羅坦白直指，立刻引起現場一片譁然。

「老天爺啊！」英格沙普先生大聲叫道，猛然站起身來。「什麼荒唐的說法！我，毒死我最心愛的艾蜜莉？」

「我想，」白羅瞇眼盯著他。「你可能還不了解，你在法庭上提供的證詞，已對你本身造成極大的不利。英格沙普先生，了解了我現在告訴你的這番話後，你仍拒絕說明你星期一晚上六點鐘的行蹤嗎？」

英格沙普長嘆一聲頹然坐下，低下頭埋在雙手之中。白羅走過去，站在他的面前。

「說！」他大聲斥喝道。

英格沙普掙扎許久終於抬起頭來，但他只是緩緩、謹慎地搖搖頭。

「你還是不說？」

「不說。我不相信有人會信口開河地指控我犯下你所說的罪行。」

白羅心中了然地點點頭，然後像是下了重大決定般鄭重說道：「也罷，」他說，「那就我來替你說！」

阿福烈德．英格沙普再次暴跳起來。

「你？你怎麼替我說？你又不知道我……」說到這裡，他硬生生把話吞了回去。

白羅將臉轉向大家。

「各位先生、女士，我要說了，請注意聽：我，赫丘勒．白羅在此鄭重宣布，週一晚上六點鐘到藥房購買番木鱉鹼的男子不是英格沙普先生，因為當時他正從鄰近農場護送萊克斯夫人回家。我至少可提出五個目擊證人證明他們兩人走在一起，時間可能是六點或是六點出頭。大家都很清楚，萊克斯夫人居住的艾依農場距離村子至少有二哩半，所以這個不在場證明完全可以成立！」

08 新線索

白羅結束他的發言，全場鴉雀無聲，杳無聲息。傑派似乎是眾人之中最不感到驚訝的人，他站起來率先發言。

「白羅先生，我真不知道該怎麼說——」他語帶興奮。「你果然是寶刀未老！你說的那些證人，我想應該都沒有問題吧？」

「這裡有一張他們的名單，名字、地址全在上面。你得去跟他們談談，我知道；你會發現他們都很可靠。」

「你說沒問題，就沒問題。」傑派壓低他的音量。「真是太感激你了，要不，我們又要白忙一場了。」話畢，他對著英格沙普先生說：「先生，請原諒我這麼問：為什麼你在驗屍審訊上不願意明說呢？」

「我告訴你為什麼，」白羅插話進來。「村子裡蜚言流語不斷，說他們……」

「這絕對是毫無根據的惡意中傷。」阿福烈德．英格沙普語氣激動起來。

「所以英格沙普先生極不願在此時又被舊事重提，是不是？」白羅說道。

「說的沒錯。」英格沙普邊點著頭邊回答說，「可憐的艾蜜莉都還沒入土為安，我怎麼忍心讓這些惡毒的謠言再出來興風作浪呢？」

「不過我個人認為，」傑派說，「我寧願鬧出一籮筐的謠言，也不願意讓人用殺人罪名逮捕。我想，你的亡妻應該也會這麼想才對。今天要不是白羅先生出面澄清，我們絕對是逮定你了！」

「我是很蠢沒錯，」英格沙普咕噥著，「但是探長，你不了解，有人不斷地中傷誹謗我……」他眼光一瞥，瞄向伊薇．何沃德。

「先生，」傑派精神奕奕地對著約翰說，「我想去英格沙普夫人的臥房看看，還要找幾個僕人問話，可以吧？你不用親自陪我們，我會請白羅先生帶路。」

眾人陸續離開房間，白羅對我打一個暗號，要我跟著上樓去。到了二樓，他一把抓住我的手臂，把我拉到一旁。

「趕快，立刻到二樓的左翼去，走廊那裡有道彈簧門，你就站在門的這一邊，千萬不要離開，我等會兒再回來找你。」

交代完畢，他便趕去跟上那兩位警探。

依照他的指示，我像站崗般杵在彈簧門旁，心中不免揣測，他要我守在這裡究竟有什麼目的。我眼睛梭巡了眼前的長廊，突然靈機一動：除了辛西亞及英格沙普先生，其他人的房間都在左邊這一列……是因為這個關係嗎？我是不是該向他報告哪些人曾在這裡進出？

於是，我好比是不動門神，忠心耿耿地守護著這塊區域。然而時間分秒流失，什麼人也沒出現，什麼事也沒發生。約莫過了二十來分鐘，白羅才過來找我。

「你沒有隨便走動吧？」

「沒有，我杵在這裡像塊石頭一樣。沒有任何動靜。」

「哦！」（他是高興，還是失望啊？）「你什麼都沒看到？」

「沒有。」

「但應該有聽到什麼聲音吧？譬如，轟隆一聲巨響，啊，老弟？」

「沒有。」

「怎麼可能？噢，我好氣自己，我平常不是這麼粗魯的，我左手只不過輕輕一揮……」

（我很熟悉白羅的動作）「竟然就把床頭小桌給碰倒了！」

看到他像個小朋友一樣懊惱、洩氣，我連忙找個理由安慰他。

「別在意了，白羅，這有什麼大不了的？可能你剛剛在樓下扳回一局，興奮的情緒還沒過去，才會失手碰倒桌子。告訴你，那番話真的是語驚四座。英格沙普先生和萊克斯太太之間一定還有隱情，所以他才會死不認帳。現在你打算怎麼辦呢？那兩個蘇格蘭警探跑到哪裡去了？」

「到樓下去問僕人話了。我把該注意的重點都告訴他們了。傑派的表現實在令人不敢恭維，他辦起事來簡直毫無條理可言。」

「啊哈！」我說，望著窗外。「包斯坦醫生來了。我覺得你對他的觀察是對的，白羅，我很不喜歡這個傢伙。」

「他可精明得很。」白羅若有所思地說著。

「是呀，精得像鬼一樣。老實說，我星期二晚上看到他那副可憐兮兮的狼狽相時，哈，心中真是痛快極了！沒看過有人搞得這麼慘不忍睹的。」我詳細描述包斯坦那天的遭遇。「他就像個衣衫襤褸的稻草人，從頭到腳都是爛泥巴。」

「那天你親眼看到他來這裡？」

「當然囉，那時候晚餐剛剛結束，他一身髒汙，原本不想進屋子裡來，但是英格沙普先生硬是請他進來。」

「什麼？」白羅猛地抓住我的肩膀。「包斯坦醫生星期二晚上曾到這裡來？確定是這裡？而你竟然沒跟我說？為什麼你沒告訴我這件事？為什麼？為什麼？」

他好像整個人要發狂了。

「親愛的白羅，」我設法解釋，「我不知道你對包斯坦醫生的行蹤這麼有興趣，我不認為那有什麼重要性啊！」

「重要性？還有什麼比這件事更重要的？原來包斯坦醫生星期二晚上——也就是命案

當晚——到過這裡。海斯汀，你知不知道，這樣所有的事情都會完全改觀，完全不同了。」

我從來沒有看過他這般沮喪，他鬆開我的雙肩，無意識地順手整理旁邊的燭台，口中仍不住自言自語：「沒錯，完全改觀……完全改觀……」

突然他眼光一閃，似是有了新的決定。

「好，」他急促地說，「我們必須馬上動身。凱文帝斯先生呢？」

約翰在吸菸室裡，白羅足下不停地直奔過去。

「凱文帝斯先生，我有要事得立刻到泰敏斯特，有新的線索。我能否借用你的汽車？」

「當然沒問題，是現在就要走嗎？」

「如果可以的話。」

約翰按鈴叫車子開到門口，十分鐘後，我們已經穿過偌大的莊園，沿著高速道路向泰敏斯特飛馳而去。

「喂，白羅，」我試著和他談話。「你現在可不可以告訴我，我們趕著去泰敏斯特要做什麼？」

「這個嘛，朋友，我想你一定多少猜得到。你也知道，現在我們已經排除了英格沙普先生的嫌疑，情勢也跟著轉變了，我們必須重新面對全新的狀況。我們已經知道有一個人沒去買毒藥，我們也不再考慮那些刻意栽贓的線索，所以現在，我們來討論真正的情況。據我研判，星期一晚上，除了凱文帝斯夫人之外——當時她正在和你打網球——家裡的每一個人都可能冒充英格沙普先生。然後，再看看他自己的說法，他說他把咖排放在大廳的桌子上就離開了——今天在驗屍審訊上沒有人注意到這個問題，而如今看來，它其實可以有不同的解讀。我們必須查出是誰最後把咖啡端上去給英格沙普夫人的，或是咖啡放在桌子上的時候，有誰曾經走過那裡。依照你的說法，只有兩個人確定沒有接近過那張桌子，一個是凱文帝斯夫人，另外一位是辛西亞小姐。」

「她們兩位的確不在那裡。」

我鬆了一口氣，心裡無端地感到輕鬆起來，瑪莉・凱文帝斯確定沒有嫌疑了。

「雖然洗清了阿福烈德・英格沙普的嫌疑，」白羅繼續指出。「但是我已不得不提早攤牌了。若讓人以為我一直把目標鎖定在英格沙普身上，凶手就不會產生戒心，但是現在他一定會加倍小心……是的，加倍小心。」他話鋒一轉，突然問我：「告訴我，海斯汀，你都沒有懷疑過誰嗎？」

我遲疑了。說實話，那天早上我腦際中的確閃過一兩次荒唐的謬想，雖自知它十分無稽，但是那個想法不曾真正消失過。

「也不能說是懷疑啦，」我小聲回答，「只是個很可笑的念頭。」

「別這麼彆扭，」白羅鼓勵我敞開來談。「有什麼好怕的？心裡想什麼就說什麼，千萬不要低估了你的直覺。」

「既然如此，好吧。」我直言道，「聽起來有點不可能……但是，我懷疑何沃德小姐沒有全部吐實。」

「何沃德小姐?」

「看吧!我就知道你會嘲笑我。」

「不是不是,我不是這個意思。」

「我總感覺,」我一向靈活的舌頭,這會兒卻像打了一個結。「我們未曾懷疑過她,那是因為她當時不在史岱爾莊;但是,其實她工作的地方距離這裡不到十五哩,坐車子的話,半小時就可以到達,有誰能保證命案發生當天她沒溜回來?」

「可以的,老弟,」白羅出奇不意地飛來一句。「我可以保證。我一接下這個案子,馬上就打電話到她上班的醫院問過了。」

「結果呢?」

「醫院的人說她星期二下午當班,下班前醫院忽然來了一大批新病患,人手臨時調派不過來,所以她自願留下來值晚班,醫院也甚表歡迎。這證明這部分她沒問題。」

「哦!」我說,甚感不解。「這樣子嘛……」我繼續說明其他的理由。「她對英格沙普先生那種恨之入骨的情結,很不尋常,這也是我懷疑她的原因,我總覺得她會為了和他做對,不惜用上一切手段。除此之外,我也認為遺囑被焚的事情她可能知情,說不定新遺囑就是她燒的,因為她錯以為它是早先那份受益人為英格沙普的舊遺囑。想想看,她對他簡直厭惡到了極點。」

「你覺得她痛恨過了頭？」

「是……的，實在太過激烈了，我真懷疑她的理智是不是會被蒙蔽。」

白羅大力搖起頭來。

「不對，不對，你搞錯了。何沃德小姐絕非思慮不周或短視衝動之人，她心理平衡得很，是優秀、典型的英國務實派人士，你說她是理智的化身也不為過。」

「但是，她對英格沙普的恨意的確強烈到幾近瘋狂呀。我的想法是——看來是有夠荒唐——可能她原本想毒死的是他，誰知道陰錯陽差，竟然是英格沙普夫人喝下了毒藥，成了枉死鬼。不過，話說回來，我也知道這是不可能的，這種情節簡直是荒腔走板到極點。」

「但是，至少有一件事你是對的。在我們可以說服自己並符合邏輯地證明某人的清白以前，絕對不要放棄對任何人的懷疑。以何沃德小姐為例，你說得出理由證明毒死英格沙普夫人的絕對不是她嗎？」

「當然可以，她對她向來忠心不二啊！」

「去，去！」白羅顯得頗不耐煩。「這種推論好像在玩扮家家酒。如果何沃德小姐真有這種能耐毒死英格沙普夫人，她就有本事偽裝得忠心耿耿。來，我們得想點別的理由。首先，你說她對英格沙普先生的憎惡太過激烈，這點我完全同意；但是由此延伸的推論，就太過牽強了。事實上我也想過這個問題，而且我相信我的推論是對的，只是目前暫且保留不說。」他停下來思索片刻，開口又說道：「我認為，有一個無法改變的因素，讓我們想栽她是凶手也沒辦法。」

「什麼因素？」

「何沃德小姐不會因為英格沙普夫人的逝世而獲利。因為沒有任何謀殺行為是沒有動機的。」

我深思這句話，回道：「或許英格沙普夫人立過一份有利於她的遺囑？」

白羅搖搖頭，並未作聲。

「難道你忘了，你自己也曾向威爾斯先生提過這種可能性？」我說。

他抿著嘴對我微笑。

「那次只是拿她做幌子罷了。因為，我不想說出自己心中真正想的那個名字，而何沃德小姐的份量和我想的那個人相當接近，所以就用她來代替，虛晃一招。」

「話雖如此，英格沙普夫人還是可能那樣做過；怎麼說，她那份遺囑都是在她遇害當天立下的，很可能……」

白羅用力搖著頭，我無可奈何，只得停下。

「不是的，這樣不對。關於那份遺囑我心中已有點譜，目前只能告訴你這點：遺囑中並沒有留下任何錢財給何沃德小姐。」

雖然我不了解白羅為什麼如此篤定，但我還是接受了他的解釋。

「既然如此，」我吁了一口氣。「那我們就可以放棄何沃德小姐了。其實，我會懷疑到她身上，都要怪你，就是因為你批評她在驗屍審訊上的表現，我才會產生這番聯想。」

白羅一臉茫然。

「我說了她什麼？」

「你忘了嗎？我說她和約翰應該都沒有說謊時，你是怎麼回我的？」

「哦……啊，是的。」他彷彿有點迷惘，所幸不一會兒就回復神智。「對了，海斯汀，我有一件事要請你幫忙。」

「儘管交代。什麼事？」

「你下次有機會和勞倫斯獨自在一起時，請對他說：『白羅要我捎個口信給你，他說：「找到另外一個咖啡杯，從此你就可以高枕無憂了。」』就這樣，多一字少一字都不行。」

「『找到另外一個咖啡杯，從此你就可以高枕無憂了』，這樣說對不對？」我問，又是一頭霧水。

「太棒了。」

「這句話有什麼意義？」

「哦，這個你就留著自己想，反正你絕對可以找到解答的。只要記得告訴他，然後看他的反應是什麼就好了。」

「好是好，就是不知道你葫蘆裡賣的是什麼藥。」

泰敏斯特轉眼就到了，白羅請司機開車到「化學分析公司」去。

到了那家公司門口，車停妥當，白羅跳下車子，逕往裡面走去。數分鐘後，又見他輕快地踏步而來。

「好了，」他說，「該辦的都辦好了。」

「你到這裡究竟要做什麼？」我忍不住心中的好奇。

「帶點東西來化驗。」

「化驗？是什麼東西？」

「可可奶，從老夫人臥房裡的小鍋上蒐集到的。」

「那不是已經化驗過了嗎？」我如墜五里霧中。「不但包斯坦醫生做了檢驗，而且你自己也認為裡面不可能有番木鱉鹼。」

「我知道包斯坦醫生已經化驗過了。」白羅不動聲色地回答。

「所以呢？」

「所以就是突發奇想，想再做一次分析。」

接下來我就再也無法套出他半句話了。

白羅處理可可奶這件事，讓我深深迷惑，既找不出理由也看不出脈絡。但是我對他深具信心；我有一陣子曾經懷疑他的能力，然而，在他漂亮地洗清英格沙普先生的嫌疑後，我對他的信心已完全恢復。

隔天，英格沙普夫人出殯。到了星期一早上，我起得比平常晚，下來用早餐時，約翰把我拉到旁邊，私下告訴我英格沙普先生決定搬出去了，暫時住在史岱萊特大樓，等風波過去後再做打算。

「海斯汀，他這一走，大家都可以鬆口氣了。」老實的約翰往下說，「先前我們懷疑凶手是他的時候，大家的關係就已經糟透了，現在我們知道錯怪他了，雖然感到歉疚，但我說真的，見了面卻反而更加尷尬。當初我們懷疑他，並非無的放矢，別人也不會責備我們枉下斷語或是找錯目標，但是事實上，我們對他的確是刻薄了些。現在既然證明我們是錯的，按理說，我們應該主動向他示好，不過這可真不容易，他雖然洗清了罪嫌，但不表示我們就會比較喜歡他。唉，這些事簡直是剪不斷理還亂。我滿感謝他自己知趣說要搬出去，這樣對大家都好。你知道嗎？還好我爸爸沒有將史岱爾莊留給繼母，否則難保不會落到他手中，我無法想像他變成這裡的主人之後會是什麼局面。至於母親留給他的錢，我們不會在意。」

「所以整個莊園以後就是你的了？」我問他。

「哦，沒錯，當然先得繳些遺產稅。不過我父親將大半的錢都花在這棟房子上了；勞倫斯因為也會暫時住在這裡，所以也得分擔一部分。我們這段時間內手頭會很緊——我跟你說過，我現在財務有問題——還不知道錢要從哪裡來呢。」

知道英格沙普即將搬離，大夥的心情都很輕鬆，所以我們吃了一頓自案發以來最愉快的早餐。洋溢青春活力的辛西亞，此時又恢復往日的亮麗；其他人，除了勞倫斯仍然陰鬱寡歡外，也是一片祥和喜樂，大家全都敞開心胸準備迎接一個嶄新而光明的未來。

驗屍審訊後各大報洋洋灑灑的盡是有關這件悲劇的消息。聳動的大標題、被害人家屬生平簡歷、指桑罵槐的社評，還有警方已掌握新線索的結語等等，各種消息一應俱全，全家上下無一倖免都是媒體追逐報導的對象。此時，前方戰火稍歇，前線無戰事，記者就緊咬著後方的懸疑命案不放，把「史岱爾莊謀殺案」炒得沸沸揚揚，家喻戶曉。

凱文帝斯家人當然飽受困擾，蜂擁的記者無時無刻不包圍著巨宅，他們雖然不得其門而入，但不時手持相機在村落四周巡獵，以備不期然突襲哪個不知死活的史岱爾莊人。總而言之，我們的生活已暴露在大眾的注目之中。蘇格蘭警場的人來來去去，總是在勘察、總是在訊問，眼光無比犀利，口舌始終緊閉，但他們究竟進行到什麼程度，沒有人知道。這件案子他們到底有沒有具體的線索？會不會最後被列在懸案檔案裡處理呢？

早餐過後，荳克絲神祕兮兮地過來找我，問我有沒有空，說是有事情要與我談談。

「什麼事，荳克絲？」

「是這樣子的，先生，你今天會見到那位比利時先生嗎？」我點點頭。「先生，你知道他曾經問過我，夫人或是家裡任何一個人，誰有一件綠色的衣服吧？」

「沒錯，沒錯，你發現了嗎？」我的精神立刻大振。

「沒有，先生。不過後來我想起來，小少爺們（約翰和勞倫斯在她心目中還是「小少爺」），有個化妝舞會專用的箱子，就在閣樓上，箱子很大，先生，裡面滿滿的都是舊衣服或奇形怪狀的服裝、道具；我突然想到，裡面好像就有一件綠色的衣服。所以，請你轉告那位比利時的先生好嗎？」

「你放心，我一定會告訴他的。」我承諾道。

「非常謝謝你，先生。他真是個好人，和倫敦來的那兩個警探完全不同——那兩個人一天到晚只會四處刺探、問問題。我一向不認同外國人，但從報紙上的報導中我發現，他們這些勇敢的比利時人和其他逃難的外國人很不一樣，而他尤其是個講話很有風度的紳士。」

好個荳克絲！她憨直的臉龐仰看著我，我心裡想，她真是那種舊傳統的忠心家僕，然而他們這種人卻正在快速凋零。

事不宜遲，我想立刻動身前往村子裡去找白羅；但是才走到半路，就碰上他了，他正朝史岱爾莊過來。我立刻把荳克絲告訴我的事情說給他聽。

「噢，了不起的荳克絲！我們這就去看看箱子，雖然檢不檢查結果都一樣，不過看看也不打緊。」

我們直接穿越花園旁的落地窗進到屋裡，大廳中空無一人，我們遂直奔閣樓。閣樓上果然有個木箱，是上等實心木做的，手工精巧，上面釘著古色古香的銅釘，裡面裝著形形色色的奇裝異服，東西多得盈滿而出。

白羅一把一把草率地將衣服抓出來放在地板上，其中的確有一兩件深淺不同的綠色衣物，但白羅搖搖頭全略過去，那些顯然不是他想要找的證據。其實，他從一開始就顯得漫不經心，好像根本不抱任何希望。突然間，他驚呼一聲。

「這是什麼？你看！」

木箱幾乎已經掏空了，箱底上平平擺著一副黑色的假鬍鬚。

「噢！」白羅接連說著，「噢！」他把假鬍鬚放在手掌心上翻過來看，仔細地觀察著。

「新的，」他說，「還相當新。」

他躊躇一番，將假鬍鬚放回箱中，再將地板上的衣服堆放在它上面，大致回復原狀，然後便興高采烈下樓去，直接前往餐具室，找到正在擦拭銀器的荳克絲。

白羅不改高盧人的好事多禮，先是向她問好道早，然後說：「荳克絲，我們已經看過箱子裡的東西，非常謝謝你告訴我們這個消息。裡面真的放了一些好東西。那些行頭經常使用嗎？」

「現在不常用了，先生，只是少爺們偶爾還會舉辦化裝晚會，有幾次真的很好玩。勞倫斯先生最厲害，非常爆笑，我永遠忘不了有一天晚上他打扮成波斯國王的模樣，自稱是來自東方的什麼君主，還手持一把紙裁成的彎刀，然後對我說：『小心，荳克絲，我的彎刀鋒利無比，要是你膽敢有半點不敬，惹毛了本王，當心我刀起刀落，你的人頭就落地了。』那天辛西亞小姐的裝扮很野蠻，他們說像是『阿帕契』還是類似發音的民族，我倒覺得像是那種法國的殺人魔頭，看起來好逼真啊！你實在想不到一個漂漂亮亮的女孩，竟然可以把自己打扮成一個惡棍，一點都認不出原貌呢。」

「這些晚會一定很有趣。」白羅溫和地說著，「我猜，勞倫斯先生那次裝扮成波斯國王時，臉上一定戴了箱子裡的假鬍鬚？」

「他的確是有戴假鬍鬚，先生。」荳克絲笑著回答說，「我記得很清楚，因為那是他向我借了兩束黑毛線做成的，遠看時和真的一樣。至於樓上是不是有一副假鬍鬚，我就不清楚了，可能是最近才買的吧！我知道箱子裡有一頂紅色的假髮，除此之外，應該沒有其他的假毛髮才對，他們大部分都是用炭筆來畫。但是那些髒汙很難洗乾淨，有一次辛西亞小姐打扮成黑人，噢，簡直是大災難。」

「所以，荳克絲不知道箱子裡有假鬍鬚。」我們離開餐具室走進大廳的時候，白羅思忖著說。

「你認為那副假鬍鬚，就是『那副』假鬍鬚？」我壓低嗓子探問。

白羅點點頭說：「沒錯，你有沒有注意到，那副假鬍鬚被修剪過？」

「有嗎？」

「是的。就剪成英格沙普先生的鬍型，而且我還在箱子裡找到一兩根剪斷的纖維，這件事絕對不單純。」

「不知道是誰把它放進去的？」

「某個聰明絕頂的人。」白羅冷冷說道，「你知道嗎，就算有人發現了那副鬍子，也不會讓人心生疑竇，因為把一個假鬍子放在那裡非常自然。是的，那個人一定非常聰明，但我們一定要比他聰明；我們要聰明得讓他一點都不覺得我們聰明。」

我完全同意白羅的看法。

「所以，老弟，你要充當我的好助手。」他說。

我很高興白羅對我的肯定。我常常覺得白羅並沒有看出我真正的才能。

「是的，」他認真地看著我，繼續表示：「你一定能發揮很大的作用。」

聽到他這麼說，我心中有說不出的暢快，但是他的話題一轉，又讓我心涼了半截。

「我一定得在這裡安插個自己人才可以。」他若有所思地說著。

「你有我啊。」我抗議道。

「沒錯，但是只有你還不夠。」

這實在很傷人，我臉塌下來了。白羅連忙向我解釋：「你沒聽懂我的意思。因為大家都知道你在幫我辦案啊！所以我要找的幫手，一定不能和我們有任何的關聯。」

「哦，原來如此。你覺得約翰如何？」

「他嘛，不太適合。」

「也對，那個善良的傢伙腦袋是不太靈光。」我邊想邊說。

「何沃德小姐來了。」白羅突然說，「她正是最理想的人選！但是自從我幫英格沙普開脫罪名之後，恐怕我已列入她的黑名單了。沒關係，試試無妨。」

在白羅的要求下，何沃德小姐滿讓人難堪地點頭同意過來聊聊。

我們一起來到空間不大的晨室中，關上了門。

「有什麼事，白羅先生？」何沃德小姐頗不耐煩地說，「有話快說，我還有事。」

「你記得嗎，小姐，我曾經請求你幫我忙？」

「是的，記得。」何沃德小姐點點頭。「而且我還告訴你，我很樂於幫你送阿福德烈．英格沙普上斷頭台。」

「啊！」白羅仔細端詳她的反應。「何沃德小姐，我再問一個問題，請務必實話實說。」

「我從來不說謊話。」何沃德小姐答道。

「是這樣的，你還是認為英格沙普夫人是她先生下手毒害的，對不對？」

「你是什麼意思？」她尖銳地反問，「不要以為聽了你一番解釋，我的立場就會動搖，門兒都沒有。我承認他不是到藥房買番木鱉鹼的人，但這不代表什麼，我敢說他是用毒蠅紙下的毒，我一開始就是這麼說的。」

「但是毒蠅紙含的是砒霜，不是番木鱉鹼。」白羅還是溫和地說著。

「那有什麼差別？砒霜也和番木鱉鹼一樣，都能讓可憐的艾蜜莉送命。反正人是他害的，用什麼方法對我來說根本不重要。」

「沒錯，因為你打心底認定是他下的毒手。」白羅慢慢說著，「我換個方法問你好了，在你心底的最深處，你真的認為英格沙普夫人是被她先生毒死的嗎？」

「天哪！」何沃德小姐大聲嚷著，「我不是一再強調他是個敗類？我不是一再說過他一定會將她謀殺在床？你們難道看不出來我恨他入骨嗎？」

「我完全清楚，」白羅接著說，「而且和我那個小小的想法不謀而合。」

「什麼小小的想法？」

「何沃德小姐，你還記得海斯汀剛到的那一天，你對他說過什麼嗎？他向我提過一次，其中有一句話令我的印象非常深刻。你曾經對他說，要是任何你所愛的人被謀害了，雖然你未必能拿得出證據，但你絕對可以憑直覺知道誰是凶手？」

「沒錯，我是說過這些話，而且至今我還是堅信不移，你一定覺得這根本是胡說八道，是不是？」

「完全不會。」

「但是你卻不採納我對阿福烈德．英格沙普的直覺？」

「沒錯，因為你的直覺並不是指向英格沙普先生。」

「什麼？」

「是的，你只是希望是他下的毒手，你相信他有這個能力下毒手。但是你的直覺告訴你不是他，你的直覺告訴你不止如此……要我繼續往下說嗎？」

她出神地望著他，做了一個肯定的手勢。

白羅繼續說：「你知道自己為什麼那麼強烈憎恨英格沙普先生嗎？因為你想勉強自己去相信你願意相信的事，因為你想壓抑、擺脫你真正的感覺，其實這個直覺告訴你的是另外一個名字……」

「不是，不是，不是！」何沃德小姐激動地狂叫，雙手猛烈揮動。「不要再說了，噢，不要再說了！我是亂想的，那不可能是真的，我不知道是誰把這麼放肆……這麼惡毒不堪的念頭放進我的腦海……」

「我說對了，是不是？」白羅並不鬆口。

「是的，是的，你一定是會使魔法，才能看得出來。但是，這怎麼可能呢？那個想法太畸形、太不可能……凶手一定是阿福烈德．英格沙普。」

白羅沉重地搖搖頭。

「不要再問我了，」何沃德小姐表示，「我不會告訴你的，我不會承認的，即使對我自己我都不會承認，我一定是瘋了才會那樣幻想。」

白羅總算點點頭，好像相當滿意了。

「我不會再問了，我的想法得以獲得證實那就夠了。至於我……我也有自己的直覺，我們腦海裡揣測的目標其實是一樣的。」

「千萬不要叫我幫助你，因為我做不到，我絕對不會伸出半根指頭指……指……」她的舌頭突然結結巴巴起來。

「你還是會忍不住幫我忙的，你自己知道。你放心，我不會為難你，我只要你站在我這邊就好了。你會幫我的，我只要求你做一件事。」

「一件事？那是……」

「靜靜地觀察。」

伊薇・何沃德低下頭。

「你是對的，我忍不住，我一直都在注意家裡的動靜……希望能證明自己是錯的。」

「如果我們是錯的，那樣最好，」白羅繼續說，「那對我來說最好不過了。但是，如果我們是對的話呢？假如我們是對的，何沃德小姐，你要站在哪一邊？」

「我不知道，我不知道……」

「不要逃避這個問題。」

「我們只要心照不宣……」

「我們不能心照不宣。」

「但是艾蜜莉也會……」她說不下去了。

「何沃德小姐，」白羅嚴肅地說道，「這件事不值得你如此。」

何沃德小姐將埋在手中的頭抬了起來。

「你說得對。」她平靜地說，「剛剛說話的不是伊薇・何沃德！」她驕傲地抬起頭來。「現在，真的伊薇・何沃德回來了！她永遠站在正義的一方！就讓罪有應得的人付出代價吧。」說完這番話，她神情篤定地離開了。

白羅看著她的背影，有感而發。

「海斯汀，這女人頭腦精明，而且有心，她會是我們最得力的助手。」

我沒有回應。

「直覺是個很奇妙的東西，」白羅瞑想著，「既理不清楚卻也忽視不得。」

「你和何沃德小姐好像談得很有默契，」我的口氣很不好。「你大概不知道，我在旁邊卻是丈二金剛摸不著頭腦。」

我腦中確是一片空白。

「真的嗎？不會吧，朋友！」

「正是！承蒙開導，可以吧？」

白羅凝神注視著我一會兒，然後大出我意外地斷然搖頭拒絕。

「不行，老弟。」

「啊？別這樣，為什麼不行？」

「一個祕密有兩個人知道已經夠多了。」

「可是就隱瞞我一個人，對我實在很不公平。」

「我沒有隱瞞任何事，我知道的線索和你知道的一樣多。你也可以自行判斷呀，這是個推論的問題。」

「話雖如此，但是告訴我也無妨啊！」

白羅誠懇認真地與我的眼神相對，還是搖搖頭。

「你看，」他惋惜地說，「你就是缺乏直覺。」

「你乾脆直接說我缺乏智慧好了。」我挖苦他。

「直覺和智慧，只有一線之隔。」白羅語帶玄機地說。

這句話根本是狗屁不通，我已經懶得回應他了。我心中暗自決定，如果我再有什麼重大、有趣的發現——毫無疑問，我絕對會有新發現——我也要擺他一道，任誰都不說，好讓他對最後的結果大吃一驚。

09 包斯坦醫生

自從上次白羅交代我傳話給勞倫斯之後，我就一直苦無機會進行，然而這天，我在草地上散步，心裡還為著白羅蠻橫的態度憤憤不平時，突然瞧見勞倫斯在槌球場上，漫無目標地敲著兩個古樸的木球，手上使的是一枝歷史更加久遠的木棍。

我心念一動，想到此時正是傳話的好機會。如果我現在不把握時機，白羅可能找時間自己就說了。我承認我的確不了解他的動機何在，但是我敢拍胸脯說，只要聽完勞倫斯的回應，我這邊再玩點小手段探探他的口風，我自然很快就會看出這葫蘆裡賣的什麼藥。心裡做如此想，我腳下便朝著勞倫斯直走過去。

「我一直找你都找不到。」我撒了個謊。

「是嗎？」

「是的，我有個口信要給你，是白羅交代的。」

「哦？」

「他要我和你單獨在一起的時候才說。」

我壓低聲音，把話說得字字慎重其事，然後刻意用眼角餘光注意他的反應——這種所謂「營造氣氛」的把戲我最在行了。

「然後呢？」

勞倫斯似乎不為所動，鬱鬱寡歡的表情一成不變。他知道我要說的是什麼嗎？

「我要傳的口信是……」我依舊沉聲說道，「『找到另外一個咖啡杯，從此你就可以高枕無憂了。』」

「他說這話是什麼意思啊？」勞倫斯雖然錯愕，但是絲毫不改本色，冷酷地望著我。

「你不知道嗎？」

「毫無頭緒，你呢？」

我只能搖搖頭。

「什麼是另外一個咖啡杯？」勞倫斯問。

「我不清楚。」

「如果他想找咖啡杯，最好是去問荳克絲或是其他的傭人，這事是她們在管的，不是我。我完全不清楚咖啡杯的事，不過我知道家裡有一些不曾用過的咖啡杯，那些東西簡直是人間極品！是出自伍斯特郡的古窯耶！你應該不是這方面的玩家吧，海斯汀？」

我搖搖頭。

「太可惜了。那些杯子都是屬於古瓷品的上乘佳作，光用眼睛欣賞就是一種享受，更別說用手把玩了。」

「那你要我怎麼回覆白羅？」

「就說我不知道他在說些什麼，這對我等於是雞同鴨講。」

「好吧！」

我轉身正準備向屋子走去，他突然又叫住我。

「對了，口信的最後一句話是什麼？可不可以全部再複述一遍給我聽？」

「『找到另外一個咖啡杯，從此你就可以高枕無憂了。』你確定不清楚這句話是什麼意思？」我認真地問他。

他還是搖搖頭。

「是的。」他想了一下。「我真的不知道。我……我也希望知道答案。」

此時，午餐的鈴聲響起，勞倫斯和我走向屋中。白羅應約翰的邀請留下來用餐，已經就坐定位。

大家默契十足的沒有提到命案的事情，餐桌上談的都是戰爭或關於外界的話題；但是，在荳克絲上完起司和餅乾而且離開房間後，白羅突然向前對著凱文帝斯夫人說：「這個時候提起不愉快的事情，真是對不起，夫人。但是我有一個小小的想法，」（「小小的想法」都快變成他的口頭禪了。）「想要請教你一兩個問題。」

「請教我？沒問題。」

「您真是太配合了，夫人。我想要問的是，你曾經說過，從辛西亞小姐房間通到英格沙普夫人臥室的內門是閂死的，對不對？」

「沒有錯，那道門是閂死的。」凱文帝斯夫人答道，面露訝異之色。「我在驗屍審訊時說過。」

「用門閂閂上的嗎？」

「是的。」她滿臉困窘。

「我是說，」白羅再進一步說明。「你確定它還用門閂閂上了，不只是鎖上而已？」

「哦，我知道你的意思了。不，這我就不清楚了。我說閂死了，意思是門被扣住了，我無法打開，不過我想那裡所有的門都是從夫人臥室裡面閂住的。」

「照你這樣說，那道門或許同時被上了鎖也說不定？」

「是的。」

「當天晚上你進去英格沙普夫人房間的時候，你並沒有去留意門是否閂上了，是不是，夫人？」

「我……我想我沒有。」

「你也沒有去看？」

「沒有，我……我沒去看。」

「我倒是注意到了。」勞倫斯突然插話。「我剛好看到門子門得好好的。」

「哦，這樣就不用再問了。」白羅一副洩氣的樣子。

終於，白羅「小小的想法」也有失靈的時候，我在一旁禁不住幸災樂禍起來。

午餐後，白羅央求我陪他一起回去，我不情不願地答應了他。

「你心裡不高興，是不是？」經過莊園時，他憂心地問道。

「才沒有。」我冷冷回他一句。

「沒有就好，這樣我就如釋重負了。」

這倒是出乎我意料，我原來只是希望他注意到我冷淡的態度罷了。他話中的關切之情溢於言表，聽來還是頗為受用，我頓時軟化了。

「我已經傳話給勞倫斯了。」我說。

「那他怎麼說？他是不是茫無頭緒？」

「沒錯，我很確定他根本不知道那是什麼意思。」

我原本預期白羅會大失所望，但相反地，大感意外的反而是我。他說勞倫斯的反應和他的預期相符，而且，他感到非常高興。我不願再自取其辱，遂忍住好奇不去探問。白羅轉到另外一個話題。

「為什麼辛西亞小姐今天沒一起來用午餐？她怎麼了？」

「她今天銷假回醫院上班了。」

「呃，真是個勤勞的小淑女，也相當漂亮，很像我在義大利看過的人物照片。我很想去她工作的藥局看看。你想我如果去拜訪她，她會帶我參觀嗎？」

「我想她一定會很高興。那個小地方很有意思。」

「她每天都去醫院嗎？」

「平常她每個星期三休假，星期六中午會回來午餐，除此以外，其他日子都要上班。」

「我記住了。現在的女性已經可以擔當重要的工作，辛西亞小姐又相當聰明……噢，是呀，她頭腦靈活得很，這小不點兒。」

「是啊，聽說她已經通過一項高難度的考試。」

「我相信。它畢竟是一項責任重大的工作。我想他們那邊一定有不少毒性劇烈的毒藥吧？」

「沒錯，她還給我們看過，它們鎖在一個小櫃子中。我相信他們必須非常小心看管這個櫃子，因為他們離開房間的時候，身上通常都會帶著櫃子的鑰匙。」

「這樣啊！這個小櫃子的位置是不是很接近窗戶？」

「不是，剛好相反，在房間另一端。你問這個做什麼？」

「只是隨便問問，你要進來嗎？」白羅聳聳肩，不置可否。

我們已經走到李斯威小屋了。

「不了，我現在就要回去，不過我會繞遠一點從森林那邊走。」

史岱爾莊四周的森林蓊鬱，宛如畫境，懶洋洋地穿越其間，對於才頂著烈陽走過一大片廣闊草地的我，真可說是莫大的享受。這裡沒有一絲風息，啁啾鳥鳴孱弱而低抑，我循著小徑慢走，卻在一株高聳參天的老山毛櫸前摔了一跤。我笑了，一時，對芸芸眾生油然生起博愛慈悲之心，甚至對白羅守口如瓶的謬舉也坦然釋懷了；我決定與人為善，與世不爭。然後，我忍不住打了一個呵欠。

莊園裡的命案，似乎變得遙遠而模糊，我又打了一個呵欠……

沒錯，命案其實從未發生過，它只是一場噩夢，事情的真相是，勞倫斯用一根槌球棒敲死了阿福烈德．英格沙普，但荒謬的是，竟是約翰大驚小怪地四處嚷嚷：「我告訴你，我不會善罷干休的！」

我從夢境中驚醒過來。

然後，我立刻知覺到，我現在的處境是動也不是，不動也不是。因為就在十二呎之外，約翰和瑪莉．凱文帝斯正面對面激烈地爭吵著，他們顯然完全沒有察覺到我就在附近，因為約翰一直在重複那句把我從夢中驚醒的話：「我告訴你，瑪莉，我不會善罷干休的！」

瑪莉的聲音平靜到近乎冷漠。

「你有什麼權利批評我？」

「村子裡會有一大堆閒言閒語啊！我媽媽星期六才下葬，這會兒你已經和那傢伙公然出遊了。」

「哦，」她聳聳肩膀。「原來你在乎的只是村子裡的蜚短流長。」

「胡說！我只是不喜歡那傢伙成天跟我們糾纏不休。他是個波蘭裔的猶太人哪。」

「有一點猶太血統有什麼不好，有他在，」她瞧了他一眼。「還可以讓你們這些平凡、蠢鈍至極的英國佬啟發一下。」

「瑪莉！」

她的雙眼似火，聲調如冰，難怪約翰的臉會頓時泛上紅潮。

「幹什麼！」她的語氣未見緩和。

他的聲音都快喊到沙啞了。

「你的意思是，你還要繼續和包斯坦來往，完全不顧慮我的立場？」

「我自己會看著辦。」

「你就是要違抗我？」

「不是，只是你沒有資格批評我，難道你忘了，我也反對你和某人交往？」

約翰退後一步，臉上赤紅的血色逐漸退潮。

「你是什麼意思？」他用顫抖的聲音問她。

「你一點就通嘛！」瑪莉不改平靜無波的口氣。「所以，你應該清楚你無權命令我，也無權干涉我和誰做朋友了吧？」

約翰哀求地瞥了瑪莉一眼，臉上滿是受創的表情。

「沒有權利？我沒有權利嗎，瑪莉？」他聲音抖顫，伸出雙手。「瑪莉……」

一絲溫柔的表情掠過她的臉龐，我原以為她動搖了，沒想到她猛地轉身回道：「沒有！」

她隨即拂袖而去，約翰緊追而上，一把抓住她的手臂。

「瑪莉，」他的語氣現在已經平靜下來。「你真愛這個包斯坦嗎？」

她遲疑著，臉上漾起難解的表情，似笑非笑，老成如山岳，又盈滿了青春的氣息，彷彿古埃及的獅身人面像突然揚起笑意。

她靜靜掙開他的手，轉頭說道：「或許吧。」

然後她快速走出林蔭之中，留下約翰一人兀自站在那裡，好像變成了一座石像。這時，我故意大步踩著枯枝黃葉向前走去，一路劈劈啪啪，引得約翰轉過身來。還好，他以為我只是剛好路過，沒有起疑。

「哈囉，海斯汀。你有看著那個小老頭安全進到小屋內吧？真是個奇怪的人物，他真的很行啊？」

「在他那個年代，他是舉世公認最優秀的偵探。」

「既然如此，他應該是有點東西。否則這個世界光怪陸離的事情這麼多，如何了得。」

「你認為世界很亂嗎？」我問。

「那還用說嗎？當然！就拿現在來說吧，你沒有看到那些蘇格蘭警場的人成天在家裡進進出出的嗎？活像魔術箱裡的玩偶跳上跳下的，也不知道什麼時候才能夠靜下來；還有，報紙也天天在炒這個頭條新聞，我說啊，那些記者都該去死！你知道嗎，今天早上就有一大群人擠在大門口張望，像是到杜莎德夫人的恐怖屋免費參觀人皮面具一樣，這能不令人反感嗎，是不是？」

「別這麼沮喪，約翰。」我試著安撫他。「事情總會結束的。」

「會嗎？就怕一拖再拖，直到我們都抬不起頭來了，還不能了結。」

「不會的，不會的，你太悲觀了。」

「我沒辦法不悲觀。無論走到哪裡去，後面都跟著那些陰魂不散的記者；到路上隨便晃晃，也會被那些大餅臉的白癡死瞪著看……這還不是最糟的咧！」

「還有更糟的嗎？」

約翰向四周看看，壓低了聲音。

「你有沒有想過，海斯汀——噢，這簡直就是一場噩夢——到底是誰下的毒手？有時候，我不得不認為這整件事只是個意外，因為……因為，誰會這麼心狠手辣呢？現在，英格沙普先生已經排除了嫌疑，那已經沒有人是可能人選了嘛，沒有人……我是說，除非……是個家裡的人。」

是啊，沒錯，這件事發生在任何人身上，絕對是場殘忍的噩夢。是個家裡的人？當然，一定是這樣的，除非……

我腦海中突然閃過一個全新的念頭。我快速地思考斟酌一番，愈想愈覺得有理。不論是白羅神祕的行徑或是他言語中的暗示，全都密切吻合，前後連貫。我怎麼那麼傻，先前竟從未思及這個可能性，這個假設會讓大家多麼感到解脫啊！

「不，約翰，不是家裡的人，那怎麼可能！」

「我知道，但是，還有誰比較可能呢？」

「難道你猜不到嗎？」

「猜不到。」

我也向四面八方看了一下，然後壓低嗓子。

「包斯坦醫生！」我悄聲說道。

「不可能！」

「才不會。」

「殺了我母親，對他有什麼好處呢？」

「這點我還想不透，」我坦白告訴約翰。「但我可以告訴你，連白羅也是這麼想。」

「白羅？是嗎？你怎麼知道？」

我告訴他，白羅初次聽到包斯坦醫生在命案當晚到過史岱爾莊時的激動表現，接著補充說道：「他當時至少說了兩次：『這樣案情就完全改觀了。』後來我就一直思考這個問題。你記得英格沙普先生曾說他把咖啡放在樓下大廳裡吧？包斯坦醫生不正是那時候進來的嗎？所以當英格沙普先生帶他穿過大廳時，他是不是很可能朝裡面摻了點東西？」

「嗯，但這樣做太冒險了。」

「話是沒錯，但有這個可能吧？」

「還有，他怎麼知道那是她的咖啡？不對不對，老兄，這樣說不通！」

這時我又想起了另外一件事。

「你說得沒錯，毒不是下在咖啡裡，我另有看法。」

我略微敘述了白羅帶著可可奶去化驗那檔事。我才說完，約翰就等不及打斷我。

「但是，包斯坦醫生不是已經化驗過了嗎？」

「說得沒錯，這就是關鍵。我原本也想不通，現在才恍然大悟。你還看不出來嗎？如果包斯坦就是凶手，他當然會把可可奶的樣本調包，再拿去化驗，這對他而言太輕而易舉了，而且，化驗結果當然是不含番木鱉鹼！沒有人會去懷疑他，或想得到他把採樣調了包——當然，除了白羅之外。」我懷著遲來的讚佩說著。

「但是可可奶無法掩蓋番木鱉鹼的苦味啊，這你如何解釋？」

「是不是番木鱉鹼，只是包斯坦的一面之詞，我們不能排除其他的可能性。記住，他可是當今世上最負盛名的毒理學家。」

「當今世上最負盛名的什麼？你再說一次。」

「毒理學家。他比誰都要清楚世界上的毒物，」我解釋道，「我的想法是這樣：或許他已經找到一種讓番木鱉鹼失去苦味的方法，也或者那根本就不是番木鱉鹼，而是一種前所未聞的新毒物，只是中毒的症狀和番木鱉鹼相仿。」

「嗯，這樣說來也有可能。」約翰說，「可是，他是怎麼把毒藥放入可可奶的？可可奶又沒有放在樓下？」

「的確沒放在樓下。」我心不甘情不願地承認這點。

說到這裡，我心中又浮出另一個可怕的念頭——包斯坦醫生可能還有一個同謀！我急急祈禱約翰不要也這樣聯想才好。我偷偷瞄了他一眼，他雙眉緊蹙，陷入深思之中，我猜他大概還沒有想到這個可能性，頓時感到安心不少。

同謀！這怎麼可能呢？像瑪莉．凱文帝斯這麼斯文貌美的女人，怎麼可能會是殺人凶手呢？可是話又說回來了，古來多少絕色佳人，不都是以下毒留下千古罵名的嗎？

思及此，我突然想起第一次和凱文帝斯夫人見面，是第一天到史岱爾莊的下午茶時間，當時她曾說過女人最擅長下毒之類的話，而且說的時候眼中不時露出狡黠的光芒。再想想看，她在星期二命案當天的下午顯得多麼焦慮啊！是不是因為英格沙普夫人發現了她和包斯坦醫生的事，揚言要轉告她的丈夫？而他們為了阻止她的告發行動，所以聯手殺了她。

我又想起了白羅和伊薇．何沃德那段神祕的對話，他們若有所指的是不是就是這檔事？伊薇不願相信的是否就是這件「不可能的事」？

沒有錯，所有的事證都互相吻合。

難怪何沃德小姐會提出什麼「心照不宣」的話，我也終於了解她那句說了一半就接不下去的「但是艾蜜莉也會……」意指為何了。我完全能理解她的心情。站在英格沙普夫人的立場來看，她一定情願自己冤沉大海，也不願讓家庭醜聞曝光，敗壞凱文帝斯家族的名聲。

「還有一件事，」約翰突然出聲，嚇了我一跳，不禁心虛起來。「證明你說的未必是事實。」

「是什麼？」

我嘴上應著，很高興他沒有追問毒藥是如何放到可可奶裡的。

「要是毒是包斯坦下的，他為什麼還要提出解剖的要求？他不必多此一舉啊！威爾金醫生一定會欣然同意以心臟病發這個理由了事的。」

「你說得沒錯，」其實我也不確定自己的推論是否正確。「但他真正的動機我們不清楚，他或許認為，這一招更能保證萬無一失。或許日後忽然有人起了疑心，於是檢方主動進行偵辦，將屍骨挖出來進行化驗，到時事跡就會敗露，他也就無法自圓其說了。因為所有的人都不會相信，一個聲譽隆盛的毒物專家會輕易被矇騙，將中毒案件誤判成是心臟病發死亡。」

「這樣解釋也說得過去，」約翰承認我的說法有理。「不過，我還是不了解他有什麼動機……」

我不由得戰慄起來。

「聽著，」我說，「我的推論也可能是全盤錯誤。還有，你要記住，這些話只有天知地知你知我知。」

「哦，這當然，一切盡在不言中。」

我們邊走邊談，這會兒已穿過了花園的門口。我們聽到不遠處人聲此起彼落，原來大家已經在楓樹下開始喝下午茶，就和我第一天來的時候一樣。

辛西亞也回來了，我把椅子挪到她的旁邊，告訴她白羅有意拜訪她的藥局。

「太好了，歡迎之至，你告訴他最好是下午茶的時候到，我會幫他準備一杯好茶，配上好點心。他人很好，不過有點滑稽，前些天看到我的時候，還幫我把衣服上的領針拿下來重新別一次，說是沒有戴正。」

我笑了。

「他愛整潔幾乎已經愛到病態的程度了。」

「是呀，可不是嗎？」

我們兩個沉默了一下，然後辛西亞斜眼瞄了凱文帝斯夫人一眼，壓低聲音對我說：「海斯汀先生。」

「什麼事？」

「下午茶結束之後，我想和你談談。」

她瞄向凱文帝斯夫人的眼神，讓我不由臆測連連。我發覺，這兩個女人間的情誼不深，然後我第一次想到，辛西亞今後要怎麼辦呢？雖然英格沙普夫人沒有為她預做打算，但是約翰和瑪莉應該仍會留她繼續住在這裡，至少等到戰爭結束後再說。我知道，約翰一向很喜歡她，一定會捨不得讓她走。

剛剛約翰先回屋子裡，現在才過來加入我們，他原本隨和的臉上掛了少見的怒氣。

「這些惹人煩的警察，真不知道他們怎麼辦事的，竟把咱們家裡裡外外都翻了一次，每一個房間、每一個角落，無一倖免，這實在是太過分了！以為我們不在屋裡，就可以趁機為所欲為。下次讓我撞見傑派那小子，一定不會讓他好過。」

「說得沒錯，一堆好奇的眼睛，像蒼蠅一樣揮之不去。」何沃德小姐抱怨著。

勞倫斯認為他們只是佯裝忙碌，以便交差。瑪莉．凱文帝斯沒有表示任何意見。

午茶過後，我邀辛西亞一同散散步，於是我們隨興向林子走去。

「有什麼事嗎？」一進到茂密的樹林，躲開眾人窺探的眼光，我迫不及待地問她。

辛西亞吁一口氣，把帽子一摘，席地坐下。林間透出的些許陽光在她赤褐色的頭髮上，發出金黃色的光芒。

「海斯汀先生，你對人很親切，而且見多識廣……」

直到現在，我才發現辛西亞是如此的美麗動人，而且比瑪莉更加迷人，瑪莉就不會說出這麼令人窩心的話。

「你有話要說嗎？」看到她欲言又止的樣子，我客氣地問她。

「有件事我拿不定主意，想聽聽你的看法。」

「請說。」

「是這樣的，以前艾蜜莉阿姨一直保證會照顧我一輩子，我想她那時可能是忘了或是沒想到自己會突然去世……反正我現在的狀況就是沒人聞問，前途茫茫，實在不知道該怎麼辦才好。你覺得我應該馬上就搬走嗎？」

「天哪，當然不用！我相信他們也捨不得你離開。」

辛西亞遲疑片刻，用手拉扯身旁的雜草，然後開口說：「凱文帝斯夫人就不希望我留下，她討厭我。」

「討厭你？」我驚訝地輕呼出聲。

辛西亞點點頭。

「我不知道為什麼，但是她和他都受不了我。」

「這個你就錯了，」我和顏悅色地繼續說，「剛好相反，約翰很喜歡你的。」

「嗯，是呀……約翰是喜歡我沒錯，但我指的是勞倫斯。其實我並不在意勞倫斯對我的態度為何，但是待在一個沒有人愛的地方，確實不好受，不是嗎？」

「可是他們都很愛你呀！辛西亞乖乖，」我發自內心地表示。「我相信你錯怪他們了。你看，約翰，還有何沃德小姐……」

辛西亞無奈地點著頭。

「沒錯，我想約翰的確很喜歡我，至於伊薇，別看她作風魯莽，其實她連隻蒼蠅都捨不得傷害，何況是對人。但是勞倫斯就不同了，他只要能夠避免，就絕對不會和我說話。凱文帝斯夫人對我更糟，從來沒有以禮相待。她要伊薇留下來，就好說歹說地求她，但她從沒有要求我，而……而……我真的不知道該怎麼辦。」

可憐的辛西亞突然聲音一啞，哽咽地哭起來。

我不知道是怎麼鬼迷了心竅……也許是她的美貌吧，看到她坐在那裡，陽光在她的髮上閃爍跳躍，著實教人心動；或許是因她完全不可能涉案，讓我有著難得的輕鬆與舒暢；也或許只是對她年輕而孤寂的心，有著一股無法壓抑的憐愛……不管是什麼原因，我向前挪了挪，拾起她靈巧的手，笨拙地脫口而出：「嫁給我吧，辛西亞。」

不知怎地，辛西亞的悲傷戛然而止，她坐直身子，把手抽回，帶著幾分不屑地說：「別傻了！」

我有點著惱了。

「我不是傻，我是誠心希望你嫁給我。」

這次辛西亞真是大出我的意外，竟然哈哈大笑起來，連連稱呼我是「可愛的傻蛋」。

「你真是體貼，我很感動，」她說，「但其實你並不想娶我。」

「我真的想娶你，而且我有……」

「不管你有什麼，你並不是真心想娶我，況且，我也不想嫁你。」

「既然如此，那就算了。」我表情僵硬地告訴她。「不過，我不知道這有什麼好笑的，求婚不是件開玩笑的事。」

「當然不是玩笑，也許下一次就會有人欣然接受你了。再見了，謝謝你讓我笑得如此開心。」

說著，她忍不住又噗哧一笑，便旋風似地消失在林間。

想到剛才的種種，我不禁氣惱自己何必無端自討沒趣。

接下來，我突然想到必須立刻到村子裡走一趟，去找包斯坦醫生。總得有人留意他的動向，而且，我也必須設法安撫他，不要讓他查覺我們對他的懷疑，白羅就很倚重我在人際關係方面的長才。事不宜遲，我連忙出發。到了村中，我找到一間小房子，窗戶上張貼著「出租公寓」的牌子，我知道包斯坦醫生就是住在這裡，於是伸手敲了敲門。來應門的是一位老婦人。

「午安，」我滿臉堆笑地問好。「請問包斯坦醫生在嗎？」

她睜大了眼睛瞪著我。

「難道你還不知道？」她說。

「知道什麼？」

「當然是他的事情。」

「什麼事情？」

「他走了。」

「走了？死了嗎？」

「不，警察把他帶走了。」

「警察！」我急喘道，「你是說他們已經逮捕了他嗎？」

「是的，就是這個意思，而且……」

我不等她說完，拔腿便衝下村子找白羅去了。

10 逮捕行動

白羅出門去了！應門的老比利時人如此告訴我，令我頓感氣結。而且，據說他可能是去了倫敦。

我訝異地說不出話來。白羅去倫敦到底要幹嘛？他是臨時決定的，還是早在幾個鐘頭前和我分手時就已經計畫好了？

我忐忑不安地循著原路回去史岱爾莊。白羅不在，我完全失去了方向，不知道接下來該做什麼。他早就預料到會有這次的逮捕行動嗎？包斯坦醫生被抓，不會是與白羅有關吧？這些疑問我百思不解。不過，最重要的是，此時此刻，我該採取什麼行動？我是該向大家宣布這件逮捕事件，還是最好靜觀其變？雖然我不願意承認，但老實說，一思及這事與瑪莉·凱文帝斯有關，我心裡就不禁備感折磨。這對她會不會是個致命的打擊？臨到這個當頭，我已將先前對她的懷疑完全拋諸腦後，她是不可能牽連在內的，要不然，我應該會聽到一些風聲才對。

不過紙是包不住火的，包斯坦醫生被捕一事，不可能永遠保密，她遲早會得到消息。起碼明天全國各大小報上就會全面布告。但是我仍然躑躅不前，不敢貿然說出。要是白羅在就好了，這樣我可以徵詢他的意見。究竟是什麼緊急的事情，讓他匆匆出發前往倫敦，連招呼都不打一聲？

不過我仍然不能不由衷佩服他的才智。若不是因為他的提醒，我壓根不會懷疑到包斯坦醫生。是的，的確，這小矮子果真是聰穎過人。徹頭徹尾思索過一番之後，我決定私下和約翰說，至於要不要或何時公開宣布，就由他決定好了。

聽到這個消息，約翰吁了一口長長的氣。

「好傢伙，你之前告訴我的時候我還不盡相信，現在事實證明你是對的。」

「也不盡然。拚命讓自己適應這些想法後，又眼見所有的推測都得到印證，說實在，滿令人感到震撼的。你說我們現在該怎麼辦？最晚明天大家就都知道了。」

約翰沉思一會兒。

「不去管他，」他開口道，「我們現在什麼都不要說，沒有必要。就如你所說的，橫豎明天大家就知道了。」

但令我甚感震驚的是，次日清晨，我早早下樓翻閱報紙，竟遍尋不到包斯坦醫生被捕的消息！報上只有短短一則關於「史岱爾莊下毒案件」的報導，如此而已。這實在令人費解。起初我想，或許是傑派基於某些理由暫時封鎖消息；然而不久後我就想通了，這表示必然還有後續的逮捕行動接踵而至。

吃完早餐後，我決定到村子裡走一趟，看看白羅回來了沒有。就在我正要出發前，落地窗外突然出現一張熟悉的臉孔，並傳來這人耳熟的問好聲：「早安啊，我的朋友。」

「白羅！」我脫口大叫，頓感解脫，拉著他的雙手就往屋裡走。「我還沒這麼高興見到一個人過。聽好，除了約翰之外我誰都沒說，這樣可以吧？」

「老弟啊，」白羅回答道，「你在說什麼我一點概念都沒有。」

「當然是包斯坦醫生被捕一事啊！」我不耐煩地告訴他。

「你說包斯坦醫生被抓了？」

「難道你不知道嗎？」

「壓根兒也不知道。」他頓了一下，又說：「不過我並不感到意外。畢竟，我們距離海邊只有不到四哩。」

「海邊？」我困惑地問，「那和這件案子有什麼關係？」

白羅聳聳肩。

「當然有，還大有關係呢！」

「這我就不懂了。我知道我不是很靈光的人，但我真的想不出海邊離我們近不近，跟英格沙普夫人的命案有什麼關係？」

「當然沒有，」他笑著說，「但我們是在談包斯坦醫生被捕的事情啊！」
「可是，他是因為謀殺英格沙普夫人而被警方帶走……」
「什麼？」白羅大驚失聲，顯然也嚇一大跳。「你說包斯坦醫生是因為謀殺英格沙普夫人被捕的？」
「是的。」
「胡說八道！果真如此，那才是天大的笑話。是誰告訴你的，兄弟？」
「也不是誰告訴我的，」我承認。「但他被捕是事實，不是嗎？」
「他的確是被警方抓走，但原因是間諜罪啊，老弟。」
「間諜罪？」我嚇得透不過氣。
「沒錯。」
「不是因為謀害英格沙普夫人？」
「除非我們的傑派頭腦發昏，喪失判斷力了。」白羅一派平靜地回答。
「可是，可是我以為你和我的想法一樣……」
白羅看著我，眼中夾雜著難解的憐惜，也看得出他對我這個想法至感荒謬。
「你的意思是說，」我試著適應另一種新的解釋。「包斯坦醫生是個間諜？」
白羅點點頭。
「你從來都沒有懷疑過嗎？」

「完全沒有。」

「你難道從未想過，為什麼一個在倫敦名聞遐邇的大醫生，會情願困在這種鄉下地方？為什麼他沒事喜歡在三更半夜四處遊逛，還全身盛裝打扮？你從沒覺得哪裡不對勁嗎？」

「沒有，」我自承。「我從來沒有想到會有這樣的事。」

「他本身是個德國人，」白羅仔細地解說，「但是在英國執業多年，所以大家都當他是英國人。其實，他在大約十五年前才歸化為英國籍。是個相當聰明的人……也難怪，是個猶太人嘛。」

「該死的傢伙。」我義憤填膺地脫口而出。

「也不能這麼說，從另一個角度看，我倒覺得他是個愛國份子。想想看，他為他的國家做了多大的犧牲？其實我還挺欣賞他的！」

我無法用白羅這種哲學性思考看待這件事。

「凱文帝斯夫人竟然就是陪著這種人逛遍這裡的鄉里村鄰！」我激動地為她抱不平。

「是呀！我可以想見，他一定發現了她可以好好利用。」白羅說，「只要故意讓村子裡的人把他們兩個的名字聯想到一起，那其他再奇怪的舉動也不會有人注意了。」

「所以你認為他根本就不在乎她嗎？」

我急欲知道答案——在這種情況下，幾乎可說是過於急切了一些。

「這個我當然不敢說，但是……你要聽聽我個人的看法嗎，海斯汀？」

「願聞其詳。」

「那就是：凱文帝斯夫人自始至終不曾對包斯坦醫生動過一絲情愫。」

「你真的這樣想嗎？」我壓抑不住欣喜之情。

「相當確定，而且我還可以告訴你為什麼。」

「為什麼？」

「因為她在意的另有其人，老弟。」

「噢！」

白羅說這話是什麼意思呢？我不由心中一熱，雖然我並不是那種大受女性歡迎的虛榮男子，但我心裡仍然牢記著某些饒有深意的暗示，雖然當時沒有多加注意，但是如今看來，似乎是別有……

何沃德小姐突如其來地闖入，打斷了我陶然微醺的幸福幻想。她慌忙地環顧四周，確定房裡沒有其他人之後，快速抽出一張老舊的牛皮紙，交給白羅，同時模模糊糊交代了一句神祕的話：「在衣櫥上面。」

說完她掉頭就匆匆離開房間。白羅迫不及待地打開牛皮紙，發出了既欣慰又滿意的聲音。他將紙攤平在桌子上面。

「過來一下，海斯汀。告訴我，這個字母是什麼？J還是L？」

這張紙約莫中等大小，滿布灰塵，彷彿是放了有一段時間。引起白羅注意的是它上面的標示。在紙面最上頭，蓋著「麥瑟．派克遜公司」的戳記，那是一間非常出名的戲劇道具供應商；收件人的姓名寫的是（J或L）．凱文帝斯先生，住址是埃塞克斯聖瑪莉鎮史岱爾村史岱爾莊。

「我想應該是T或L。」我研究了一兩分鐘後說，「不可能是J。」

「很好，」白羅狀甚滿意，再次將牛皮紙折疊收好。「我的看法和你一樣，我保證是個L。」

「這是哪裡來的？」我好奇地問，「很重要嗎？」

「還算重要，至少證明了我的一個推測。根據我的推論，這裡應該有這麼一封信才對，所以我就請何沃德小姐幫我找，結果你看，真的被她找到了。」

「她說『在衣櫥上面』是什麼意思？」

「她的意思是，」白羅迅速答道，「她是在衣櫥上面找到的。」

「在衣櫥上面擺這種東西，滿奇怪的。」我甚覺怪異。

「怎麼會奇怪？利用衣櫥上面的空間存放牛皮紙或是紙箱是最好不過了。我自己就是這樣做的，只要排列整齊，看起來一點都不礙眼。」

「白羅，」我等不及問他這個問題。「這件案子你已經心中有底了嗎？」

「是的——我的意思是說，我想我已知道全部的做案過程。」

「哦！」

「不幸的是，我還沒有找到足夠的證據支持我的論點。除非……」

他眼睛倏地一亮，興奮地緊抓我的手臂，拉著我跑過大廳，大聲地用法文大喊：「荳克絲小姐，荳克絲小姐，請你過來一下！」

荳克絲聽到他的呼叫，慌慌張張地從餐具室裡跑出來。

「好荳克絲，我有一個想法——小小的想法——如果證明是對的，就是一個重要的契機。請你告訴我，上星期一——不是星期二，是星期一喔——也就是命案發生的前一天，英格沙普夫人召喚傭人的鈴鐺是不是壞了？」

荳克絲一臉驚奇。

「是的，先生，雖然不知道您是打哪兒聽來的，不過經你這麼一提，我也記起來了，的確是這樣沒錯。我猜一定是老鼠或是害蟲把吊鈴鐺的繩子給咬斷了，不過第二天，工人一大早就來把它修好了。」

白羅一聽之下喜出望外，雀躍不已地回到晨室去。

「你看，外在證據不是關鍵，光是有合理的邏輯就綽綽有餘了！若非那個主角現在還未浮上茴面，不然，眼看著答案一個一個對號入座，是多麼大快人心的事呀。老弟，我現在就像個睡醒的巨人，想盡情奔跑、盡情跳躍。」

而他的確也說到做到，下一刻他便又跑又跳，朝著窗外的草坪手足舞蹈奔馳而去。

「你那個聰明的小個子朋友又在做什麼啊？」

身後傳來熟悉的聲音，瑪莉．凱文帝斯就站在我的後邊。

我回過頭看她，她對我笑一笑，我也跟著微笑。

「他是怎麼回事？」

「天才知道！他問了荳克絲一個關於鈴鐺的問題，她回答了，他高興得不得了，然後你也看到啦，整個人就調皮搗蛋起來了。」

瑪莉咯咯笑了起來。

「太誇張了！你看，他快跑出大門了。他今天還會回來嗎？」

「我不知道，我早就放棄猜測他的下一步是什麼了。」

「他這個人是不是瘋瘋癲癲的，海斯汀先生？」

「老實說，我也不知道。他偶爾看起來真的是很瘋癲，不過瘋歸瘋，有時候，你以為快要拿他沒轍了，卻又會突然發現他瘋得有理。」

「這樣啊！」

儘管臉上堆滿了笑容，但今天早上瑪莉卻顯得心事重重，像是心有千千結，披著一層憂鬱的面紗。我想到，不妨利用現在四下無人的機會，問問她辛西亞去留的問題。我開始自以為婉轉地把話題帶到辛西亞身上，但是還沒說幾句，她就頗不留情地打斷我。

「海斯汀先生，你的口才很好，很具說服力，這點我不否認；但是在這個問題上面，你的才能是無用武之地了，我對辛西亞是絕對不會不講情面的。」

我於是心虛地結結巴巴解釋自己的用意，希望她不會誤會，但是她又一次打斷我，並說了一些話，讓我大感意外，倉皇間，全忘了辛西亞和她的問題。

「海斯汀先生，」她說，「你覺得約翰和我的婚姻幸福嗎？」

我大吃了一驚，然後低聲咕噥了些這不關我的事、我沒有資格回答等等的話。

「不管是不是和你有關，」她出奇平靜地往下說，「我告訴你，我們在一起並不快樂。」

我知道她的故事還沒有結束，遂不發一言地等她繼續。

她在房子裡來回走著，低著頭若有所思，清瘦纖細、柔弱嬌美的體姿，隨著她的步伐緩緩擺動。最後她突然停下腳步，抬起頭看著我。

「你對我一無所知，對不對？」她問，「我是哪裡人？和約翰結婚之前是什麼樣子？這些事你完全沒有概念對不對？這樣吧，讓我從頭告訴你，就當作在向神父告解。你是個好心的人，我想……是的，我相信你是個好心的人。」

不管如何，我並沒有為這番讚語而感到暈暈然，照理說是應該會的，只是上次辛西亞也是用類似的開場白進行她的告白，我還不敢忘記；再者，聽告解的神父莫不是七老八十的耄耄老者，我這個三十出頭的年輕小夥子恐怕還難當重任。

「我的父親是英國人，」她說，「但是我的母親是俄羅斯人。」

「哦，原來如此，這樣我就了解……」

「了解什麼？」

「難怪你全身上下散發著一種異國……與眾不同的情調。」

「我相信我母親是一個很美的女人，不過是不是如此，我也不知道。她在我很小的時候就去世了，我從來沒有見過她。我相信她的死，一定跟什麼悲傷的事有關——說是不小心吃了過量的安眠藥。不論實情為何，她死後，我爸爸可說是傷心欲絕。不久後他便進入了外交部，常常需要奉派出國，而無論他被派到哪裡，我都跟著去，所以到二十三歲時，我幾乎已跑遍了全世界。那真是一段多采多姿的時光，我愛極了那種日子……」她露出甜甜的笑容，頭微微仰起，沉浸在往日美好的回憶之中。「後來，我父親也去世了，我的生活頓時陷入困境，所以被迫寄居在約克夏郡的幾位老姑姑家。」想到這裡，她打了個冷顫。「你應該能體會到，對一個正在成長中的女孩來說，那是一個多麼無望、悲慘的環境，生活空間狹小、死氣沉沉、枯燥乏味，讓我窒息到幾近崩潰。」她喘一口氣，換上另一種語氣。「然後我就遇到了約翰．凱文帝斯。」

「後來呢？」

「你一定猜得到，我姑姑一看到約翰，立刻認定他是不折不扣的金龜婿。不過我可以坦誠地告訴你，我冀盼的卻是另外一件事——是的，他只是一個出口，可以讓我逃離那段單調乏味的生活。」

我靜靜地看著她。停了一會兒後，她繼續往下說：「不過別誤會我欺騙了約翰。我對他毫無隱瞞，我告訴他我很喜歡他——這是真的——我也希望以後能跟他培養更深的感情，但是我很清楚我不是『愛』上他了；而他說那樣他就滿足了。所以，我們就結婚了。」

接下來，她停了很長一段時間，眉頭略微緊蹙，正努力回憶著往日的時光。

「我想……我可以確定……一開始他是很愛我的，但是我們相處得並不融洽，所以沒多久，兩個人就貌合神離，他……這麼說雖然有損自尊，卻是不爭的事實——他對我很快就厭倦了。」我大概不經意發出了異議，她馬上回應道：「哦，真的，他是對我厭倦了！不過現在這些都無關緊要了，我們已經走到非做選擇不可的關卡上。」

「你的意思是——」

「我是說，我不會繼續留在史岱爾莊。」她平靜地回答。

「你和約翰都不會繼續留在這裡？」

「約翰可能會繼續住在這裡，但是我不會。」

「你要離開他？」

「是的。」

「可是，為什麼呢？」

她想了很久，最後開口道：「也許……因為我想要自由吧！」

自由，當她說到自由時，我的心中浮現一片廣袤無垠的空間、人煙罕見的原始森林，還有蠻荒未墾的大漠邊疆……在這一瞬間，我終於了解到，像瑪莉這般真性情的女人，她所企求的自由是什麼。真正的她，驕傲不羈的她，彷彿是林間野生的雀鳥，永遠不可能被文明所馴化。她開始喃喃自語，自唇邊流出陣陣呢噥。

「你不了解，你無法了解，這令人生厭的地方，簡直就是監禁我的牢獄。」

「我了解，」我出言安撫她。「不過……千萬不要太衝動了。」

「衝動？」她幾近挖苦地嘲弄我。

不知道那根筋不對勁，我竟然說了一句讓我恨不得咬斷舌頭的話。

「你知道包斯坦醫生被抓了嗎？」

她的臉色一變，似是罩上一層冰冷的面具，封鎖住所有的表情。

「約翰今早已經不嫌麻煩地告訴我了。」

「你覺得如何？」我心虛地問她。

「什麼如何？」

「他被捕這件事？」

「你說我該感覺如何？顯然他是個德國間諜，就像園丁告訴約翰的那樣啊。」

她的言詞冷淡，毫無任何情緒反應。她究竟是在乎還是不在乎？

她向旁邊挪了一兩步，指著一個花瓶說：「這些花都不新鮮了，我要重新插過。借過好嗎？謝謝你，海斯汀先生。」

她一聲不吭地從我身邊走過，向我點一下頭便跨過窗戶，態度冰冷。

她一定是不在意包斯坦醫生，我不相信有任何女人可以偽裝得這麼漠不關心。

次日，白羅沒有出現，蘇格蘭警場的人也突然不知去向。到了午餐時間，出現了一個新的證據——或許應該說是不成證據的證據。白羅和我一直在設法尋找英格沙普夫人被害前一天晚上寫的第四封信，但是至今苦無任何消息，由於屢試屢敗，後來乾脆放棄尋找，希望有一天那封信能自己出現。結果這天果然有了眉目。郵差第二次送信到史岱爾的時候，帶來了一封法國唱片公司的信函，信裡面表示收到了英格沙普夫人的支票，但是他們很抱歉，一直找不到她指名要的俄羅斯民族音樂專輯。所以想要藉著英格沙普夫人那晚寫就的信函來破案，至此可以宣告放棄。

我在喝下午茶前到白羅的住處，想通知他這個令人沮喪的消息，但到那裡以後，卻發現他又出門去了，這令我十分不悅。

「又到倫敦去了？」

「哦，不是，先生，他坐火車到泰敏斯特去了。『去拜訪一位年輕女士工作的藥局。』他說。」

「愚蠢的傢伙，」我破口罵出。「我告訴過他，星期三她不上班的嘛，真是的！請你轉告他，要他明天早上過來找我們好嗎？」

「沒問題，先生。」

又過了一天，白羅還是不見蹤影，我再也按捺不住怒氣，他這樣簡直是不把我們看在眼裡嘛！午餐過後，勞倫斯把我拉到一旁，問我是不是要去找白羅。

「沒有，而且也沒有必要。如果他想見我們，自然就會出現。」

「哦……」

勞倫斯態度有點曖昧，他急切又緊張的神情，引起了我的好奇。

「有什麼事嗎？」我問：「如果重要的話，我還是可以走一趟。」

「也沒什麼啦，只是……如果你準備過去，能不能順便告訴他……」他沉聲耳語道，「我想我找到另外一個咖啡杯了！」

這段謎一般的話語我早就忘到九霄雲外去了，如今勞倫斯再度提起，又燃起了我的興趣。勞倫斯不願多做解釋，於是我決定暫時拉下臉來，再到李斯威小屋去找白羅。

這回應門的人笑著歡迎我進去，說白羅先生正在裡面。我要上樓去嗎？我依著她的話便上樓去了。

他坐在桌子旁，頭埋在手掌中，聽到我進門的聲音，霍地起身。

「怎麼啦？」我關心地問著，「你不會生病了吧？」

「沒有，沒有，我沒有生病，只是在考慮一件很嚴重的事情。」

「難不成是在考慮要不要去抓凶手？」我開玩笑地捉弄他。

不過，大出我意料的，他竟沉重地點點頭。

「『該說還是不該說，』就如你們的大文豪莎士比亞的名言，『是個惱人的問題。』」

我根本懶得去糾正他引錯了句子。

「你不是說正經的吧，白羅？」
「我是再正經不過了。只是這件棘手的問題，可謂牽一髮而動全身……」
「是什麼事這麼重要？」
「事關一位女士的終身幸福，我的朋友。」他語重心長地說。
我不知道該如何回應。
「事情已經到了最後關頭，」白羅慎重說道，「但我還拿不定主意。因為，你也看得出來，這是一場高風險的豪賭，可是除了我赫丘勒．白羅之外，也沒人有膽子扛下來了。」
他說著驕傲地拍著胸膛。為了不破壞他高昂的興致，我刻意等了好幾分鐘，然後才轉告他勞倫斯說的話。
「啊！」他又驚又喜。「他畢竟是找到另外那個咖啡杯了。太好了，這證明他比外表看起來的還要聰明，好個愛擺臭臉的勞倫斯！」
雖然我並不認為勞倫斯的聰明才智有多高，但我忍住不去跟他鬥嘴，只是趁機稍微責怪他忘了我的提醒，在辛西亞休假的時候才去拜訪她。
「這倒是，我的腦袋瓜就像個篩子，這邊進那邊出的。還好，有一位辛西亞的女同事非常熱心地招待我，她不忍心讓我失望，很親切地為我介紹每樣東西。」
「哦，這樣就好，不過改天，你還是應該找時間到那裡和辛西亞喝一頓下午茶。」
後來，我又告訴他有關那封信的事。

「真遺憾，」他失望地表示，「我對那封信抱有很大的期望。不過，不打緊了，這件案子全得靠這裡面的東西來破解。」他用食指敲敲前額。「這些灰色腦細胞，『全仗它們了』——套句你們常說的話。」突然間，他的話題一變：「老弟，你會不會辨識指紋？」

「不會。」我說，被他突如其來的問題嚇了一跳。「我知道天底下沒有兩個相同的指紋，不過我的常識就到此為止。」

「那倒是。」

他打開一個上了鎖的抽屜，拿出幾張相片，放在桌上。

「我都標了號碼，一、二、三張，你可以分別描述一下嗎？」

我仔細端詳這些印著指紋的照片。

「這些都是放大過的指紋，第一張看起來像是男人的指紋，是大拇指和食指；第二張是女性的，外型小很多，和第一張截然不同；第三張……」我頓了頓。「上面有許多紋路交叉重疊，但是可以肯定和第一張的完全一樣，應該是同一人的。」

「這一個是不是蓋在其他指紋上面？」

「沒錯。」

「這兩個指紋完全一樣？不會看錯？」

「沒錯，一模一樣。」

白羅點點頭，收起這些照片，鎖到抽屜裡去。

「我猜，」我對他說，「你這次還是不想對我做什麼說明吧？」

「剛好相反，聽好了：第一張是勞倫斯先生的指紋，第二張是辛西亞的指紋。拿他們的指紋只是為了做比對，沒有什麼重要。至於第三張就不單純了。」

「怎麼說？」

「看得出來，這張指紋放大了數倍，而且你應該已經注意到，上面滿布著模糊不清的指紋。至於我用的工具，像是小刷子和滑石粉之類的，我就不多做解釋了，警察都會這種技巧，它能夠在很短的時間內取得留在任何物品上的指紋。這三張指紋你都看過也比對過了，它們除了告訴你指紋是誰的之外，還可以告訴你，這些指紋是留在哪樣東西上面的……」

「別賣關子吧，我開始興奮了！」

「好！那第三張指紋，是從一個小瓶子上面採下來的，這個瓶子就放在泰敏斯特紅十字醫院專屬藥局的毒藥專櫃最上層——怎麼樣，是不是豁然開朗，恍然大悟？」

「天啊！」我忍不住叫出聲來。「勞倫斯．凱文帝斯的指紋怎麼會印在那個瓶子上？況且，上次我們一起去的時候，他根本沒有靠近過那個櫃子。」

「噢，有，他靠近了。」

「不可能！我們從頭到尾都在一起。」

白羅搖搖頭。

「不對，老弟，有一段時間你們沒有在一起，也不可能在一起，否則你們就沒有必要招呼他到陽台上來了。」

「哦，這我倒是忘了。」我承認道，「但是這段時間不會太長。」

「雖然不長，但也夠了。」

「夠做什麼呢？」

白羅神祕兮兮地朝著我笑。

「長到足以讓一個曾經念過醫科的人，到藥櫃裡去重溫舊夢。」

我們四目相對，白羅說著說著站起身來，哼著小調；我看著他，滿腹狐疑。

「白羅！」我乾脆直接問他。「那個小瓶子裡裝的是什麼？」

他對著窗戶眺望遠方。

「氯化氫番木鱉鹼。」他轉過頭說著，繼續哼他的小調。

「天啊！」我叫嘆道，其實這個答案呼之欲出，早就在我心中盤旋了。

「醫院裡很少用到純的氯化氫番木鱉鹼，偶爾才會拿出來配藥，那是需要經過行政當局批准才能使用的物質。用在一般藥品上的是另外一種溶液，叫作番木鱉鹼氯化氫溶液，這也是為何經過那麼久，他的指紋還能留在上面的原因。」

「你是如何弄到得這些指紋樣本的？」

「我故意把帽子掉到陽台下面，」白羅簡單說明道，「那間醫院規定，訪客在那段期間不准到下面去，禁不住我再三的抱歉，辛西亞小姐的同事就下樓去幫我撿帽子了。」

「當時你已經知道要找什麼了嗎？」

「沒有，完全沒有概念。我只是從你的敘述中，推斷勞倫斯可能動過那個毒藥專櫃。我想要證實他有沒有這樣做。」

「白羅，」我說，「別裝出一副若無其事的樣子，你騙不過我的，這是個重大發現呀！」

「我也不清楚它重不重要，」白羅應道，「不過我倒是發現了一件事，我相信你也應該注意到了。」

「是什麼？」

「你不覺得這個案子牽扯到太多番木鱉鹼了嗎？這已經是第三次了。英格沙普夫人的補藥裡有番木鱉鹼；聖瑪莉史岱爾莊的藥房店員麥斯賣出的也是番木鱉鹼；現在又冒出新的番木鱉鹼，而且和某個被害人家屬有關……情況太混亂了，而你也知道，我最痛恨的就是混亂。」

我還來不及回答，另一個比利時人就開門探頭進來。

「樓下有位女士要找海斯汀先生。」

「一位女士？」

我從椅子上跳起來，白羅隨著我往樓下走去。站在門口的是瑪莉·凱文帝斯。

「我到村子裡拜訪一位老太太，」她說明來訪的原委。「勞倫斯告訴我你在白羅先生這邊，所以我就順道過來打個招呼。」

「你好，夫人。」白羅說道，「我還以為你大駕光臨是專程來看我的呢！」

「如果你現在邀請我，我下次一定來。」她笑著允諾道。

「那太好了。如果你需要找個人告解，夫人，」（她略感驚訝。）「記住，白羅老爹隨時在此恭候。」

她瞪著他足足有數分鐘之久，似是要弄清楚他是否話中有話，不過，最後她還是倏地轉過身去。

「來吧，你也和我們一起走回去吧，白羅先生？」

「樂意之至，夫人。」

走在返回史岱爾莊的路途中，瑪莉情緒激昂地說個不停，我覺得，她對白羅銳利的眼光似乎頗為忌憚。半路上天氣驟變，陣陣銳風有如秋風般凜烈。瑪莉冷得開始打哆嗦，於是將黑色獵裝外套再扣緊一點。強風穿過林間樹梢發出嗚嗚悲鳴，彷彿是大巨人在沉聲哀嘆。

才一走進史岱爾莊的大門，我們就感覺到事態不對，像是家裡出事情了。

荳克絲哭著從裡面向我們跑來，兩隻手不停扭絞；其他的傭人也全擠成一堆，不斷地交頭接耳、張張望望。

「噢，夫人，噢，夫人，我不知道該怎麼說……」

「究竟是怎麼回事，荳克絲？」我煩躁地催著她回答，「快告訴我們。」

「都是那些壞警察，他們把他帶走了……把凱文帝斯先生抓走了！」

「勞倫斯被捕了？」我緊張得幾乎喘不過氣來。

荳克絲不解地看了我一眼。

「不是的，先生，不是勞倫斯先生——是約翰先生！」

在我身後的瑪莉，瞬時爆出一聲驚呼，接著便軟綿綿地直向我倒來，我趕緊轉了身子將她攬住；奇怪的是，這時，我竟看到白羅眼中洋溢著平靜的喜悅。

11 起訴

兩個月後，「約翰．凱文帝斯弒母案」第一次開庭。

這段期間，值得著墨的事情不多，或可一提的只有瑪莉。瑪莉堅決站在丈夫這一邊，力斥各方對約翰涉嫌本案的指控，並且四處奔波打探，全心全意為他而奮戰；她的勇氣與精神，令我感到由衷的同情和欽佩。

我把自己對瑪莉的觀感告訴白羅，他也深有同感地點頭表示：「是呀，她就是那種患難見真情的女子，她讓我們見識了世間最純美真誠的美德，她拋開自己的自尊與妒意……」

「妒意？」我不解他為何如此說。

「是啊！你不知道她是個十分善妒的女人嗎？不過就如我說的，她已經走出了尊嚴和嫉妒的枷鎖，此時此刻，她心中唯有約翰，還有他危在旦夕的生命！」

白羅充滿感情地說著，我認真地看著他，想起那天下午他埋頭掙扎該說不該說的那件事。當時他考量的，不就是「一位女士的終身幸福」嗎？我很替他高興，因為現在已經不必由他親自處理這個棘手的問題。

「即使到了現在，」我對他說，「我還是不敢相信案子是約翰做的。你知道嗎，到了他被捕的前一秒鐘，我還懷疑是勞倫斯下的毒手。」

白羅露齒笑道：「我了解。」

「但是約翰……怎麼會是我的老友約翰呢！」

「所有的殺人兇手，大概都有一些老朋友吧。」白羅語重心長地講道，「可是我們還是不能讓情感蒙蔽了理智。」

「不過，我仍舊覺得，當初你應該給我一些暗示的。」

「或許吧，老弟，就是因為你和約翰是多年好友，我的口風才那麼緊。」

想到我曾經急著向約翰透露白羅對包斯坦醫生的看法，心中就覺得忐忑不安。包斯坦醫生的間諜案因為事證不足已經宣告無罪了，他雖然僥倖逃過一劫，而且也不見他表示悔意，但是經此審判，他今後在社會上也不可能再有什麼作為了。

我問白羅，約翰會不會被定罪。答案令我震驚，他說正好相反，他極有可能無罪開釋。

「可是白羅……」我意欲反駁。

「唉，老弟，我打從一開始就不斷告訴你，我還沒有找到確切的證據。知道一個人有罪是一回事，要證明他有罪又是另外一回事。就這件案子而言，我們手中握有的證據可說是少得可憐。這就是癥結所在。我，赫丘勒．白羅當然心中有數，但就是缺乏最後那一塊拼圖。除非我能找到那塊遺失的拼圖……」他嚴肅地搖搖頭，停了下來。

「你第一次懷疑約翰．凱文帝斯是在什麼時候？」過了一會兒我問他。

「你從來沒有懷疑過他嗎？」

「老實說，沒有。」

「你曾無意中聽到凱文帝斯夫人和她婆婆的對話，但她在驗屍審訊上刻意隱瞞這件事，這沒讓你起疑嗎？」

「沒有。」

「如果把兩件事串起來看，你想，可不可能那天和英格沙普夫人吵架的不是阿福烈德——你應該記得他矢口否認——而是約翰和勞倫斯呢？假若是勞倫斯，那她在庭上的行為確是很難解釋；但如果那個人是約翰，那當然就說得過去了。」

「原來如此，」我叫道，頓然醒悟。「那天下午和夫人吵架的人是約翰？」

「正確答案。」

「而你一開始就知道了？」

「當然啦，否則凱文帝斯夫人的行為就難以解釋了。」

「但是你還是認為他的謀殺罪可能不會成立？」

白羅聳聳肩膀。

「沒錯。我判斷這件案子會在初審法庭提起公訴，但約翰的律師一定會建議他暫時保留抗辯權，等到進入正式審判再全面反擊。對了，我得先警告你，這個案子我不能出面。」

「什麼？」

「是的。若論及權限的問題，我和這件事其實一點關係都沒有；而且就算我找到了最後那片拼圖，我還是只能隱身幕後。我要讓凱文帝斯夫人以為我是在幫她丈夫的忙，而非找他的罪證。」

「這樣做不會有點卑劣嗎？」我反對道。

「話不能這麼說，你要知道，我們面對的是一個聰明絕頂而且狂妄囂張的凶手，所以一定要慎用我們的優勢，不然他很容易就會逃出我們的手掌心。這也就是我一直刻意保持低調、不願出面的原因。所以，本案所有的發現都會宣稱是來自傑派的偵查，所有的功勞也全將歸功於他。要是法院傳喚我出庭……」他大笑。「我可能還是辯方指定的證人呢！」

我簡直不敢相信自己的耳朵。

「這很合乎事實，」白羅接著說，「因為，說來很諷刺，我可以提供一項證物，完全推翻檢方的某項論據。」

「什麼論據？」

「關於遺囑被焚毀的推論。約翰並沒有焚毀它。」

白羅果然料事如神。在初審法庭上，他們只是在重複上次審訊的問題，過程無聊至極，無庸多言；我在這裡只需簡單交代一下結果：約翰．凱文帝斯沒有提出任何答辯，於是案子直接交付地方法院。

到了九月，史岱爾莊的一大家子全部移師到倫敦，瑪莉在肯辛頓區租了一間大房子，白羅也應邀一起同住。我的假期則已經結束，被奉派到作戰指揮部工作，它的辦公室也設在倫敦，所以仍然經常和他們見面。

幾個星期過去了，白羅的不安情緒與日俱增，因為他尋找的「最後一塊拼圖」依舊未現身。我私心盼望一切得以保持現狀，因為如果約翰未能順利開釋，瑪莉何來終身幸福可言？

九月十五日，約翰．凱文帝斯第一次坐在倫敦法院的被告席上，罪名是「故意謀殺艾蜜莉．愛格妮絲．英格沙普」；他提出的答辯是「無罪」。

約翰的辯護律師是鼎鼎大名的王室法律顧問俄尼斯特．黑威勒爵士。

審判開始時，由也是王室法律顧問的菲利普檢察官代表提出控訴，率先說明案情。

他說，英格沙普夫人謀殺案是一場經過精心策畫、泯滅天良的冷血殺人事件；是一個天性善良、熱心待人的繼母，遭視如己出的繼子設計毒殺的案子。被告自小在死者的呵護關照下成長，成年後仍與妻子住在史岱爾莊過著優沃舒適的生活，並接受繼母無微不至的關愛與照顧。她對他們慷慨大方、仁慈親愛，較之親生母親過之而無不及，比之為恩人亦不為過。

檢方繼續說明，他將傳喚一干證人，證明被告平常如何揮霍無度，最後走到油盡燈枯瀕臨破產的邊緣；又是如何不知檢點，與鄰居農婦萊克斯夫人私通苟合，結果姦情東窗事發，被英格沙普夫人所悉。她在被害身亡的前一天下午，曾經當面質問被告，結果兩人發生齟齬，爭吵的部分內容曾碰巧被人聽到。此外，在和繼母發生爭執的前一天，被告曾到村子裡的藥房購買番木鱉鹼，卻偽裝打扮成另一特定對象，蓄意嫁禍於他，此人即是備受家人嫉怨的英格沙普先生。所幸，英格沙普先生自己提出了無懈可擊的不在場證明。

檢察官接著說，七月十七日下午，英格沙普夫人與繼子發生嚴重衝突後，旋即立下了另外一份新的遺囑，唯翌日清晨時，遺囑已被人發現焚毀於死者臥室的壁爐中。但根據已知的證據顯示，那份新遺囑的內容對於英格沙普先生較為有利。事實上，被害人在結婚前就寫過一份對英格沙普先生有利的遺囑（菲利普先生誇張地晃著食指），但是被告並不知情。至於死者為什麼要在舊遺囑仍未佚失的情況下另立新的遺囑，檢察官沒有明確的解釋，只是推判被害人或許因為年事已高，忘記婚前曾經立過遺囑；或者是因為她曾和別人討論過這個問題（他認為這個可能性更高），獲知再婚後會使婚前的遺囑失效，有必要另行重寫——對此他特別聲明，一般女性普遍缺乏法律常識。此外，她在一年以前曾經立下一份有利於被告的遺囑。檢方將提出具體證據，證明被告在死者去世當天晚上，親自把咖啡端給繼母，後來又藉機進入繼母房中，伺機將新的遺囑丟入壁爐中焚毀，設想如此可以讓有利於他的那份遺囑成為唯一具有正當性的遺囑。

檢察官又表示，在警方蒐證的過程中，傑派探長——一位優秀傑出的警官——在被告的臥室中找到一個小藥瓶，那個藥瓶與命案前一天從藥房中出售的番木鱉鹼藥瓶一模一樣，就是這個關鍵證據，讓警方有足夠理由逮捕被告。檢察官要求陪審團成員判斷這些事實是否足夠證明被告有罪。

他最後技巧地暗示，他不相信陪審團會否決這項指控。然後菲利普先生便回到座位上，用手拭去額頭上的汗水。

檢方的主要證人大都在驗屍審訊中作證過，醫方的證據再次首先上陣。

約翰的辯護律師俄尼斯特·黑威勒爵士，在英國向以威嚇證人的強勢作風聞名，他只提出兩項質疑。

「包斯坦醫生，根據我的理解，番木鱉鹼的毒性發作很快，對不對？」

「是的。」

「而你無法解釋為什麼本案被害人毒發身亡的時間拖得這麼久，是不是？」

「是的。」

「謝謝你。」

麥斯在法庭上當場指認警方搜到的藥瓶，就是售給「英格沙普先生」的藥瓶。在進一步逼問下，他也坦承和英格沙普先生並不認識，沒有說過話，而且只有一面之緣。辯方就此沒有再提出任何問題。

檢方接著傳喚阿福烈德·英格沙普，他在庭上否認曾經購買番木鱉鹼，否認曾經和妻子發生爭執，檢方又傳喚了幾個證人證明他所言不虛。

檢方再度傳喚園丁出庭指證他們曾在英格沙普夫人的新遺囑上簽名；然後傳喚荳克絲出庭。

荳克絲對她口中的「少爺」忠心不二，極力否認她聽到的爭吵聲是約翰的聲音；相反地，她言之鑿鑿地說那天和夫人在房裡吵架的人，就是英格沙普先生。我看到坐在被告席中的約翰臉上露出一絲無奈的苦笑，他深知她這番力挽狂瀾之舉，恐怕根本是於事無補，因為辯方並不打算在這點進行反擊。另外，根據法律規定，凱文帝斯夫人可以拒絕出庭提供不利先生的證詞，所以檢方並沒有傳喚她出庭。

檢察官問了荳克絲幾個問題之後，話鋒轉到另外一個方向。

「你記不記得在六月底的時候，曾經收到一個由派克遜公司寄給勞倫斯・凱文帝斯先生的包裹？」

荳克絲搖頭表示不知。

「我不記得了，先生。可能有，但是六月時，勞倫斯先生曾經離家一陣子。」

「如果他不在家的時候有包裹寄給他，你們會怎麼處理？」

「直接將包裹放到他房裡，或是轉寄給他。」

「由你處理嗎？」

「不是的，先生，我只負責把信件和包裹放到大廳的桌子上面，何沃德小姐會決定該如何處理。」

接下來由何沃德小姐出庭，檢方依舊先問其他事情，最後才請她回答包裹的問題。

「不記得了，家裡包裹很多，不可能特別記得哪一個。」

「你不記得是轉寄到威爾斯給勞倫斯先生，或是放到他的房裡去了？」

「應該不會是轉寄給他，如果是的話，多少會有印象。」

「假設你收到一個寄給勞倫斯・凱文帝斯先生的包裹，可是後來不見了，你會特別記得它不見了嗎？」

「不會，我會以為是其他人順手處理掉了。」

「何沃德小姐，據我所知，這張黃色的牛皮紙是你找到的，是不是？」

他舉起那張白羅和我在晨室中研究過的髒牛皮紙。

「沒錯，是我找到的。」

「你怎麼會想去找這張牛皮紙？」

「我們請來調查這件案子的比利時偵探要我去找的。」

「你是在哪裡找到的？」

「在……在一個衣櫥上面。」

「是不是在被告的衣櫃上面？」

「我想是的。」

「難道不是你自己找到的嗎？」

「是我找到的。」

「那你應該很確定是在哪裡找到。」

「是的，是在被告的衣櫥上面找到的。」

「這樣就對了。」

專門販賣戲劇用品的派克遜公司也派出一位助理出庭，證明六月二十九日他們曾按照客戶的要求，寄了一副假鬍鬚給一位L·凱文帝斯先生，客戶是以郵件訂購的，信封裡面裝了一張匯票；沒有，他們沒有保留那封來函，不過處理流程還是可以從公司的記錄簿上查出來。他們是將鬍子寄到史岱爾莊，收件人是L·凱文帝斯先生。檢方問完話後，俄尼斯特·黑威勒爵士笨重地站起來。

「那封信是從哪裡寄來的？」

「從史岱爾。」

「那也就是你寄發包裹的地址？」

「是的。」

黑威勒像猛鷹撲雀般傾壓而下。

「你怎麼知道地址是一樣的？」

「我……我不了解你的問題是什麼。」

「你怎麼知道那封信是從史岱爾寄來的？你有注意看郵戳嗎？」

「沒有……但是……」

「你根本沒注意看郵戳，卻信誓旦旦說它寄自史岱爾。說不定，上面蓋的根本是另外一個地方的郵戳，對不對？」

「是……的。」

「事實上，那封信的地址雖然是寫在制式信封上，但它也可能是從史岱爾以外的地方寄出的，比如說威爾斯，是不是？」

證人承認那也有可能，俄尼斯特爵士表示結束質詢。

史岱爾莊裡排行第二的女傭伊莉莎白．魏爾斯，在法庭上陳述，她當晚上床之後才想到自己忘了英格沙普先生出門前交代她不要門門，而之前她已習慣性地將大門上了門閂，所以又起身下樓去把門閂打開。上樓後，她聽到大宅右翼有一些聲音，於是走到走廊上偷瞄了一眼，看到約翰．凱文帝斯先生在敲英格沙普夫人臥室的門。

俄尼斯特．黑威勒爵士問的問題不多，但是出口毫不留情，咄咄逼人，欺得她連連自相矛盾後，他才帶著欣慰的笑容回到座位上。

當天檢方傳喚的最後一個證人是安妮，她說自己目睹被告端著咖啡進入夫人房中，還隔天發現地上有不明來歷的融蠟痕跡。最後法官下令暫時休庭，明日再審。

回到租屋後，瑪莉．凱文帝斯嚴厲地批評檢察官。

「那個可恨的人，分明是有意設下圈套陷害約翰！他在法庭上根本就是存心曲解證據，混淆是非。」

「明天的情況就會不一樣了。」我安慰她說。

「沒錯！」她沉吟道，然後突然降低了音量問我：「海斯汀先生，你該不會認為是……當然不會是勞倫斯，那絕對不可能！」

其實我自己也是備感困惑，所以一等有機會和白羅獨處時，我便迫不及待地問他，俄尼斯特爵士目前的策略有何目的。

「哈！」白羅頗為讚賞地表示，「那個俄尼斯特爵士，的確是個聰明人。」

「你覺得，他是不是認為勞倫斯才是真正的凶手？」

「他才不在乎誰有罪、誰沒罪，他只是想讓陪審團產生混淆，分化他們的意見，讓他們對凱文帝斯兄弟各持看法。他一心想製造假相，讓不利於雙方的證據看起來一樣多；而且他很有可能得逞。」

第二天開庭時，檢方首先傳喚的是傑派探長，他簡短地說明警方蒐集到的證據，然後述及案情的進展，講道：「接獲線報之後，索摩黑警官和我便決定趁被告不在家時，到他房裡搜索。結果在他五斗櫃裡的內衣下面，我們發現了一個很類似英格沙普先生戴的金邊夾鼻眼鏡，」檢方將那個夾鼻眼鏡公開展示一番。「然後又找到了這個小藥瓶。」

藥瓶先前已經過藥房的麥斯指認，是一個藍色的玻璃瓶，裡面還殘留著一小撮白色的結晶體，瓶子上面標示著：「氯化氫番木鱉鹼，有毒物質。」

他接著展示了一個在初審法庭之後才找到的新證據，那是一張長方形、幾乎全新的吸墨紙，是從英格沙普夫人的支票簿之中找到的，上面的字跡可以用鏡子的倒影明顯地看出來：「……我死後所有的財產，都留給我心愛的丈夫阿福烈德．英……」這項證據無可爭辯地證明了，英格沙普夫人生前立下的最後一份遺囑，對死者的先生有利。傑派後來又陸續拿出在壁爐中發現的那個焦黑紙片、在閣樓中找到的假鬍子，並結束了警方的證詞。

但是俄尼斯特爵士的詰詢好戲才剛剛開始。

「你是哪一天去搜索被告的房間的？」

「星期二，七月二十四日。」

「也就是在命案發生後一個星期才去的？」

「是的。」

「你說你是在五斗櫃中找到這兩個證據的，那是否表示抽屜沒有上鎖？」

「是的。」

「一個殺了人的凶手，把犯案的證據放在一個沒有上鎖的抽屜之中，以便讓任何人都可以輕易找得到——你不覺得奇怪嗎？」

「他可能是在倉皇中臨時藏進去的。」

「可是你剛才明明說是一個星期以後的事了，他大可從容地把東西帶到別處銷毀。」

「或許吧。」

「『或許』不是答案。他究竟有沒有時間將這些東西帶到別處銷毀？」
「有。」
「壓著這些東西的內衣質料厚不厚？」
「還滿厚的。」
「換句話說，那就應該是冬天穿的內衣，現在是夏天，被告應該不會去動那個抽屜才對，是不是？」
「也許不會。」
「你好好回答我的問題。被告有沒有可能在盛夏的大熱天裡，去動一個放著冬季內衣的抽屜？有，或是沒有？」
「沒有。」
「如果這樣，那麼你搜獲的證據，有沒有可能是第三者蓄意放在那裡的，而被告本身並不知情？」
「我覺得可能性不高。」
「但是有可能？」
「是的。」
「我沒有問題了。」
檢方後來又提出更多證據，例如被告七月時發現自己已坐吃山空、左支右絀；例如他和萊克斯夫人私通款曲——可憐的瑪莉，她的自尊心一向最強，聽到這些話真是情何以堪。伊薇．何沃德的看法一直是對的，但由於她對阿福烈德．英格沙普的憎恨太深，便錯以為出現外遇的是他。

檢方接著傳喚勞倫斯．凱文帝斯出庭。他以一貫低沉的聲音回答菲利普先生的問話，他說自己並未在六月的時候向派克遜公司訂購任何物品，何況六月二十九日當天，他人根本不在史岱爾，而是到威爾斯去了。

檢方問話甫畢，俄尼斯特爵士鬥志昂揚的下顎便馬上向勞倫斯推去。

「你否認曾在六月二十九日向派克遜公司訂購一個黑色的鬍鬚？」

「我否認。」

「好！假設你的哥哥發生任何不幸，誰會繼承史岱爾莊？」

這個沒有人性的問題，讓勞倫斯原本蒼白的臉色，倏然脹紅起來，法官也臉色不豫地哼了一聲，連被告都忍不住向前傾身，露出憤憤不悅的表情。

但是，黑威勒爵士完全無視於委託人的反應。

「請回答我的問題！」

「我猜，」勞倫斯靜靜地回答，「應該是我吧。」

「你說你『猜』是什麼意思？你的哥哥又沒有子嗣，你『就是』下一順位的繼承人，是不是？」

「是的。」

「哦，這樣就對了。」黑威勒爵士色荏內厲地繼續往下追問。「而且，你還可以繼承到一大筆金錢對不對？」

「俄尼斯特爵士，」法官抗議道，「這些問題與本案無關。」

俄尼斯特向法官鞠一個躬，繼續放出冷箭。

「七月十七日星期二，你和另一位朋友到泰敏斯特紅十字醫院的藥局去了，是不是？」

「是的。」

「你曾不曾趁著四下無人的時候，打開毒藥專櫃，而且檢視其中的藥品？」

「我……我……可能有吧。」

「我想你的意思是『有』？」

「是的。」

俄尼斯特爵士忙不迭再送上一箭。

「你是不是動手檢查了其中一個特殊的藥瓶？」

「沒有，應該沒有才對。」

「小心回答我的問題，我指的是一個裝有氯化氫番木鱉鹼的小瓶子。」

勞倫斯的臉色轉為慘綠。

「沒……有……我確定沒有。」

「如果沒有的話，你如何解釋藥瓶上面竟會留下你個人的指紋？」

辯方律師蠻橫的態度顯然制伏了一個虛弱的神經。

「我想……我想我可能曾經拿過那個瓶子吧。」

「我也這麼認為！你有沒有從瓶子裡拿了什麼東西？」

「當然沒有。」

「既然沒有，為什麼去碰那個瓶子？」

「我念過醫學院，所以對這些東西自然會產生基本興趣。」

「哦，所以你對毒物抱有『基本興趣』，對吧？但是你為什麼要等到四下無人的時候，才去滿足你的興趣？」

「應該說是時間碰巧而已，如果其他人在場，我還是可能拿起來看的。」

「不過，你動手的時候就是沒有人在場？」

「是沒有，可是……」

「事實上，你在那裡待了整個下午，只有幾分鐘的時間落單而已，但是碰巧——我是說碰巧喔，就在那一兩分鐘的時間內，你才去表現自己對氯化氫番木鱉鹼的『基本興趣』？」

「我……我……」勞倫斯結結巴巴的一副可憐像。

帶著滿足而意味深長的表情，俄尼斯特爵士說道：「我沒有其他問題了，凱文帝斯先生。」

這次的交叉質詢在法庭中引起很大的騷動，在場許多衣著新潮的女士們交頭接耳地互換心得，她們的耳語匯集成一股鬧哄哄的嘈雜聲，令法官大為不滿，揚言大家若是不能立刻安靜下來，就要請法警清場了。

檢方接著又傳喚幾個筆跡專家出庭作證，對於藥房登記簿中那個「阿福烈德・英格沙普」的字跡，他們全部表示不是出自於英格沙普的手筆，而且判斷很有可能是被告簽下的。但是在交叉質詢當中，他們也承認，可能是另有其人模擬被告簽名的手法，故意偽裝的。

接下來，便是俄尼斯特・黑威勒爵士發表辯方的開場白了。他的說明不長，但是字字鏗鏘有力，擲地有聲。他說他執業多年，這是第一次遇到檢方只是掌握一些旁證，就提出謀殺罪的控訴，它們不但全是間接證據，而且大部分都是無法證明控訴的論據。他請檢方要拿出一些經過判斷而且憑良心篩選過的證據出來。例如，警方在被告房裡找到的番木鱉鹼，就如他先前強調過的，是放在一個沒有上鎖的五斗櫃裡，他說那非但完全不能證明是被告自己藏在那裡的，反而大有可能是惡意的第三者故意嫁禍於他的。此外，檢方也提不出一個有力的證據支持自己的論點，以示正是被告向派克遜公司訂購那個假鬍子的。至於被告和繼母之間就算曾經發生爭執，但這件事或是被告財務失衡的嚴重性，都被渲染太過了。

他說他那位學識淵博的朋友（俄尼斯特爵士輕蔑地向菲利普先生點點頭）指陳說，如果被告問心無愧，那麼在驗屍審訊上，他就應該跳出來主動坦承和英格沙普夫人發生爭執的人是他，不是英格沙普先生。關於這點，爵士認為檢察官顯然是曲解了事實，因為事實上，被告星期二晚上回家的時候，全家上下都告訴他英格沙普夫婦大吵了一架，被告根本想不到那是因為大家沒分清楚他和英格沙普先生的聲音而產生的誤會，所以自然認為繼母當天下午分別和兩個人吵過架。

檢方另外還指證，被告在七月十六日星期一曾伴裝成英格沙普先生的模樣到村子的藥房去，但其實被告當時人正在一個叫做馬斯頓森林的荒郊。他事前接到一封匿名信，要脅他在指定時間到該處等候，否則就要將他的一些好事告知凱文帝斯夫人；被告遂依約前往，卻苦等無人，約莫半小時後才打道回府。不幸的是，他在來、去的路上都沒有遇到任何一個人，所以沒有人可以證明他的話，還好被告保留了那張恐嚇信，稍後會當作證物呈上。

至於檢方對於英格沙普夫人那份遺囑遭人焚毀的推論，他說，由於被告曾經在法律界服務，他早知那份有利於他的遺囑會因繼母再婚而自動失效。辯方會傳喚證人指出是誰焚毀了那張遺囑，而且本案極可能會因此出現新的轉折。

最後他說，他會向陪審團指出，有很多不利的證據是指向約翰．凱文帝斯之外的第二人，他也會讓陪審團了解到，勞倫斯．凱文帝斯先生涉嫌相當重大，其嚴重程度絕對不輸於他的兄長。

接下來，他便傳喚被告上庭。

約翰在證人席上表現良好。在俄尼斯特高明的引導下，他清楚確實地表述了涉及到自己的案情。他出示那張他收到的恐嚇信，交給陪審團檢視。他坦承自己的財務狀況不佳，也不規避和繼母之間曾有爭執，使陪審團更加信任他的說詞。

即將結束證詞時，他義正辭嚴地表明：「我必須鄭重澄清，對於俄尼斯特爵士暗示我弟弟可能涉案，我完全反對與不贊同。我相信我弟弟和我一樣，絕對是清清白白。」

俄尼斯特爵士只是笑一笑，他銳利的雙眼已注意到，約翰的嚴正聲明已經在陪審團心中留下了良好印象。

接著是檢方上場進行交叉質詢。

「據我了解，你說你從來沒有想過在驗屍審訊上作證的那些證人，可能搞錯了你和英格沙普先生的聲音。你不覺得這理由聽來有些荒唐？」

「不，我不認為。他們告訴我繼母和英格沙普先生大吵一架時，我根本沒想到有其他的可能性。」

「即使荳克絲在法庭上重複當天她聽到的一些爭吵片段之後，你還是沒有聽出來那是你和你繼母間的對話？」

「我聽不出來。」

「那你的記憶力一定很差！」

「不是這樣的。我和繼母爭執時，我們正在氣頭上，彼此都說了一些無心的話，所以我的母親究竟說了些什麼，我並沒有特別注意。」

菲利普先生不盡相信地哼哼鼻子，這是一種很高明的審訊技巧。他接著把話題轉到恐嚇信上面。

「你呈上這張恐嚇信的時機很湊巧，請問你，這信上的筆跡你不認得嗎？」

「不認得。」

「難道你不覺得它和你自己的筆跡非常相似……是個很草率的偽造物？」

「不，我不覺得。」

「我認為這個就是你的筆跡。」

「不是。」

「我認為你是急於製造不在場證明，所以捏造了這個子虛烏有的事件，而且自己動手寫了這張恐嚇信，以便支持你的說法。」

「絕對不是。」

「當你說你在一個荒無人煙的林子裡枯等時，其實你是易容裝扮成英格沙普先生，在聖瑪莉史岱爾村的藥房裡購買番木鱉鹼，對不對？」

「不對，那是天大的謊言。」

「我認為你當天是穿了一套英格沙普先生的衣服、黏上了和他一模一樣的假鬍鬚進入了藥房，而且在登記簿上簽下他的名字，是不是？」

「根本是一派胡言。」

「既然如此，我會將這些筆跡雷同的恐嚇信、簽名登記以及你本人的手寫稿，交付陪審團判斷。」

菲利普先生結束這段質詢後，一副責任已了的模樣緩緩坐回椅中，他的姿態，明顯讓人看出他對證人居心叵測地偽造證據一事相當反感。

由於時間已晚，所以法官決定暫時休庭，星期一再重新開庭。

在法庭上，我發現白羅的雙眉一直糾結著；我很了解，這表示他非常沮喪。

「怎麼了，白羅？」我問他。

「唉，老弟，事情的進展很不樂觀。」

雖然知道不應該如此，但我心中的壓力還是豁然舒緩。很明顯，那表示約翰無罪開釋的機會很大。

我們一行人回到租屋處時，我的小個子朋友婉拒了瑪莉喝茶的邀請。

「不了，夫人，謝謝你，我想回房裡去了。」

我跟著他回到臥室。他的雙眉仍然緊蹙，一進房間便坐到書桌前，拿出一副撲克牌，接下來竟令人費解地認真疊起紙牌屋來。

我的下巴掉得老大，他見狀馬上解釋道：「不是，老弟，我不是在重溫童年舊夢，我只是為了鎮定心神。這個疊屋的過程需要靠準確操縱雙手來完成，雙手既然可以維持準確，頭腦也差不到哪兒去了。我現在最需要的就是保持頭腦清醒。」

「是有什麼困難嗎？」我問他。

白羅伸出拳頭朝桌子用力一捶，小心堆疊而起的紙牌屋頓時化為烏有。

「就像這樣，老弟，我可以用紙牌疊一棟七層高的樓房，但就是找不到……」碰！「那最後一塊……」碰！「拼圖。」

我一時詞窮，只能保持靜默。他又重新開始疊紙牌屋，並斷斷續續地說著：「蓋紙牌屋的……訣竅，就是……一張……接著一張，保持……數學演算般的……精確。」

紙牌屋在他的堆疊下，一層一層地向上延伸，他的十指俐落敏捷，絕不遲疑，好像是在變魔術一般。

「你的手真穩！」我說，「我只看過一次你的手在發抖。」

「不用說，一定是我動怒的那次。」白羅非常平靜地回答我。

「沒錯，你那天真的是火大了，你還記得嗎？就是當你發現英格沙普夫人的手提箱被撬開的時候。那時你站到壁爐前，和平常一樣整理著上面的裝飾品，但是手卻像被風吹顫的葉片一樣抖起來，我覺得……」

霎時我停了下來，因為白羅聽到這裡，驀地發出一聲沙啞含糊的呼號，而且再次伸手推翻了桌上的紙牌屋，然後他兩手蓋住雙眼，前後激烈擺動，一副痛徹心扉的樣子。

「天哪，白羅！」我大叫道，「到底是發生什麼事了？你身體不舒服嗎？」

「不是，不是。」他氣喘吁吁地講著，「是……是……我想到一件事了！」

「哦！」我舒了一口氣。「又是另一個『小小的想法』？」

「噢，不是！」他直說道，「我保證這回是個天大的發現，了不起的發現！而且是你，我的好老弟，是你給我的靈感。」

他倏地伸手將我拉近，熱烈地親吻著我的雙頰，我還沒來得及回過神，他已經衝衝撞撞地奔出臥室了。此時，瑪莉．凱文帝斯正巧進了房間。

「白羅先生怎麼回事啊？他從我身邊飛奔過去，口中還嚷著：『車庫！看在老天的份上，快點告訴我車庫在哪裡，夫人！』我還來不及回答，他就已經衝到街上去了。」

我一個箭步跨到窗前，沒錯，他就在街上，手舞足蹈地沿著大街往前奔去，頭上的帽子早飛得不知去向。我無奈地雙手一攤，告訴瑪莉：「他馬上就會被警察給攔下來……被我料中了吧，就在路口。」

我們四目相對，茫然不知究竟發生了什麼事情。

「會是什麼事呀？」她問。

我搖搖頭。

「我也不清楚，他本來在蓋紙牌屋，卻突然說他有了一個新發現，然後你也看到啦，噗地就跑了出去。」

「好吧，」瑪莉說，「我想他應該會在晚餐前回來吧。」

但是直到天黑，白羅仍然杳無音訊。

12 最後一塊拼圖

白羅的這番不告而別，讓一屋子人都滿腹疑竇。星期日上午轉眼而過，仍然沒有他的消息。但到了下午約莫三點鐘左右，屋外傳來一陣騷鬧不停的喇叭聲，眾人於是圍攏到窗戶前探看究竟。只見白羅從汽車上下來，後面跟著傑派探長與索摩黑督察。這小矮子看來意氣煥發，像是變了一個人。進屋後，他向著瑪莉·凱文帝斯深深鞠了一個躬。

「夫人，可不可以請你召集大家到客廳集合？請務必要每一個人都到場。」

瑪莉無奈地笑著。

「你知道的，白羅先生，你握有絕對的行動指揮權。」

「你對我真是太好了，夫人。」

白羅笑臉依舊地引導大家到客廳中就座，並且為每一個人安排座椅。

「何沃德小姐請坐這裡……辛西亞小姐這邊請……勞倫斯先生，這裡……好，荳克絲，還有安妮……好了。我也邀請了英格沙普先生，所以得再耽擱一下，等他過來再開始。」

何沃德小姐猛地站了起來。

「如果那個人要來，我就離開！」

「別這樣，別這樣嘛。」白羅說。

他走到她身邊低聲安撫她，最後何沃德小姐終於還是同意坐回原位。幾分鐘後，阿福烈德．英格沙普也抵達了。人員到齊之後，白羅便從座位上站起來，一副就要發表演講的表情向觀眾躬身行禮。

「各位先生、女士，大家都知道，我接受了約翰．凱文帝斯先生的託付調查這件案子，所以打從第一天開始我就參與了這個事件。我的第一個調查動作，是到死者的房間進行蒐證。由於醫生有特別交代，夫人的房間當時已上了鎖，因此保留了命案發生時最完整的現場。我進入臥室之後陸續發現下面幾個重要的證物：第一，是一段綠色的纖維；第二，是地毯上一塊未乾的汙漬，地點靠近窗邊；第三，一個裝有溴化物的空藥盒。

「綠色的纖維是夾在連通夫人與辛西亞小姐臥室的內門門閂上。我把纖維交給警方後，警方並不重視，也無法辨別它究竟是什麼東西；它其實是掉自園藝工作時所戴的袖套。」

現場出現一陣小騷動。

「當時住在史岱爾莊裡面的人，只有一個人會到花園裡工作，那就是凱文帝斯夫人。因此，她一定曾經由辛西亞小姐的房間進入夫人的臥室。」

「但那道門是從夫人房裡面閂上的啊！」我提出異議。

「當我檢查那道門的時候，門閂確實是由裡面鎖上的。不過在那之前，所謂由內閂上一說，只是凱文帝斯夫人的片面之詞，因為當時只有她去試了那道門，而且回報說門閂是閂上的。她大可在舉家上下亂哄哄的情況下，再找機會把門閂閂好，而且後來我也做了些試驗來證實我的推論。首先，我要強調那根綠色纖維的確和凱文帝斯夫人的袖套完全吻合；再者，凱文帝斯夫人曾在驗屍審訊上聲稱，她在自己的房間內親耳聽到夫人的床頭小桌倒地的聲音。為證實此點，我利用機會請海斯汀先生站在建築左翼凱文帝斯夫人的房間前，我則和警方人員進入死者房間，並且故意撞倒那張床頭小桌；結果和我的預期相符，海斯汀先生沒有聽到任何的聲響。因此，凱文帝斯夫人說命案發生時她正在房裡換衣服的說法，顯然不是真話；事實上，我相信，當英格沙普夫人拉鈴呼救時，凱文帝斯夫人根本不是在她自己的房裡，剛好相反，她其實正在死者的臥房裡。」

我迅速望向瑪莉，看到她的臉色雖然蒼白，但仍然掛著笑意。

「既然推斷當時凱文帝斯夫人就在現場，所以我再假設，她可能是在找一件東西，但尚未找到，英格沙普夫人就突然醒來，而且毒性開始激烈發作。夫人痛苦地手揮腳踢，推倒了床頭小桌，並且拚了命地拉動召喚鈴。凱文帝斯夫人受到驚嚇，不小心將蠟燭掉在地上，融蠟灑落一地。這時她匆忙撿起地上的蠟燭，火速躲到辛西亞小姐的房間，關上身後的門，再快步回到走廊上，因為她絕對不能讓傭人看到她在那裡。不過還是太遲了，走廊盡頭已聽得到人聲雜沓，這時該如何迴避呢？她當下心念一轉，馬上回到辛西亞小姐的房裡，然後把她搖醒。此時，被驚醒的家中老小已迅速沿著走廊聚集過來，無一不急著撞開英格沙普夫人的房門，沒人察覺凱文帝斯夫人沒跟過來，但是——這點十分重要——也沒有一個人看到她從左翼走過來。」他向瑪莉．凱文帝斯看去。「我說的對嗎，夫人？」

她點點頭。「非常正確，白羅先生。如果我知道說出這些事情有助於幫我先生洗清罪嫌，我一定不會有任何保留，但是我以為這和我先生涉罪與否沒有關聯。」

「就某種角度來說，的確是沒有關聯，夫人，但它讓我撥雲見日，看清其他事實，專心追蹤其他的重要線索。」

「那張遺囑！」勞倫斯放聲喊道，「難道是你燒毀了那份遺囑，瑪莉？」

她搖搖頭，白羅也跟著否認。

「不是，」她心如止水地回答，「只有一個人可能燒去那份遺囑，那就是英格沙普夫人她自己。」

「不可能！」我反駁說，「她前一天下午才把它完成的啊！」

「沒錯，老弟，的確是英格沙普夫人自己燒的。因為她要求僕人在一年最熱的這個季節把壁爐的火生好，這若不是為了要燒掉那份遺囑，還會是什麼理由？」

我胸口起伏不已。我為何笨到從未發覺夏天生火有什麼不對勁？

白羅繼續說明。

「那天白天陰涼處的溫度為華氏八十度，但英格沙普夫人卻要在房裡生火！為什麼？因為她想要毀掉某件東西，卻無計可施。大家要記得，由於戰爭的緣故，史岱爾莊全家上下都勵行簡約，廢紙屑不能丟棄，夫人想不到其他方法銷毀遺囑這種質料較厚的紙張，於是她最後做出了這個決定。當我聽說她要求在壁爐裡生火時，馬上就想到她可能是為了燒毀什麼重要的文件——極有可能就是遺囑。所以後來在壁爐裡找到那張焦黑的碎紙片時，我並不感到意外。只是當時我還不知道那份遺囑是當天下午所立，而且我得承認，等到我獲知這個訊息時，我卻犯了一個嚴重的錯誤——我認為英格沙普夫人之所以急著燒掉遺囑，單純是因為下午與人吵架的關係，所以爭吵一定是發生在立完遺囑之後，而不是在此之前。

「現在，我們都知道，這個判斷是錯的，所以我後來不得不放棄這個推論。我於是著手從另外一個角度來推斷。根據荳克絲的說法，她在四點鐘時聽到夫人生氣地說：『不要以為我害怕這種夫妻間的醜聞會傳出去，所以就會讓步。』於是我推判，而且正確地推判了這些話不是對著她的先生講的，而是對約翰．凱文帝斯先生說的。過了一個鐘頭，到了五點鐘時，她又用雷同的詞句但截然不同的立場與心態對荳克絲說道：『我已經六神無主了，夫妻間的醜聞比猛獸還可怕。』四點鐘時她雖然怒氣沖沖，但仍能保持女主人的立場；到了五點鐘時，她卻心亂如麻、意志消沉，而且說自己受到『可怕的打擊』。從心理學的角度來看，當時我就已經有了結論，夫人口中的第二個『醜聞』，應該是與第一個醜聞不同的獨立事件，而且第二個醜聞與她必定有切身的關係。

「現在我們來重建當時的狀況。四點整，英格沙普夫人和繼子發生爭吵，而且要脅要向他的妻子舉發他不檢點的行徑，而瑪莉剛好聽到了其中大部分的對話。四點三十分，由於英格沙普夫人日前與人聊天時獲知婚前所立的遺囑已失去效力，此時決定重立一份有利於她丈夫的遺囑，並且請兩個園丁來做見證。到了五點鐘，荳克絲發現夫人心神不寧，手中握著一張紙——荳克絲認為像是一封信。也就是這個時候，夫人要求僕人在她的房裡生火。因此，在四點三十分到五點鐘之間，一定發生了什麼事情讓英格沙普夫人驟下決定，急於將不久前才寫好的遺囑銷毀。是什麼事讓她的心意一百八十度大轉彎呢？

「就我們所知，她在那半個小時之中應該是獨自一人在書房，沒有人進出過。究竟是什麼事情造成了她這偌大的情緒變化？

「這部分我們也只能猜測，但我相信自己的判斷是對的。英格沙普夫人的書桌裡沒有郵票，我之所以知道這點，是因為荳克絲後來說夫人要她找幾張郵票給她。房間的另一頭是她先生上鎖的桌子，她在急著找郵票的情況下，根據我推測，就用幾把自己的鑰匙去試開她先生的抽屜，我知道其中有一把確實可以開啟。抽屜打開後，她四處翻找，無意間看到了一張東西，也就是後來荳克絲看到她手中捏著的那封信。可以確定，那封信是刻意藏起不讓她發現。

「但是對瑪莉．凱文帝斯而言，那封信的意義又不一樣了。她認定婆婆手中緊握不放的那張紙，一定是她丈夫出軌的直接證據，所以她強烈要求婆婆給她看。夫人告訴她那封信和她先生的事無關，這是事實，但是她不相信，她認為是夫人有意維護繼子。凱文帝斯夫人是很果決的女性，在她滿不在乎的外表下，實際上對她的先生是又氣又怨，因此，她決心不惜採取任何手段去竊取那封信。結果機會很快就來了，那天早上夫人手提箱的鑰匙掉了，剛巧被凱文帝斯夫人撿到，她知道婆婆平常把重要的文件都鎖在裡面，所以她決定當天晚上採取行動。

「凱文帝斯夫人這樣做，只是女人全身妒火中燒時可以理解的衝動之舉。當晚她找機會先將夫人通往辛西亞臥室的門閂打開——她可能在門的樞紐上先塗了一層潤滑油，因為我發現開門時不會發出任何聲音。然後她便按兵不動，等到凌晨時才動手，這是因為平常她都是那個時候起床，僕人早就習慣了，因此不會引起懷疑。等她穿好整套工作服後，便從辛西亞小姐的房間潛入夫人的臥室之中。」

他停下來喘口氣，辛西亞趁機插話進來。

「但是如果有人進入我的房間，我應該會醒來的呀！」

「那是因為藥物的影響，小姐。」

「藥物？」

「正是。你們還記得，」他又開始專心對著大家說明。「當天晚上全家亂成一團，喧囂吵雜之聲不絕於耳，但隔壁的辛西亞小姐渾然不覺，依舊倒頭大睡，這只有兩種可能性：一個是她裝睡——我相信她應該不至於如此；另一個可能就是受到外力的影響。基於後一項推論，我一一檢查了前晚留下的咖啡杯，又記起當時是凱文帝斯夫人把咖啡端給辛西亞小姐的。我從每一個咖啡杯中採下殘液作為樣本，並送去化驗，結果都沒有藥物反應。我在採樣時特別計算杯子的數量，以確定沒有杯子已被收走。當晚總共有六個人喝了咖啡，而我找到的咖啡杯也是六個——然而我得承認，我在這裡犯了一個錯誤。

「我發覺我忽略了一件事，實在很不可饒恕。喝咖啡的人其實是七個人，不是六個人，因為包斯坦醫生當天晚上也曾經到史岱爾莊來。這使得案情急轉直下，全面改觀，因為顯然有一個咖啡杯失去了蹤跡。僕人並未留意少了一個咖啡杯，因為當晚安妮送七杯咖啡進來後就走了，不知道英格沙普先生其實沒有喝；等到第二天荳克絲進去清理時，總共收走六個杯子，也與平常無異；嚴格說起來應該是收走了五個杯子，因為第六個就是英格沙普夫人房間裡的那個碎杯子。

「當時我很肯定那個遺失的杯子，就是辛西亞小姐喝過的杯子，這我有一個強而有力的理由支持；因為經過化驗，所有的杯子裡面都含有糖，然而眾所周知，辛西亞小姐喝咖啡從來不加糖。後來安妮又告訴我說，她當天晚上和平常一樣送可可奶給夫人時，發現托盤上有『鹽』，我覺得情況特殊，所以也採集了可可奶的樣本送去化驗了。」

「但是包斯坦醫生不是已經化驗過了嗎？」勞倫斯迫不急待地問。

「也不盡然，因為包斯坦醫生只要求化驗人員向他報告裡面有沒有番木鱉鹼，沒有像我所要求的，測試裡面是不是含有麻醉藥品。」

「麻醉藥品？」

「是的，我手上拿的就是化驗結果的報告。凱文帝斯夫人對英格沙普夫人和辛西亞小姐所使用的是一種很安全、效果很強的麻醉藥，原本應該不會有任何副作用——所以想想看，當她婆婆突然毒性大發，最後竟然不幸去世，而且耳中旋即聽到『毒藥』這個字眼時，她的內心是何等的煎熬與痛苦！雖然，她很確定自己所使用的藥物絕對安全，但是惶恐之中一定也會認為自己要為婆婆的死亡負責。她痛苦不安，無法自抑，於是衝下樓將辛西亞小姐使用過的咖啡杯及杯碟丟到銅甕之中，這個杯子後來被勞倫斯先生找到了。至於那杯可可奶她就不敢動了，因為有太多的人聚集在那個房間裡，她根本沒機會做什麼事。直到後來，當醫生宣布死因是番木鱉鹼中毒時，她才鬆了一口氣，了解婆婆的死與自己無關。

「這樣我們就可以解釋，在夫人體中的番木鱉鹼，何以這麼晚才毒性發作。因為番木鱉鹼加入了麻醉藥後，會延遲好幾個小時才產生作用。」

白羅說明至此，瑪莉抬起頭來看著他，臉上逐漸出現紅暈。

「你說的都相當正確，白羅先生，那的確是我這一生中最痛苦的時刻，我永遠都不可能忘記。你太了不起了，我現在總算了解……」

「了解我說『如果你想找人告解，白羅老爹隨時恭候』的原因了，嗯？但是你並不信任我。」

「現在我都搞清楚了，」勞倫斯說，「喝了有毒的咖啡之後，再喝下含麻醉藥的可可奶，就能夠延緩毒性的發作。」

「完全正確，不過咖啡究竟有沒有被下毒呢？這裡我們又碰到另外一個問題，因為當晚英格沙普夫人根本沒有喝咖啡。」

「什麼？」在場的人同時發出驚呼。

「她的確沒有喝。我一開始就說過，英格沙普夫人房間的地上有一塊汙漬，它相當溼潤而且有濃濃的咖啡味；此外我還在地毯縫隙間找到許多碎瓷片。對於這個狀況，其實我已經了然於心。因為就在不到兩分鐘前，我也曾經把自己的提箱放在靠窗的那張桌子上面，但是桌子的腳壞了，桌面傾向一邊，我的提箱也應聲落地，就掉在那塊汙漬之上。英格沙普夫人的咖啡杯也是一樣，那天晚上她回到房裡，順手將咖啡杯放到桌子上，結果因為桌子傾倒而翻落到地上。

「接下來發生的事情，完全只是我個人的臆測。我的推斷是，英格沙普夫人撿起地上的碎咖啡杯放到床頭小桌上後，仍然想喝點飲料提神，所以熱好可可奶後，當下一飲而盡。問題是，可可奶已經證實不含番木鱉鹼，而咖啡還來不及喝就翻倒了，所以番木鱉鹼一定是在七點到九點之間，經由另一種物質進入夫人體內的。是什麼物質能夠蓋住番木鱉鹼濃重的怪味，而讓人渾然未覺的呢？」白羅環顧全場一周，然後篤定地回答說：「夫人的補藥。」

「你是說凶手把番木鱉鹼加到她的補藥當中？」我提出質問。

「這倒沒有必要，因為她的補藥中本來就有番木鱉鹼。毒死英格沙普夫人的番木鱉鹼，就是威爾金醫生所開的處方。為了讓你們徹底了解其中道理，我唸一段文章給你們聽，這是泰敏斯特紅十字醫院藥局裡的一本書中的摘錄：

以下這種處方，已成為廣泛採用的標準：

番木鹼磺胺劑＋溴化鉀＋溶液。混合後劇烈搖晃。

「這個口服液若放置幾個小時不動，大部分的番木鱉鹼鹽就會結晶成不可溶解、透明的溴化物。英國有位女性就是因為服用類似的處方而死亡；她之所以會中毒，是因為番木鱉鹼沉澱時會堆積在底部，所以當她喝下最後一劑口服液時，無形中也喝下了所有的番木鱉鹼！

「問題是，威爾金醫生開的處方裡面沒有溴化物。我之前說過，我曾經找到一個裝溴化物藥粉的空盒子，加一兩粒這種溴化物到口服液中，也有促使番木鱉鹼結晶的作用，而且就如剛才我所引述的，它容易積留在最後一口才服用下去。所以囉，平常負責幫英格沙普夫人倒藥的那個人——等一下你們就會知道是誰了——都會盡量小心避免搖晃藥瓶，以便自然而然地讓沉澱物留在瓶底。

「其實，各種跡證都顯示，這起命案原本應該在前一天，也就是星期一晚上就發生的。那天，英格沙普夫人房間裡的鈴鐺被切斷了，晚上辛西亞小姐也恰好要到朋友家過夜，整個二樓的右半邊除了英格沙普夫人之外，空無一人，所以即使她想呼救也不會有人回應，就算等到其他人發現有異、召來醫生時，她可能早已經回天乏術了。但是凶手萬萬沒有料到，星期一時，英格沙普夫人因為忙著趕到村裡去參加活動，結果忘了服藥；到了星期二中午，她又外出用餐。所以一直等到比預定計畫晚二十四小時之後，她才喝下最後那劑致命的藥水。弔詭的是，也就是因為這一番延後，我才有機會找到那『最後的一片拼圖』。」

在大家屏息以待的情況下，白羅拿出三張薄薄的紙條。

「這三張紙條是來自凶手親筆寫的信函，要是信的內容寫得更明白一些，英格沙普夫人可能就會即時產生警覺，而不致慘遭不測了。可惜的是，她在唸完這封信之後，雖然感覺有危險迫近，卻不明白它會如何發生。」

此時，全場一片安靜，白羅將那些紙條拼湊在一起，清了清嗓子，唸道：

親愛的伊薇：

你大概正擔心沒有消息傳來。不會有問題的——只是昨天不巧錯過了，所以時間換成今天。你應該了解，只要老太婆一升天，我們的好日子就來了。沒人能夠證明我有罪。你真是個了不得的天才，居然想得到溴化物這個點子。但是我們必須萬分謹慎，不要自亂陣腳，如果走錯任何一步……

「好了，在座諸位，這封信寫到這裡就突然中斷了，寫信的人一定是因故而被迫停筆。

不過，雖然信的內容並不完整，但仍然足以鑑定執筆者的身分，因為我們對他的筆跡都十分熟悉……」

全場鴉雀無聲之中，突然響起一聲尖嚎。

「混蛋！你是怎麼找到的？」

一張椅子應聲翻落，白羅矯捷地往旁邊一閃，攻擊者撞了個空，撲倒在地上。

「各位先生、各位女士，」白羅隆重地宣布道，「讓我為你們介紹本案的真凶──阿福烈德．英格沙普先生！」

13 白羅細說從頭

「白羅，你這個老混蛋，」我說，「我真想勒死你！你一直在欺騙我，到底是什麼意思？」

我正和白羅坐在圖書館裡。此時，連日來的騷動已趨平靜，約翰和瑪莉又恢復了往日恩愛；阿福烈德·英格沙普和何沃德小姐則是蹲在大牢裡等待審判。好不容易逮到這個和他獨處的機會，我按捺已久的好奇心，終於可以盡情傾洩而出。

白羅一時沒有作答，過了好些片刻才開口說：「我可沒有欺騙你，老弟，我頂多是任你自己欺騙自己罷了。」

「說得是沒錯，但你這樣做理由何在？」

「這個嘛，得費一番功夫解釋才行。你自己也知道，兄弟，你的個性老實，臉上藏不住事情……總之，要你假裝沒事根本是不可能的。要是我一開始就告訴你我的想法，那麼我保證你第一次跟阿福烈德．英格沙普見面時，就會被那個滑頭——借用你愛說的那句好詞——『看出苗頭』，那我們就別想捉到他了。」
「哼，我自恃胸中還頗有謀略，才不至於像你說的那樣！」
「老弟啊，」白羅求和道，「你千萬不要生氣，事實上，你對我的幫助不是三言兩話就形容得完的，這不關智能高下，我完全是顧慮你這項完美的性格，才保持緘默的。」
「話雖如此，」他的稱讚聽來頗為受用，不過我仍不免抱怨。「我覺得你多少還是應該給我一些暗示才對。」
「我有啊，老弟，而且還不止一次咧，只是你拒絕接受罷了。你回想看看，我曾經說過約翰．凱文帝斯有罪嗎？我難道沒告訴過你，他一定可以無罪開釋？」
「沒錯，只是……」
「還有，我接著不是馬上就表示，要讓凶手俯首認罪非常困難？難道這不等於是在告訴你，我指的是兩個完全不同的人嗎？」
「不，我不覺得。」我回答道。
「還有，」白羅繼續強調。「打從一開始，我就再三對你表示，我不希望英格沙普先生『此時此刻』被捕？這句話，話中有話，你應該可以猜到三分才對。」
「你的意思是，早在那個時候你就懷疑他了？」
「沒錯，衝著英格沙普夫人去世後誰是最大的受益者這點，他就脫不了關係。命案的第一天我和你到史岱爾莊去的時候，對命案的發生過程還是一知半解，不過依據我對英格沙普先生的耳聞，我就推判，想要把他和命案扯上關係會相當困難。等我到了史岱爾莊，我馬上就知道燒毀遺囑的不是別人，正是英格沙普夫人自己。說到這裡我要順便一提，老弟，這件事你別又怪我沒告訴你，因為我當時已經努力暗示過你，盛夏季節在臥室裡生火很不尋常，可能事關重大。」

「是，是，」我不耐煩地催促他。「趕快往下說吧。」

「只是，老弟，老實說，當時我對英格沙普先生的懷疑幾度受到動搖，因為有許多不利於他的證據，我認為並不是他做的。」

「那你是到什麼時候才很篤定的？」

「就在我愈是努力要去證明他的無辜，他卻愈是努力要來自投羅網的時候。當我發現他和萊克斯夫人絲毫沒有瓜葛，而事實上是約翰．凱文帝斯與那女人才有牽扯時，我就非常確定他涉嫌重大了。」

「這怎麼說呢？」

「很簡單，如果是英格沙普先生和萊克斯夫人有染，那他不願透露自己的行蹤，的確是情有可原的；可是當我發現，全村從南到北從西到東沒人不知道迷戀那個俏農婦的人是約翰時，那麼英格沙普先生守口如瓶的態度就頗堪玩味了。你想，明明無醜聞可鬧，卻硬是要裝作深恐東窗事發，這不是很莫名奇妙嗎？由於他的態度可疑，我費盡心思去揣測他的目的，最後我慢慢做出結論，那就是：阿福烈德．英格沙普有心陷自己入獄。所以從那個時候起，我就下定決心，絕對不讓警方逮捕到他。」

「等一下，我不明白他為什麼想讓警方捉拿他？」

「是這樣的，老弟，你們的法律規定，只要一個人在某案上獲判無罪，檢方以後就不能再以同一個案子起訴他。哼，他這一招可謂聰明之至。可以肯定他一定是個深思熟慮的人。他自知自己的身分處境一定會受人懷疑，所以製造了許多漂亮而不利於自己的證據，目的就是要大家懷疑他，就是要警方逮捕他；這招若成功了，他就會祭出他無懈可擊的不在場證明，嘿，如此一來，他就可以終身高枕無憂，豈不妙哉。」

「可是他如何證明自己不在場，又同時出現在藥房呢？」

白羅納悶地瞪著我。

「饒了我吧，我可憐的兄弟！難道你到現在還不明白，到藥房買毒藥的人是何沃德小姐嗎？」

「何沃德小姐！」

「除了她以外，還會有誰呢？由她裝扮成英格沙普先生最恰當不過了，她不但身材高大，聲音也低沉中性，加上她和英格沙普先生是遠房表親，原本就有幾分相似，尤其是走路的樣子和舉手投足，看起來更是如出一轍，裝扮起來根本是易如反掌。他們實在是一對聰明的組合。」

「不過，我對於他們是如何用溴化物來下毒一事，還是有點迷糊。」

「好，那我就盡可能真實的為你重建現場。我一直認為，何沃德小姐才是整個事件的幕後首腦。記不記得她說過她的爸爸是醫生？她或許曾經幫他配過藥，略具藥理知識；或者是辛西亞小姐準備藥劑師考試時，她從辛西亞的教科書上得到了靈感。無論如何，她知道在含番木鱉鹼的藥水中混入溴化物，就會促使番木鱉鹼結晶。也或許，這個點子是不期然想到的。因為她突然發現英格沙普夫人有一盒溴化物藥粉，偶爾會在晚上服用，於是她想，如果把英格沙普夫人的溴化物，溶入夫人購自庫特藥局的大瓶裝口服液中，不就可以不著痕跡地把夫人解決掉了？它的風險幾乎是零，因為命案要等到兩個星期夫人把藥吃完之後才會發生，在那期間，就算有人看到何沃德小姐或是英格沙普先生去動過這些藥，屆時早就忘得一乾二淨了；而何沃德小姐彼時也早就製造過假摩擦，離開史岱爾莊了。時間的距離，加上她人不在現場，沒有人會懷疑到她身上……是啊，這實在是個聰明的好點子！要是他們懂得適可而止，也許本案永遠不會懷疑到他們身上。但是他們並不滿足，還要更進一步賣弄聰明，最後的結果便是功虧一簣。」

白羅抽了一口小雪茄，若有所思地看著天花板。

「他們又設下陷阱，在村子的藥房裡購買番木鱉鹼，還模仿約翰．凱文帝斯的手跡簽下英格沙普的名字，企圖嫁禍於他。

「英格沙普夫人原本應該在星期一喝下最後一劑藥，所以當天下午六點鐘左右，阿福烈德．英格沙普故意在遠離村子的某個地方出現，讓很多人看到他的行蹤。而何沃德小姐這邊則早已捏造了他和萊克斯夫人的緋聞，以便讓他在驗屍審訊上有三緘其口的理由。六點鐘整，何沃德小姐喬裝成阿福烈德．英格沙普走入藥房裡，佯稱要買番木鱉鹼毒殺家裡附近的野狗，然後用小心練習來的功夫，以約翰的筆跡，在登記簿上簽下了阿福烈德．英格沙普的名字。

「可是這樣還有一個漏洞，假如約翰也有不在場證明，這個計謀就會前功盡棄。因此她又匿名寫了一封信給約翰——還刻意模仿了他的筆跡——引他到一處荒郊野外、人煙罕至的地方。

「到了這個階段，他們的詭計進行的還算順利。何沃德小姐離開藥房之後又神不知鬼不覺地回到米德林罕；阿福烈德則是大大方方地回去史岱爾。他自忖萬無一失，絕對不會出任何差錯，因為番木鱉鹼當時是在何沃德小姐的身上，而且買毒藥純粹只是障眼法，是要陷約翰入罪的方法罷了。但是當天出現了一個他們始料未及的變化，英格沙普夫人並沒有喝下那劑致命毒藥，所以切斷的鈴鐺、辛西亞外出過夜——這是由英格沙普構想，透過他太太安排的——等等精心的安排全部付諸流水。一時情急之下，他犯下了最嚴重的錯誤。

「他為了安撫何沃德小姐，避免她因為計謀不成而擔心害怕，遂趁著英格沙普夫人出門的時候提筆寫信通知她計畫因故延誤。可能是英格沙普夫人提前回家了，十萬火急之下，他於是慌慌張張地把桌面蓋上鎖起來，但他擔心如果一直留在書房裡，他就不得不再打開桌子，到時英格沙普夫人便很可能看到他的信。所以他便走出屋外，到樹林裡散步去了。可是他萬萬想不到，英格沙普夫人後來竟為了應急打開他的書桌，而且發現了那封犯罪的證據。

「當時的情況就是如此。英格沙普夫人看完那封信，終於知道她先生和伊薇．何沃德一起背叛了她，但是很不幸地，信裡面所說的溴化物並未對她產生警示。換句話說，她知道自己有危險，卻猜不透危險在哪裡。她決定暫時不露聲色，然後坐下來寫信通知她的律師，請他隔天到史岱爾莊來；此外，她也決定要銷毀她下午才寫好的遺囑。至於那封關鍵信函，她則是小心謹慎地收起來。」

「如此說來，她的先生就是為了找那封信，才撬開手提箱的鎖？」

「沒錯，而且他不惜讓我們撞見，也要冒險去找那封信，由此可知道那封信的重要性不可言喻；因為，除了那封信，沒有任何證據可以牽扯到他身上。」

「我有一點不了解。既然他拿到了那封信，為什麼不當場就把它銷毀呢？」

「因為他害怕事跡敗露，所以不敢把它帶在身上。」

「這我就不懂了。」

「你要從他的角度來想。我發現當時他只有五分鐘的時間可利用，也就是我們進去現場蒐集證據之前那五分鐘的空檔，如果再早一點的話，他就會碰到正在打掃樓梯的安妮，在那個地方，安妮一眼就可發覺有誰進了右側的走道。想想看當時的狀況：他用其他房間的鑰匙開門進去臥室——這類鑰匙十分相似——他衝到手提箱前，發現提箱上了鎖，卻看不到鑰匙。這對他簡直是個詛咒，因為這樣他就不能神不知鬼不覺地如願完成任務。但是他心裡很清楚，為了那封要命的信函，再大的風險他也得一試。他很快用一支小刀用力撬開了皮箱，然後翻遍裡面的文件，最後終於找到那封信。

「可是這時他又面臨一個兩難的問題：他不敢把那封信帶在身上。因為萬一他離開夫人臥房的時候被人發現了，屆時警方可能對他搜身檢查，而一旦從他身上搜出那封信來，那他就死定了。就在這個當頭，他很有能是聽到約翰和威爾斯先生正準備走出書房的聲音，事不宜遲，這封要命的信要藏在哪裡才安全呢？垃圾桶裡的紙屑不會馬上丟棄，而且警方一定會詳細檢查；但他既不能帶在身上，又沒有適當的方法可以銷毀，於是他迅速地掃瞄了房間一周，然後看到了……你猜是什麼，老弟？」

我搖頭表示不知道。

「他火速將那封信撕成長長的紙條，捲成像是起火用的紙捻，然後塞進壁爐上面裝滿紙捻的瓶子之中。」我驚訝地叫了一聲，白羅接著說：「沒有人會想到要去搜查那個地方，他大可日後再悠哉悠哉地回來銷毀這個對他不利的鐵證。」

「所以說，它就一直放在英格沙普夫人房間的火捻瓶子裡，就在我們伸手可及的地方？」我嚷道。

白羅點點頭。

「是的，老弟，它就是我發現最後一塊拼圖的地方，而這個幸運的發現，其實都要歸功於你。」

「歸功於我？」

「沒錯，記不記得你對我說過，我整理壁爐上的擺飾時，手還不住地顫抖？」

「沒錯，但是我想不出……」

「可是，我卻想出來了。你知道嗎，小老弟，那天早上我們兩個第一次在那裡的時候，我已經整理過壁爐上的東西了，既然都整理過了，怎麼還有必要再整理一次呢？所以，一定是有人在我們早上離開之後，到過現場動過上面的東西。」

「難怪，」我咕噥地說著，「所以你才會瘋瘋癲癲地狂奔出去。你直接衝回史岱爾莊後，就在壁爐上找到那封信了？」

「正是如此，而且我必須和時間賽跑。」

「不過我不懂英格沙普怎麼會這麼笨，還想把東西留在那裡？他有很多機會、很多時間去銷毀它嘛！」

「他沒有任何機會，因為我已經把那條路堵起來了。」

「把路堵起來了？」

「沒錯。你記不記得當時你曾經指責我不應該大聲嚷嚷，讓全家上下的人都知道我們的發現？」

「當然記得。」

「我這麼做是有原因的，因為我當時還不確定凶手到底是不是他，但如果我推想的沒錯，那麼他鐵定不會把東西帶在身上，而是把它藏在某個地方。所以我大膽地引起全家人的注意，提高大家的警覺心，如此一來，他自然很難找到機會銷毀那封信。想想看，大家原本就很懷疑他，我再公然宣傳一番，等於是找來了十個業餘偵探一起監視他的行動，讓他更加忌憚，不敢輕舉妄動地去取回那封信。最後迫不得已，他只得離開史岱爾莊，讓那個關鍵的證據留在裝紙捻的瓶子裡。」

「但是，何沃德小姐總有時間幫他回去拿吧？」

「你說得沒錯，只是何沃德小姐根本不知道有那封信存在。他們不但事先約好絕不和對方說話，而且還營造彼此是死對頭的假相。除非約翰・凱文帝斯判刑定讞，否則他們絕對不敢冒險相見。當然啦，我也隨時隨地注意著英格沙普先生的動靜，希望或早或晚他能帶我找到那個證據。說起來他實在很聰明，一點失誤都不敢犯。既然當初就沒有人想到要去搜索那個瓶子，過了一個星期以後更是不可能了，所以那封信放在那裡其實是相當安全的。但多虧你點醒了我，否則我們可能永遠沒有辦法將他繩之以法。」

「這一段內情我已經了解了。」我接著問他：「但你是什麼時候開始懷疑何沃德小姐的？」

「就是在驗屍審訊上。何沃德小姐在提到英格沙普夫人寫給她的信時，撒了一個謊，引起了我的注意。」

「她撒了什麼謊？」

「你看過那封信嗎？還記得它的樣子嗎？」

「或多或少吧。」

「如果你記得的話，英格沙普夫人的筆法十分獨特，字與字之間空格很大；但那封寄給何沃德小姐的信，最下面的日期『七月十七日』卻不是如此。你了解了嗎？」

「毫無頭緒。」我說。

「你看不出來，那封信不是十七號寫的，而是在七號——也就是何沃德小姐離開的那天就寫的？那個十顯然是後來才加在七之前的，為的是讓它看起來是十七。」

「她何必這樣做呢？」

「我當時也問了自己這個問題，她為什麼要將十七號那天的信藏起來，用七號這封信代替呢？因為她不願意讓十七號的信曝光。那又為什麼不願讓它曝光呢？我立刻心生疑竇。你應該還記得我說過的話：多多注意那些沒有說實話的人，你可以從他們身上增長智慧。」

「什麼？」我憤憤不平地抱怨。「既然你已經起了疑心，居然還告訴我何沃德小姐不可能犯案的兩個理由！」

「那些都是好理由啊！」白羅答道，「有很長一段時間，這兩個理由也很困擾著我，直到後來，我想起了一項非常重要的事實：她和阿福烈德．英格沙普是表兄妹。所以即使她不可能單獨做案，也不能排除她夥同犯案的可能性。而且，她對他表面上恨入骨髓，實際上是為了掩飾另一種完全相反的感情。毫無疑問地，在他進入史岱爾莊之前，他們之間的關係就非比尋常，甚至已經想好了謀財害命的全盤規畫——他先和家財萬貫但是識人不明的夫人結婚，以柔性攻勢誘使她將財產全部留給他，然後用一個不著痕跡的犯罪事件完成他們的計畫。如果一切計畫進行順利，他們大概已經離開英國，帶著死者的錢財共築愛巢去了。

「他們實在是一對膽大心細的好搭檔。當大家都將箭頭指向英格沙普時，她已在默默布設另一種陷阱：她帶著所有涉案的證據從米德林罕回到史岱爾莊，因為沒有人會懷疑她，所以也沒人會注意她的行動，因此她暗地裡把番木鱉鹼和眼鏡放在約翰的房裡，將假鬍鬚藏到閣樓上；她知道，遲早有人會找到這些證物的。」

「我還有一點不太明白，他們為什麼挑約翰來當代罪羔羊？」我說，「找勞倫斯頂罪，不是比較容易取信他人嗎？」

「是沒錯，不過要選誰純粹是看時機。對勞倫斯不利的證據，都是純屬意外巧合，關於這個問題，應該滿令這對鴛鴦殺手頗傷腦筋的才對。」

「案發後勞倫斯的言行舉止確實是和平常不同……」我回想說。

「是啊，你應該知道他為什麼舉止有異，對不對？」

「我不知道。」

「你的意思是說，你不知道他懷疑是辛西亞犯的案子嗎？」

「不會吧，」我大聲抗議。「怎麼可能！」

「怎麼不可能？連我都一度有這種想法。當初我問威爾斯先生有關夫人遺囑的問題時，心裡想的其實就是她。況且，夫人服用的溴化物就是她調配的，加上荳克絲形容她擅於模仿男性的角色，綜合考量這些因素，她的嫌疑其實比其他任何人都要高。」

「你簡直是在開玩笑，白羅。」

「我才沒有。要不要我告訴你為什麼命案當天勞倫斯先生一進到他母親的房裡，臉色立刻變得慘無血色？原因很簡單，因為當他看出母親中了劇毒而在床上痛苦掙扎時，剛好從你的肩膀上望過去，看見通往辛西亞臥室的門閂是打開的。」

「但他不是說，看到門閂是鎖好的嗎？」我大聲說道。

「他是這麼說的沒錯，」白羅毫無表情地回答，「但是他這麼說，反而證實了我原先的推測——那個門閂已經拉開了。他是為了保護辛西亞。」

「他為什麼要保護辛西亞？」

「因為他一直都深愛著她。」

我忍不住笑出聲來。

「這你可就大錯特錯了，別的事我不知道，這檔事我可清楚得很，他不但不愛她，而且絕對是討厭她。」

「是誰告訴你的，兄弟？」

「辛西亞自己。」

「可憐的小丫頭。她在乎這件事嗎？」
「一點都不在乎。」
「這麼說來，她就是非常在意了。」白羅說道，「她們就是這樣啊，女人！」
「不過，你對勞倫斯的觀察還是讓我很難接受。」
「怎麼會呢？那很明顯嘛。辛西亞小姐每次和他的哥哥談笑風聲時，勞倫斯是不是總擺出一副臭臉？他一直就以為辛西亞愛的是約翰，所以當他跟著大家一起進到夫人房間，發現英格沙普夫人中了劇毒時，他立刻想到她一定知道些什麼。想到前一晚辛西亞曾經陪著母親上樓，他當即一腳踩碎咖啡杯，以免它被拿去採樣化驗；之後，他又再三強調他的母親是死於自然原因，只是沒人相信而已。」
「那麼你要他去找『另外一個咖啡杯』又是什麼用意？」
「我很篤定那個咖啡杯是凱文帝斯夫人藏了起來，但我還是得找到證據才行。勞倫斯剛開始時聽不出我的話中含義，然而在反覆推敲之後終於了解，只要找到那個咖啡杯，他心愛的女孩就可以洗清罪嫌了；他是沒猜錯。」
「再問一個問題，英格沙普夫人臨終時說的那幾句話是什麼意思呢？」
「這還用問嗎，當然是要指控她的丈夫呀！」
「我太佩服你了，白羅！」我讚嘆道，「你已經解釋了所有的疑點，我真高興事情有個圓滿的結局，連約翰和他的太太也重修舊好了。」

「這就真的得謝謝我了。」

「什麼意思，真的得謝謝你？」

「老弟，你知不知道，就是這場官司拯救了他們的婚姻？我相信約翰・凱文帝斯夫婦其實仍然深愛著對方，只是彼此之間不夠了解，兩人的步調遂漸行漸遠。那都是源於約翰對她的一個誤解，他認為她雖然嫁給了他，但一直並不愛他。他是個感情脆弱的男人，他認為，如果她沒辦法愛他，他也不願強她所難，於是自己便打退堂鼓了。而她呢，這時反而對他滋生了愛意。但是因為自尊心作祟，兩人都不願意主動示好，然後他又墜入和萊克斯夫人的感情糾葛之中，她則刻意和包斯坦醫生保持似有若無的關係。約翰・凱文帝斯被捕那天，我陷入了進退兩難的苦思之中，你應該還有印象才對吧？」

「是的，我了解你的難處。」

「對不起，先生，其實你一點都不了解！我當時考慮的重點是要不要立刻就澄清他的嫌疑，我有足夠的理由可以讓他馬上獲釋，雖然這會使得擒凶計畫更加困難。凶嫌自始至終一直猜不透我的態度是什麼，這也是我獲得成功的部分原因。」

「你的意思是，你一開始就能夠不讓他上法庭受審？」

「正是，老弟！但是我最後還是決定以『一個女人的終身幸福』為念，只有一同攜手度過這種巨大的難關，這兩位倔強的配偶才能再重新開始。」

我張目結舌地望著白羅。這個膽大妄為小男人！在這個世界上，還有誰敢將一樁謀殺案的審判，當作是撮和夫妻修好的和事佬！

「我知道你在想什麼，老弟，」白羅笑著對我說，「你在想，天底下只有赫丘勒．白羅幹得出這種事！你這種指責就稍微不近人情了，要知道，這世界上沒有什麼比夫妻相愛更重要的事了。」

他的話讓我想起那天的情景。當時瑪莉臉色蒼白、神情委靡地蜷縮在沙發之中，豎著耳朵一探再探，也不知道過了多少個鐘頭，樓下的門鈴聲才響起，她馬上跳了起來。白羅打開門，看著她焦慮痛苦的雙眼，對她微笑點頭道：「夫人，我把他帶回來了。」說完就往旁邊一站，當我走出門口時，約翰已將她擁在懷中，她的眼神中盡是……

「你說得沒錯，白羅，」我心頭暖烘烘地說，「那的確是世界上最重要的事。」

突然，有人敲了一下門，辛西亞探頭進來。

「我，我……我只是想……」

「進來再說吧！」我邊說邊站起身來。

她走了進來，但是沒有坐下來的意思。

「我……我只是想要告訴你們一件事情……」

「請說吧！」

辛西亞忐忑不安地捏著一個蕾絲流蘇，半晌說不出話來，然後突然大叫：謝謝你們！」接著先後在我和白羅的臉頰上親了一下，然後拔腿便跑了出去。

「這是怎麼回事？」我嚇了一跳，問道。

能夠讓辛西亞獻上一個香吻雖然滋味美妙，但這種公然道謝的方法也太出人意表。

「這表示，她已經知道勞倫斯先生不是像她想像得那樣拒她於千里之外。」白羅諱莫如深地表示道。

「但是……」

「嘿，說人人就到了！」

原來勞倫斯正從門外經過。

「喂，勞倫斯先生！」白羅叫他過來，「我們是不是該恭喜你呀！」

勞倫斯臉上一紅，羞赧地含笑而去。戀愛中的男人，往往舉止失措；戀愛中的女人，則是倍加嬌媚。我長吁一口氣。

「怎麼了，老弟？」白羅問道。

「沒什麼，」我慨然告訴他，「她們兩個真是難得的好女子！」

「只是今生和你無緣？」白羅語重心長地說道，「別喪氣，老弟，善自珍重吧，誰知道我們哪天會逮到機會再度聯手出擊？到時候……」

專文推薦

藏在日常細節中的冒險

楊照（作家）

一開始，就都在那裡了。

一九二〇年，阿嘉莎．克莉絲蒂出版了《史岱爾莊謀殺案》，神探白羅就已經退休了。而且在這個案子裡，藉由敘述者海斯汀的轉述，就鋪陳出克莉絲蒂小說最基本的偵探原則：

「那些看來或許無關緊要的小細節……它們才是重要的關鍵，它們才是偉大的線索！」

「豐富的想像力就像洪水一樣，既能載舟亦能覆舟，而且，最簡單直接的解釋，往往就是最可能的答案。」

「沒有任何謀殺行為是沒有動機的。」

還有，一個不討人喜歡的死者，一群各有理由不喜歡死者、因而也就都有殺人動機的人，這些人彼此之間構成複雜的關係，有的互相仇視，有的互相愛戀，麻煩的是，有些愛人其實貌合神離，有些仇人其實私下愛慕；更麻煩的是，不論是愛或是仇，都有可能是扮演出來的。

一個外來的偵探必須周旋在這些嫌疑者之間，從他們口中獲取對於案情的了解，換句話說，他必須在很短的時間內，搞清楚誰是誰、誰跟誰吵架、誰跟誰偷情，然後判斷誰說的哪一句是實話、哪一句是謊言。常常謊言比實話對於破案更有幫助。

再偷偷透露一下，如果要和小說裡的凶手及小說背後的作者鬥智，就像克莉絲蒂對英國社會的了解，祕訣就在於要去追究小說裡的人物背景，尤其是他們的階級地位。基本上，階級地位愈高、權力愈大、愈有錢者，說的話就愈不要相信。例如在《史岱爾莊謀殺案》中，僕人、園丁說的話遠比有頭有臉的人說的要可信多了。就算要說謊，他們的謊言也比較天真，而且往往出於善良動機。當你歸納線索時，就會知道他們並非故意說謊，那是因為他們的認知受到蒙蔽或誤導，而你慢慢就從這蒙蔽或誤導中被引導到真相。

《史岱爾莊謀殺案》出版那年，克莉絲蒂三十歲，但書稿其實早在五年前就寫好了，畢竟要找到有人願意出版一個看來再平凡不過的家庭主婦寫的小說，並不是那麼容易。

所有和克莉絲蒂接觸過的人，都對於她的「正常」留下深刻印象。她看起來就和她那個年紀的典型英國家庭主婦一樣，害羞、靦腆，只能在社交場合勉強跟人聊些瑣事話題，完全無法演講，甚至連只是站起來對眾賓客說幾句客套話，請大家一起舉杯，她都做不到。她不演講，也很少答應接受採訪，就算採訪到她也很難從她口中得到有趣的內容。她會講的，幾乎都是記者本來就知道、或者自己就可以想得出來的。

例如說白羅這個神探的來歷。克莉絲蒂回答：他應該是個外國人，這樣就能在英國日常生活中看出英國人自己看不出的線索。她自己碰過的外國人，只有第一次大戰剛爆發時到英國避難的比利時人。比利時警察怎麼能跑到英國來？那一定是因為他已經退休了。他有潔癖，所以對於現場會有特殊的直覺，馬上感受到不對勁的地方。一個有潔癖的人，好像應該長得矮小些才相稱，一個矮小有潔癖的人最適當的名字，就是希臘神話裡的大力士「赫丘勒斯（Hercules）」，製造出荒唐的對比趣味。那白羅這個姓是怎麼來的呢？克莉絲蒂很誠實地說：「我不記得了。」

一切都如此順理成章，一切都如此合邏輯，不是嗎？有記者問她怎麼看自己的舞台劇〈捕鼠器〉，創下了英國劇場、甚至全世界劇場連演最多場紀錄的名劇？克莉絲蒂的回答也還是中規中矩，合理合節：那是一齣小戲，在一個小劇院演出，成本很低，任何人想到了都可以帶家人或朋友去看，老少咸宜，並不恐怖，也不特別荒謬打鬧，可是又什麼都有一點，包括恐怖和荒謬打鬧的成分。

她的身上找不出一點傳奇、怪誕色彩，那她為什麼能在五十年間持續寫偵探小說，創造了那麼多謀殺，還創造了那麼多詭計？

首先因為她是女性，以及她的身世，包括她的階級身分，使得她在描寫故事場景時比一般男性作者來得敏感。因為在她之前的偵探推理小說男性作家的階級身分都是高高在上，基本上他們會從較高的角度看社會，比較看不到底層的感受。

而她的婚變以及婚變中遭逢的痛苦，都使她更能體會與觀察，將英國社會的複雜細節融入小說的核心情節，讓探案與線索分析結合在一起。

克莉絲蒂一生結過兩次婚，第一次在一九一四年，婚後不久，丈夫就參加了歐戰，是英國皇家空軍最早一批飛行員。一九二六年，這個丈夫有了外遇，直率地向克莉絲蒂要求離婚，在那之前，克莉絲蒂的媽媽才剛過世，雙重打擊之下，又遇到車子無法發動，克莉絲蒂崩潰了，她棄車而走，忘記了自己究竟是誰，躲進一家鄉間旅館，登記時寫了她心裡唯一有印象的名字——她丈夫情婦的名字。

離婚後，一次在晚宴中，有人提起近東烏爾考古的最新收穫，克莉絲蒂就取消了原定要去西印度群島的計畫，改訂了跨越歐洲到君士坦丁堡的「東方快車」，是的，就是這趟旅程給了她寫《東方快車謀殺案》的靈感。不過更重要的是，在烏爾，她認識了一位年輕的考古學家，比她小十四歲，這個人後來成了她的第二任丈夫。

這位考古學家陪她去參觀在沙漠中的烏克海迪爾城，卻在沙漠中迷路困陷了。幾小時中克莉絲蒂卻沒有一點驚慌不安，當下考古學家就決定要向她求婚。

原來，克莉絲蒂的內心是有這種冒險成分的。要不然她不會兩次選到的，都是喜愛冒險的丈夫，而她本身大概也不會吸引一個在各種危險情境下挖掘古代寶藏的人，讓他願意向一個大他十四歲的女人求婚。

這樣說吧，維多利亞時代後期的英國環境，壓抑限制了克莉絲蒂冒險、追求傳奇的內在衝動，她只好將這樣的衝動寄託在丈夫和寫作上。她一邊陪著第二任丈夫在近東漫走，一邊在小說中寫各式各樣的謀殺與探案。謀殺和探案都是冒險，還有，偵探偵查中做的事——蒐集線索，還原命案過程——其實和考古學家的考掘，如此相似！

克莉絲蒂寫得最好的，正是「藏在日常中的冒險」。她個性中的雙面成分，造就了特殊的偵探魅力。既嚮往非常傳奇，卻又有根深柢固的日常邏輯信念，兩者都在克莉絲蒂的小說中扮演了重要角色。她的謀殺案幾乎都和日常習慣緊密編織在一起，日常環境成了凶手最重要的掩護。有些日常規律明顯地被破壞了，讓我們很自然以為那會是謀殺的線索，沿著這些線索形成了閱讀中的推理猜測，然而白羅早就提醒了，真正重要的反而是那些「細節」，也就是看來像是依隨日常邏輯進行的事，或說藏在日常邏輯中因而不被看重的事，那裡要嘛藏著凶手的核心詭計、煙幕，要嘛藏著凶手致命的破綻。

凶案的構想，就是如何讓異常蓋上日常、正常的面貌，又如何故意將日常、正常予以扭曲，製造假象；那麼偵探要做的，就是如何準確地在日常中分辨出真正的異常，將假的、明顯的異常撥開來，找出細節堆疊起來的異常真相。

此外，克莉絲蒂的小說裡隱藏著極其曖昧的情感價值觀，最典型、最有名的就是《東方快車謀殺案》。透過追查過程，讓讀者知道為什麼凶手要訴諸於這種手段，其動機具有可同情之處，再加上克莉絲蒂對身分階級的觀察，她比較相信或讓讀者相信那些沒有權力、地位的人，隨著偵查節奏去認識可能或必須懷疑的人。克莉絲蒂最擅長營造「多重嫌疑犯」的小說特質，因為讀者在閱讀時必須被迫去認識很多不一樣的人。在她最受歡迎的作品，大概都具備這樣的特質。

當然，她的作品中還有兩個最突出的神探，即白羅和瑪波。白羅是比利時人，但為什麼必須是外國人？這是因為英國人具有高度階級意識，這種觀念一路滲透到所有互動細節，包括人與人之間如何說話。而白羅因為不是英國人，他會發現一般英國人不太看得出來的東西，以及兩個人互動的方法哪裡不正常。至於瑪波為什麼得是老太太？她一如那個年代的老人家，總是靜靜坐著打毛線，因為不起眼，自然讓人放鬆防備，所以瑪波探案的線索都是來自於這樣的互動模式。

然而，白羅有很明顯的優勢，瑪波的身分使她基本上只能進行「靜態」的辦案，案子的空間受到侷限，白羅卻可以跨越各種空間，恣意揮灑。而且白羅擁有警官身分，可以合理出現在各種犯罪現場，瑪波能出現的地方，相形之下就勉強、不自然多了。白羅是明白的outsider，在英國，只要他出現，就會覺得有外人在而感到緊張，於是很容易露出平常不會表現的行為；瑪波則看起來是insider，但實質上是outsider，因為總是沒人發現她、當她空氣人。這兩人的探案，是兩個極端。雖然讀者最愛白羅，但克莉絲蒂自己偏愛瑪波勝於白羅。

不管後來的偵探、推理小說發展了多少巧妙詭計，克莉絲蒂卻不會過時，因為她的推理如此密切地和日常纏繞在一起；活在日常中，我們就無可避免被克莉絲蒂的「日常細節推理」吸引，隨時讀來都充滿驚奇趣味。

名家盛讚克莉絲蒂（依推薦時間排序）

金庸（作家）

克莉絲蒂的寫作功力一流，內容寫實，邏輯性順暢，也很會運用語言的趣味。閱讀她的小說，在謎底沒有揭露之前，我會與作者鬥智，這種過程非常令人享受。其作品的高明之處在於：布局的巧妙完全意想不到，而謎底揭穿時又十分合理，讓人不得不信服。

詹宏志（作家、PChome 網路家庭董事長）

推理小說在從先輩柯南．道爾等人的發明中出現力量時，誕生了一位《天方夜譚》故事中每天說故事說個不停的王妃薛斐拉．柴德，也就是「謀殺天后」克莉絲蒂，整個世界對聽這些故事才有如此的熱情。他們捨不得睡覺，每天問後來還有嗎、還有嗎，永遠不肯離去，這就是克莉絲蒂對推理小說的最大貢獻。

可樂王（藝術家）

所謂「克莉絲蒂式」的推理小說，就是一場和一個天才的寫作者或高明的恐怖份子在紙上捕掠捉殺的戰事。即便是一列火車、一處飯店或一間酒吧，在克莉絲蒂寫來皆充滿神祕和猜謎。在人生適合的下午裡，我總是一面嚼著口香糖，一面跟著矮子偵探白羅穿梭謀殺現場，克莉絲蒂的推理作品無疑是推理世界中最充滿「魔術性」的小說。

吳若權（作家、節目主持人）

我從小就對推理小說情有獨鍾，克莉絲蒂一系列的作品尤其令我愛不釋手。多年來，閱讀推理小說的經驗讓我覺悟：讀者在文字情節中推展開來的驚嘆，不只是因緣於故事的本身，而是自我性格的投射。從這個觀點來看克莉絲蒂一系列的作品，她簡直就是洞徹人性的算命師。而讀者，在她的文字中，發現了自己無可奉告的命運。

藍祖蔚（國家電影及視聽文化中心董事長）

做過藥劑師，難免懂得毒藥；嫁給考古學家，難免也就嫻熟文明的神祕；再加上曾經失蹤九天，一切不復記憶的離奇經驗，的確提供了寫作靈感，但若少了想像力，那些片羽靈光縱使辛辣如辣椒，卻不足以成菜。

推理小說重布局、重人物描寫，克莉絲蒂最厲害的卻是犀利的人性觀察，她一手創造的白羅探長，潔癖個性完全和她相反，更將她所憎厭的人格特質集於一身，殊不知，唯有不對著鏡子寫作，才能夠跳出框架與制式反應，開闢無限寬廣的新世界，建構多面向的詭異迷宮。

看完她的小說，你只會更加訝異，到底是什麼樣的心靈才能成就這般視野？

李家同（作家、前暨南大學校長）

克莉絲蒂的整體布局十分細膩，最後案情也都講解得非常詳細，回頭去看，在書中都找得到線索。故事的情節與內容也很好看，不是像一個流氓在街上被殺掉那麼單調。……看小說應該要花腦筋、要思考，從小就要養成思辨的能力，看她的小說，就是對邏輯思考能力極佳的訓練。

袁瓊瓊（作家）

雖然被公認是冷靜理性的謀殺天后，但是在理性之下，克莉絲蒂的底色依舊是感情。克莉絲蒂很明白，所有的慾望之後，都無非是某種愛情。在以性命相搏的犯罪世界裡，凶手以終結他人的性命來遂私欲，不過是為了成全自己的愛，或者是成全自己的恨。

鄧惠文（精神科醫師）

以推理小說作家而言，克莉絲蒂的風格相當獨樹一格。她的偵探在辦案時，靠的不光是科學證據的搜集，而是大量運用犯罪心理學，及對人性的深刻了解。例如在《五隻小豬之歌》中，白羅便是藉由聽取嫌疑犯訴說案情時所不自覺顯露的主觀意識及中心思想，而看出其中破綻，找出真凶。白羅是靠腦袋辦案，以心理層面去剖析案情，即使人們敘述的是同一件事，他可以聽出不同角色因出發點及看待角度不同所透露的情緒觀感，從而抽絲剝繭，還原事實真相。

克莉絲蒂所塑造的人物也生動且各具特色，不同個性所出現的情緒反應描寫，皆細膩而準確，讓讀者產生豐富的想像空間，一展卷便欲罷而不能。

吳曉樂（作家）

克莉絲蒂使用的語言平易近人，主要是以角色與情節的對應來斧鑿出故事的深度，堆疊出讓讀者回味的迂迴空間。而她筆下的角色往往性別、階級、性格、族群各異，塑造出多元又豐富的人物群像。

文學作品不問類型，若要流傳於世，最終仍得上溯至「人性」的理解與反思。而阿嘉莎・克莉絲蒂的作品中，我們可以看到人類屢屢得和自己的人生討價還價，或千方百計讓主觀意識與客觀條件達成某種程度的整合，讀者在重建人物的心理軌跡時，也見識到自身的是非成敗，我認為，這也是克莉絲蒂的作品能夠璀璨經年、暢銷不衰的主因。

許皓宜（心理學作家）

克莉絲蒂筆下的故事看似在談人性的醜惡，實則像一位披著小說家靈魂的心靈引導者，用她的文字訴說著人們得不到「愛」時的痛苦。於是在故事終了的剎那，你不得不對人生多了幾分「看透感」：原來，我們心裡的那些痛苦、報復與自我折磨的慾望，不是因為「憤恨」，而是起於對「愛的失落」。這或許是我們在情感世界中最珍貴且深刻的一種覺察了。

推理小說荒謬驚悚嗎？不，它其實很寫實。它幫我們說出心裡的苦、怨、醜陋的慾望，於是，我們可以重新學習愛了。

一頁華爾滋 Kristin（影評人）

從有記憶以來，閱讀克莉絲蒂最迷人之處往往不在真正的凶手是誰，而是在於「Why」（為什麼）與「How」（如何進行），在於人性與心理描摹的故事肌理。依循其書寫脈絡，會發覺不只是邏輯清晰、布局縝密、著重細節，她總能完美掌握敘事節奏，書中人物彷彿真實存在般鮮明躍然紙上，讀者情緒會隨精準文字保持流轉、跳動、收放，掩卷時並無太多真相水落石出的暢快，反倒淡淡的惆悵化為餘韻襲上心頭，原來還是種種意料之外，卻屬情理之中的人性盲目使然。私以為，那成就了克莉絲蒂的推理故事之所以無比迷人的主因之一。

冬陽（推理評論人）

雖然阿嘉莎．克莉絲蒂的作品並非我的推理閱讀啟蒙，卻是養成閱讀不輟的重要推手。首先，她無庸置疑是個說故事能手，打開我名為好奇的開關；其次是設計犯罪事件的巧妙多元，既日常又異常，凶手更是叫人意想不到。沒錯，我相信每個當讀者的都忍不住想破案，想早偵探一步識破詭計，或者像考試結束鈴響前一秒，瞎猜都要指著某個角色大喊「你就是犯人」！然後會忍不住作弊——不是翻到最後幾頁窺探真凶身分，而是往前翻查讓人起疑的段落、偵探顯然掌握重要線索的時刻，直到忍不住豎白旗投降，看神探（我知道啦，真正把我耍得團團轉的聰明人是作者）頭頭是道地分析我遺漏錯置的片片拼圖，終於看清真相全貌。這，就是偵探推理，我因此熟悉遊戲規則、沉醉在每一場迷人故事裡，成為這個類型書寫的俘虜，享受至今不疲的美好滋味。

石芳瑜（作家、永樂座書店店主）

布局細膩、處處留下線索，破案解說詳細，說明了這位安靜、害羞的推理小說女王心思縝密，且充滿想像力。密室殺人，完美犯罪，《東方快車謀殺案》不愧為古典推理小說的經典。再加上神祕的東方色彩，隨著火車抵達的迫切時間感，連非推理小說迷都會神經拉緊，讀完大呼過癮。

家庭主婦缺少人生經驗？處女座的阿嘉莎．克莉絲蒂充分展現她過人的寫作天分，靠得是從小開始的閱讀，以及對偵探小說的著迷。三十歲寫下第一本偵探小說《史岱爾莊謀殺案》的克莉絲蒂，在那個時代並不能說是「早慧」，但寫作生涯五十五年中，共創作了八十部偵探小說，卻令人難以企及。這位害羞靦腆的小說女神，大概是相信只要有足夠的理由，每個人都有殺人的可能！

余小芳（暨南大學推理研究社指導老師、台灣推理作家協會常務理事）

學生時代加入推理社團，社課指定讀物便是經典作品《一個都不留》，成為我對克莉絲蒂的初步印象，自此沉浸於推理小說的世界。隔年寒假陪同學參與轉學考，在斜風細雨的走廊中，滿足讀完《東方快車謀殺案》。隨著歲月遠走，已昇華成趣味回憶。

踏入推理文學領域需要認識的作家，阿嘉莎．克莉絲蒂絕對名列其中，她的作品常有英國小鎮風光、莊園式的謀殺、設備豪華的交通工具等，還有特色鮮明的偵探活躍其中。書中少有血腥、暴力的橋段，布局巧妙且結構嚴密，手法純粹、知性，故事內容與人物性格融為一體，以高超的想像力結合說好故事的能耐，為推理小說開創新局面。克莉絲蒂推理全集重編改版，值得新舊讀者一起探索。

林怡辰（國小教師、教育部閱讀推手）

多年後，還是難忘第一次閱讀阿嘉莎．克莉絲蒂作品的感動和激動。

這套將近一世紀的作品，文筆流暢，邏輯縝密，過程中不斷與作者較量、猜出凶手，直到最後解答不禁佩服，蛛絲馬跡處處展現作者的精妙手法，於是又拿起另一部作品，再次沉溺在謀殺天后所編織的日常世界中的奇幻，無可自拔。犯罪動機和手法穿越時空限制，如今讀來合理且依舊令人感動，閱讀中趣味橫生，難怪成為後來諸多偵探小說的原型。

克莉絲蒂創作生涯中產出的八十部推理作品，至今多部躍上大銀幕，無怪乎被稱之為「經典」，喜愛推理偵探作品的人不可不讀，你會驚異於她在文字中施展的魔法！

張東君（推理評論家、科普作家）

我愛克莉絲蒂！這位在台灣有時會被稱為克奶奶的超級暢銷推理小說家，即使是自認沒讀過她的書的人，也都會在各種書籍或影視作品中看到對她致敬的片段。由於她喜歡旅行和冒險，那些經驗與體驗都成為書中的場景，因此閱讀她的作品時，不只是雀躍地跟著偵探推理，也有了虛擬的旅行體驗。或者當成旅遊導覽書，在出發去尼羅河、去英國鄉間、去搭船搭火車時，就塞一本克奶奶的作品到隨身背包中。

我還是大學新生時，就聽學姐說她哥哥經常看克奶奶的小說，而且邊看邊狂笑。於是我跟著效仿，在某次搭飛機之前買了第一本小說當旅伴，不只看得超開心，看完後還到處找尋書中出現的那種有兜帽的斗篷，當成出門時的必備用品。克奶奶的作品是跨越文字、國界的。只要看過一本，就會不停地追下去。還好，真的是還好只有八十本。何況這次是全新校訂的紀念珍藏版，當然不能錯過！

發光小魚（呂湘瑜）（文史作家、助理教授）

一部好的偵探小說，除了情節設計巧妙之外，還需要洞悉人性，如此方能合理地交代人物的言行舉止與動機。阿嘉莎．克莉絲蒂便是其中翹楚，她的作品不管是偵探、愛情小說或戲劇，必要元素都是謎題與人性。在寧靜無波的場景下暗潮洶湧，永遠都有意料之外，讀者的情緒也會隨著劇情的進行起伏糾結。克莉絲蒂觀察到時代的變化，將犯罪心理融入作品中，於是，看她的小說不只能得到解謎的快樂，同時對人性也能夠有所省思。

此外，克莉絲蒂豐富的人生歷練及旅行經歷，例如一九二二年的環球之旅、居住過也旅行過的巴黎和埃及，甚至是追隨考古學家丈夫前往的中東，都讓她的小說讀來更加充滿異國情調。如果你也愛旅行，不如就讓我們一同搭上那一班南法的藍色列車，或由伊斯坦堡出發的東方快車，跟著白羅鑽進一樁奇案，一嘗旅程中破解謎題的快感吧。

盧郁佳（作家）

國小時，家裡買了一套阿嘉莎．克莉絲蒂全集，從此成了我的毒品，在白癡課本將我的腦袋啃嚙成海綿般空洞時，撫慰受創的心靈，那時我仍對人心險惡一無所知。

數學課教你列算式，樂趣遠不如克莉絲蒂教你住宅平面圖、偷換時序的密室魔術，你從庭園長窗進房間，我從房門直通鄰房，他從走廊進房……從而學會故事是建構邏輯。她文風多變，時而《四大天王》中讓神探白羅向助手海斯汀大賣關子，眉頭緊皺，山雨欲來，預示天翻地覆，只能靠他拯救世界；時而用維吉尼亞．吳爾芙《自己的房間》中俏皮的語言，讓貧苦村姑安妮在《褐衣男子》中回憶南非出生入死的冒險，竟源於她耽讀村裡圖書館爛舊的冒險愛情小說，還有戲院每週末放映〈帕米拉歷險記〉，帕米拉每集從飛機跳落高空、搭潛艇、爬上摩天大樓，每次被黑幫老大抓到總不一刀斃命，卻老要用瓦斯毒死她，暗示續集又會逃出生天。

長大才發現，克莉絲蒂小說就是我的〈帕米拉歷險記〉：它以歌劇般輝煌龐大的天真陰謀、精細的人際觀察（一句話重音放在哪個字、從膝蓋鑑定女人的年齡等），召喚年輕讀者抱持浪漫精神投入未知的壯遊，瘋魔、衝撞、冒犯，傷痕累累毫無懼色。正如瓦斯在冒險片中太多、現實中卻太少；陰謀在現實中沒有克莉絲蒂寫得那麼複雜，但她刻畫的心理卻是現實中解謎的試金石。

賴以威（臺灣師範大學電機系副教授）

或許可以為經典下幾個定義：該領域的愛好者更都讀過；不是這個領域的愛好者，許多人也都聽過；影響後續的作品，在很多著作中都可以看到它的影子；值得反覆再三閱讀，每隔一陣子再讀都可以獲得閱讀的樂趣，有更多的體悟。我永遠記得第一次讀《東方快車謀殺案》時，被那宛如嚴謹設計數學謎題的鋪陳、推進給深深吸引、震撼。從這幾個角度來說，克莉絲蒂的推理小說被稱之為「經典」，可說是當之無愧。

謝哲青（作家、旅行家、知名節目主持人）

克莉絲蒂小說的魅力在於透過每個角色的對白，藉由不斷的說話來表現人物的個性，以彰顯其人格特質中一些無法被忽略的事實。我們從他們的言語、講話的過程和字裡行間，竟然就能知道誰是凶手。

我從克莉絲蒂的小說學到很多，除了推理小說有趣的事實之外，最重要的是，我在工作的職場跟人應對的時候，如何從語言和對話裡去捕捉某些隱而不顯的事實。許多人們欲蓋彌彰的東西，無論心事也好、祕密也好，克莉絲蒂都會用文學的手法，讓你理解語言的奧妙和魅力。

克莉絲蒂的書寫會讓你覺得彷彿自己也在現場，你可以從聽到的對話當中，學會如何理解人心的一些小技巧，這是小說家最出色、最偉大的地方。我們必須學習傾聽別人說話——這些人講話是真誠的嗎？他想要跟你分享什麼資訊？這些資訊可靠嗎？——這是我在閱讀推理小說時，最大的收穫和理解。

阿嘉莎・克莉絲蒂大事記

1890		• 九月十五日出生於英格蘭德文郡托基鎮。
1894	4 歲	• 開始在家自學，父母親、姐姐教導閱讀、寫作、算術和彈鋼琴。
1895	5 歲	• 家中經濟走下坡，舉家搬至法國，學會流利的法語。
1905	15 歲	• 在巴黎寄宿學校學鋼琴和聲樂，但生性極度害羞，未成為職業鋼琴家，最終回到英國。
1907	17 歲	• 陪同母親前往埃及調養身體，對社交活動充滿興趣，但尚未對日後感興趣的埃及古物點燃熱情。 • 回英國後繼續寫作、參與業餘戲劇表演。
1908	18 歲	• 寫出第一篇短篇小說〈麗人之屋〉，同時也寫出第一部愛情小說《白雪黃漠》，以筆名向出版社投稿，但屢遭退稿。
1912	22 歲	• 與英國皇家軍官亞契・克莉絲蒂（Archibald Christie）熱戀。 • 八月爆發第一次世界大戰，亞契奉派到法國作戰。
1914	24 歲	• 耶誕夜結婚，亞契隨即返回戰場。克莉絲蒂參與紅十字會工作，在醫院擔任護士和藥劑師，因此對藥理和毒物非常熟悉，造就後來多部推理小說情節都以毒藥殺人。
1916	26 歲	• 開始嘗試寫推理小說，寫出第一部小說《史岱爾莊謀殺案》，主角偵探赫丘勒・白羅的靈感，來自於大戰期間英國鄉間的比利時難民營。本書歷經數家出版社退稿後，終獲柏德雷・海德（The Bodley Head）圖書公司的出版機會，之後並簽下另五本小說的合約。
1919	29 歲	• 前一年亞契返回英國，八月生下女兒露莎琳。

1920	30 歲	• 出版《史岱爾莊謀殺案》。
1922	32 歲	• 出版第二部小說《隱身魔鬼》，主角是夫妻檔偵探湯米和陶品絲。 • 與亞契至南非、澳洲、紐西蘭、夏威夷和加拿大等國旅行十個月，在南非得到《褐衣男子》的靈感。
1923	33 歲	• 三月出版第三部小說《高爾夫球場命案》，白羅再度登場。
1926	36 歲	• 四月母親過世，克莉絲蒂陷入憂鬱。 • 六月在「威廉・柯林斯父子出版社」出版《羅傑艾克洛命案》。 • 八月亞契因外遇提出離婚，十二月初一次爭吵後，克莉絲蒂離家棄車失蹤，消息登上全國新聞。
1927	37 歲	• 一月在悲痛心情中寫出《藍色列車之謎》，第一次創造出聖瑪莉米德村，即後來瑪波小姐居住的村子。 • 分居期間在雜誌刊登以白羅為主角的短篇小說，後來集結出版《四大天王》。 • 十二月在雜誌刊登短篇小說〈週二夜間俱樂部〉，瑪波小姐初登場，後來收錄在一九三二年出版的短篇小說集《十三個難題》。
1928	38 歲	• 十月正式離婚，仍保留「克莉絲蒂」姓氏。 • 秋天搭乘「東方快車」前往土耳其的伊斯坦堡，再轉往伊拉克首都巴格達，參觀考古現場烏爾，認識考古學家伍利夫婦（Leonard and Katharine Woolley）。
1930	40 歲	• 二月應伍利夫婦之邀再訪烏爾，認識考古學家麥克斯・馬龍（Max Mallowan），九月於英國愛丁堡結婚。這段婚姻開啟克莉絲蒂旺盛的創作生涯，兩人到中東考古現場的旅行為許多作品帶來靈感。

- 婚後克莉絲蒂開始維持固定的寫作行程。十月出版《牧師公館謀殺案》，是第一部以瑪波小姐為主角的小說。
- 出版第一部以「瑪麗．魏斯麥珂特」（Mary Westmacott）為筆名的《撒旦的情歌》，並陸續發表了五部非犯罪小說。

1932　42 歲　• 出版《危機四伏》。

1934　44 歲　• 出版《東方快車謀殺案》，是白羅海外辦案三部曲之一，故事靈感來自中東的旅行經歷。一九七四年第一次改編成電影大獲好評。

1936　46 歲　• 出版《美索不達米亞驚魂》，白羅海外辦案三部曲之二。

1937　47 歲　• 出版《尼羅河謀殺案》，白羅海外辦案三部曲之三，故事背景是年輕時與母親同遊的埃及。一九七八年第一次改編成電影大受歡迎。

1939　49 歲　• 二次大戰期間，克莉絲蒂在大學學院醫院擔任義務藥師，學習到最新的毒藥知識，對於推理小說寫作大有助益。
- 出版《一個都不留》，是克莉絲蒂最著名作品之一。

1941　51 歲　• 出版《密碼》，呈現出克莉絲蒂對戰爭的看法。
- 出版《豔陽下的謀殺案》。

1942　52 歲　• 出版《藏書室的陌生人》、《五隻小豬之歌》等名作。

1944　54 歲　• 以「瑪麗．魏斯麥珂特」為筆名出版第三部作品《幸福假面》，被美國書評人發現是克莉絲蒂的作品，讓她從此失去匿名創作的自在樂趣。

1950　60 歲　• 獲選為皇家文學學會的會員。

1953　63 歲　• 出版《葬禮變奏曲》。

1956　66 歲　• 一月獲頒大英帝國爵級大十字勳章（GBE）。
• 十一月以「瑪麗．魏斯麥珂特」為筆名出版《愛的重量》，是這個筆名的最後一部作品。

1958　68 歲　• 成為「偵探作家俱樂部」主席。

1960　70 歲　• 馬龍獲頒大英帝國爵級大十字勳章。

1961　71 歲　• 獲得艾克塞特大學頒發榮譽文學博士學位。

1968　78 歲　• 馬龍獲封為爵士，克莉絲蒂亦被稱為馬龍爵士夫人。

1971　81 歲　• 獲頒大英帝國爵級司令勳章（DBE），獲封為女爵士。

1973　83 歲　• 出版最後一部創作《死亡暗道》，亦為湯米和陶品絲最後一次辦案。

1974　84 歲　• 最後一次公開露面，出席電影《東方快車謀殺案》首映會。

1975　85 歲　• 八月六日，白羅成為有史以來第一次在《紐約時報》頭版刊出訃聞的小說主角，宣傳九月即將出版的《謝幕》，這也是白羅最後一次辦案。

1976　86 歲　• 一月十二日去世。
• 十月出版《死亡不長眠》，瑪波小姐的最後一次辦案。

克莉絲蒂推理原著出版年表

1920 史岱爾莊謀殺案 The Mysterious Affair at Styles（神探白羅系列）
1922 隱身魔鬼 The Secret Adversary（神探湯米＆陶品絲系列）
1923 高爾夫球場命案 The Murder on the Links（神探白羅系列）
1924 白羅出擊 Poirot Investigates（神探白羅系列）
1924 褐衣男子 The Man in the Brown Suit（神探雷斯上校系列）
1925 煙囪的祕密 The Secret of Chimneys（神探巴鬥主任系列）
1926 羅傑艾克洛命案 The Murder of Roger Ackroyd（神探白羅系列）
1927 四大天王 The Big Four（神探白羅系列）
1928 藍色列車之謎 The Mystery of the Blue Train（神探白羅系列）
1929 七鐘面 The Seven Dials Mystery（神探巴鬥主任系列）
1929 鴛鴦神探 Partners in Crime（神探湯米＆陶品絲系列）
1930 牧師公館謀殺案 The Murder at the Vicarage（神探瑪波系列）
1930 謎樣的鬼豔先生 The Mysterious Mr. Quin（神探鬼豔先生系列）
1931 西塔佛祕案 The Sittaford Mystery
1932 十三個難題 The Thirteen Problems（神探瑪波系列）
1932 危機四伏 Peril at End House（神探白羅系列）
1933 十三人的晚宴 Lord Edgware Dies（神探白羅系列）
1933 死亡之犬 The Hound of Death
1934 三幕悲劇 Three Act Tragedy（神探白羅系列）
1934 李斯特岱奇案 The Listerdale Mystery
1934 帕克潘調查簿 Parker Pyne Investigates（神探帕克潘系列）
1934 東方快車謀殺案 Murder on the Orient Express（神探白羅系列）
1934 為什麼不找伊文斯？ Why Didn't They Ask Evans?
1935 謀殺在雲端 Death in the Clouds（神探白羅系列）
1936 ABC 謀殺案 The A.B.C. Murders（神探白羅系列）
1936 底牌 Cards on the Table（神探白羅系列）
1936 美索不達米亞驚魂 Murder in Mesopotamia（神探白羅系列）

1937 巴石立花園街謀殺案 Murder in the Mews（神探白羅系列）
1937 尼羅河謀殺案 Death on the Nile（神探白羅系列）
1937 死無對證 Dumb Witness（神探白羅系列）
1938 白羅的聖誕假期 Hercule Poirot's Christmas（神探白羅系列）
1938 死亡約會 Appointment with Death（神探白羅系列）
1939 一個都不留 And Then There Were None
1939 殺人不難 Murder Is Easy/Easy to Kill（神探巴鬥主任系列）
1940 一，二，縫好鞋釦 One, Two, Buckle My Shoe（神探白羅系列）
1940 絲柏的哀歌 Sad Cypress（神探白羅系列）
1941 密碼 N Or M?（神探湯米＆陶品絲系列）
1941 豔陽下的謀殺案 Evil Under the Sun（神探白羅系列）
1942 五隻小豬之歌 Five Little Pigs（神探白羅系列）
1942 藏書室的陌生人 The Body in the Library（神探瑪波系列）
1943 幕後黑手 The Moving Finger（神探瑪波系列）
1944 本末倒置 Towards Zero（神探巴鬥主任系列）
1945 死亡終有時 Death Comes as the End
1945 魂縈舊恨 Remembered Death（神探雷斯上校系列）
1946 池邊的幻影 The Hollow（神探白羅系列）
1947 赫丘勒的十二道任務 The Labours of Hercules（神探白羅系列）
1948 順水推舟 Taken at the Flood（神探白羅系列）
1949 畸屋 Crooked House
1950 謀殺啟事 A Murder Is Announced（神探瑪波系列）
1951 巴格達風雲 They Came to Baghdad
1952 殺手魔術 They Do It with Mirrors（神探瑪波系列）
1952 麥金堤太太之死 Mrs. McGinty's Dead（神探白羅系列）
1953 黑麥滿口袋 A Pocket Full of Rye（神探瑪波系列）
1953 葬禮變奏曲 After the Funeral（神探白羅系列）

1954 未知的旅途 Destination Unknown

1955 國際學舍謀殺案 Hickory, Dickory, Dock（神探白羅系列）

1956 弄假成真 Dead Man's Folly（神探白羅系列）

1957 殺人一瞬間 4:50 from Paddington（神探瑪波系列）

1958 無辜者的試煉 Ordeal by Innocence

1959 鴿群裡的貓 Cat Among the Pigeons（神探白羅系列）

1960 哪個聖誕布丁？ The Adventure of the Christmas Pudding（神探白羅系列）

1961 白馬酒館 The Pale Horse

1962 破鏡謀殺案 The Mirror Crack'd from Side to Side（神探瑪波系列）

1963 怪鐘 The Clocks（神探白羅系列）

1964 加勒比海疑雲 A Caribbean Mystery（神探瑪波系列）

1965 柏翠門旅館 At Bertram's Hotel（神探瑪波系列）

1966 第三個單身女郎 Third Girl（神探白羅系列）

1967 無盡的夜 Endless Night

1968 顫刺的預兆 By the Pricking of My Thumbs（神探湯米＆陶品絲系列）

1969 萬聖節派對 Hallowe'en Party（神探白羅系列）

1970 法蘭克福機場怪客 Passengers to Frankfurt

1971 復仇女神 Nemesis（神探瑪波系列）

1972 問大象去吧！ Elephants Can Remember（神探白羅系列）

1973 死亡暗道 Postern of Fate（神探湯米＆陶品絲系列）

1974 白羅的初期探案 Poirot's Early Cases（神探白羅系列）

1975 謝幕 Curtain: Hercule Poirot's Last Case（神探白羅系列）

1976 死亡不長眠 Sleeping Murder（神探瑪波系列）

1979 瑪波小姐的完結篇 Miss Marple's Final Cases（神探瑪波系列）

1991 情牽波倫沙 Problem at Pollensa Bay

1997 殘光夜影 While the Light Lasts

國家圖書館出版品預行編目（CIP）資料

史岱爾莊謀殺案 / 阿嘉莎・克莉絲蒂（Agatha Christie）著；孫柯譯. -- 三版. -- 臺北市：遠流出版事業股份有限公司, 2022.10
面；　公分. -- (克莉絲蒂繁體中文版20週年紀念珍藏；17)
譯自：The mysterious affair at Styles
ISBN 978-957-32-9744-4(平裝)

873.57　　111013856

克莉絲蒂繁體中文版 20 週年紀念珍藏 17

史岱爾莊謀殺案

作者 / 阿嘉莎・克莉絲蒂
譯者 / 孫柯

主編 / 陳懿文、余式恕　封面、內頁設計 / 謝佳穎
排版 / 連紫吟、曹任華　行銷企劃 / 舒意雯
出版一部總編輯暨總監 / 王明雪

發行人 / 王榮文
出版發行 / 遠流出版事業股份有限公司
地址 / 104005臺北市中山北路一段11號13樓
電話 / (02)2571-0297　傳真 / (02)2571-0197　郵撥 / 0189456-1
著作權顧問 / 蕭雄淋律師

2002年7月1日 初版一刷
2022年10月1日 三版一刷
定價 / 新臺幣380元 (缺頁或破損的書，請寄回更換)

ISBN 978-957-32-9744-4

遠流博識網 http://www.ylib.com E-mail: ylib@ylib.com
遠流粉絲團 https://www.facebook.com/ylibfans

www.agathachristie.com